중국의 시가와 소설의 입문서

— 중국고전 시가와 소설의 이해와 감상

저자와의
협의하에
인지생략

중국의 시가와 소설의 입문서

2008년 8월 25일 초판 1쇄 인쇄
2008년 8월 30일 초판 1쇄 발행

지　음 : 최 병 규
발　행 : 김 진 수
편　집 : 최 정 미

발행처 : **한국문화사**
등록번호 / 2-1276호(1991.11.9)
주소 / 서울시 성동구 성수1가2동 656-1683번지
전화 / 464-7708(대표) · 팩스 / 499-0846
URL / www.hankookmunhwasa.co.kr
e-mail / hkm77@korea.com

책값은 뒤표지에 있습니다.　　　　　　ISBN 978-89-5726-592-5 93820

이 도서의 국립중앙도서관 출판시도서목록(CIP)은 e-CIP 홈페이지
(http://www.nl.go.kr/cip.php)에서 이용하실 수 있습니다.
(CIP제어번호: CIP2008002669)

중국의 시가와 소설의 입문서

최 병 규 지음

한국문화사

저자 서(序)…

중국문학은 그 자체는 물론이거니와 국문학과 한문학의 기초이자 인문과학을 공부하는 학도들은 물론, 평생교육을 위한 인문교양으로서도 매우 필요한 학문이다. 이를테면 한국 최초의 소설인 김시습이 지은 금오신화(金鰲新話)는 중국 명대(明代)의 구우(瞿佑)가 지은 전등신화(剪燈新話)를 모방한 것이라는 것을 우리는 잘 알고 있으며, 또 한국 한문학의 시조인 최치원의 한시를 보다 깊이 이해하기 위해서는 그가 활동한 중국 만당(晚唐)의 시풍을 먼저 이해해야 될 것이다. 뿐 아니라 우리는 중국문학작품의 다양한 경지를 통해 인생의 지혜와 수양을 얻을 수도 있다. 이를테면 이백(李白)과 소동파(蘇東坡) 등과 같은 대시인들을 통해 호방함을 배울 수가 있고, 육유(陸遊)나 심복(沈復)과 같은 사람들을 통해서는 진정(眞情)과 의리(義理)를 배울 수가 있으며, 또 도연명(陶淵明)과 같은 문인들로부터는 가식(假飾)의 추악함과 자연친화적인 면모를 배울 수도 있을 것이다.

그러나 중국문학의 역사는 실로 방대하고, 이를 공부하는 것 또한 너무도 막막하여 어렵기 그지없다. 선진문학의 시경과 초사로부터 시작하여 한대의 악부, 그리고 당대의 당시를 비롯하여 소설로 따지자면 위진의 지괴는 물론이요 명청대의 장회소설에 이르기까지 진실로 그 방대함과 다양함에 전공자들도 숨이 막힘을 느끼게 된다. 필자는 이런 중국문학의 대해(大海)를 실감하여 이에 접근하고자 하는 초보자들을 비롯한 학습자들이 어떻게 중국문학의 전당에 비교적 쉽고 효과적으로 입문하면 좋을 것인가를 고민한 끝에 본서를 집필하게 되었다.

따라서 본서의 성격을 말하자면 중국문학을 전공하는 중문학도들을 위한 중국문학의 입문서임은 물론, 동시에 중국문학을 빠른 시간 내에 개괄적으로 이해하고자 하는 분들을 위한 중국문학개론서라고 볼 수도 있을 것이다. 뿐 아니라 본서는 필자가 오랫동안 중국문학을 연구하고 또 학생들을 가르쳐오면서 나름대로 중요하다고 생각되는 것들을 간추려서 체계적으로 정리한 중국문학에 대한 필자의 '핵심정리'라고도 할 수가 있다.

그런 까닭에 이 책에서는 중국문학에서 필자가 가장 중요하고 핵심적인 내용이라고 생각되는 것들을 일목요연하게 요약하여 설명하고 있으며, 단순하고 무미건조한 암기 위주의 중국문학사 노트가 아니라 중국문학의 흐름과 맥을 짚어나가고자 노력하였다. 그러므로 중국문학의 대체적인 흐름을 이해하고자 하거나 중국문학에 대한 핵심내용을 단시간에 이해하고자 하는 사람들에게도 적지 않은 도움이 될 것이라고 기대된다. 또 이 책에서는 주요한 작품들의 원문을 대거 인용하여 주(註)와 함께 번역해석하고 있을 뿐 아니라 "감상요령"이라는 항목을 통해 해당 작품을 실제로 어떻게 감상해야만 그 작품의 진수를 정확하게 파악할 수 있는가에 대해서도 언급하고 있는 점이 큰 특색일 것이다. 이는 전공자들에게 중국문학을 작품들을 통해 실제 느껴보면서 이해하게 하기 위한 필자의 노력이라고 할 수 있으며, 또 일반인들도 교양과 재미를 위해 중국문학의 전당에 비교적 쉽게 접근시키고자 하기 위함이다.

다만 아쉬운 점은 이 책에서는 중국문학의 핵심내용이라고 생각되는 시와 소설에만 국한하여 설명하고 있다는 것이다. 따라서 시와 소설을 제외한 산문이나 희곡 등의 장르에 대해서는 언급을 회피하였다. 또 중국시의 영역에 있어서도 광의의 범위를 적용시켜 초사를 포함시키고 심지어는 사(詞)와 부(賦)도 간혹 함께 포함시켜 설명하고 있음이 특색이라고 할 수 있다. 모쪼록 이 한권의 얇은 책으로 중국문학 속의 시가와 소설문학의 정화(精華)가 중국문학도는 물론 많은 교양인들에게도 잘 전달되기를 진심으로 바라는 바이다.

2008년 6월

이동거(籬東居)에서 최병규

차례

Chapter 01

중국의 시가에 대한 개관

가. 시의 왕국

중국 고대 최초의 시가집인 시경은 초나라의 노래인 초사와 더불어 중국문학의 시조 또는 모체로 중시될 뿐 아니라 중국문학의 양대 산맥으로 간주된다. 이처럼 중국문학에서는 문학 장르 가운데 시가 가장 오래되고, 또 가장 중시되었으니 중국은 실로 "시의 왕국"이라고 칭해도 과언이 아닐 것이다.

나. 과거(科擧)시험의 핵심

중국에서는 수나라 때부터 과거제가 시행되면서부터 시는 과거시험의 가장 핵심적인 과목으로 간주되었으며, 당나라 때에는 과거제가 완전히 정착되었는데, 당시 가장 인기 있는 과거시험과목은 유학의 경전을 보는 명경과(明經科)와 시문을 보는 진사과(進士科)였다. 그런데 당시에는 "삼십노명경(三十老明經), 오십소진사(五十少進士)"라는 말이 나돌았는데, 그 의미는 나이 서른에 명경과에 합격하여도 늙은 것이나, 나이 쉰 살에 진사과에 합격하게 되면 그 또한 젊은 나이라는 것이다. 예를 들면 중당(中唐) 당시 백거이(白居易)는 29세로 진사과에 합격하였는데, 당시 17명의 진사과 합격자 가운데 가장 연소자였다고 한다. 그만큼 당시에는 명경과에 비해 진사과가 어려웠을 뿐 아니라 가장 인기가 높은 시험과목이었음을 단적으로 잘 말해주고 있다.

다. 시의 생활화

중국인들은 어려서부터 시경과 당시를 비롯한 중국의 대표적 시가들을 암송함으로써 시와 친숙하게 되었고, 생활 속의 희노애락 등의 자신의 감정이나 기분을 언제나 시를 통해 표출함으로써 시를 생활화하였다. 그리하여 인간관계에 있어서도 종종 시를 통해 서로의 심정을 표현하고 화답하기도 하였으니, 중국 전통문화 속에서의 시는 언제나 중국인의 생활과 밀접한 관계가 있었다고 할 수 있다.

라. 성정의 도야(陶冶)와 인생의 개도(開導) 역할

공자가 시경(당시에는 시삼백(詩三百)이라고 칭하였음.)을 중시하여 온유돈후(溫柔敦厚)를 시교(詩敎)라고 풀이하면서부터 중국인들은 언제나 시는 사람의 성품을 순화시키고 정서를 함양시켜 줌으로써 결국 사람을 온유하고 돈후하게 해준다고 믿고 있었다. 즉 중국인들은 시가 언제나 사람들이 참다운 인생을 살도록 인간을 이끌어주는 기능을 지닌다고 여긴 것이다.

Chapter 02

중국에서의 시의 본질과 정의

가. 시언지(詩言志)

[출처]

《상서(尙書)·요전(堯典)》,《좌전(左傳)》,《장자(莊子)》,《순자(荀子)》,《모시서(毛詩序)》

[의미]

시는 사람의 사상이나 의지, 그리고 감정과 생각의 표현이다.

▶ 시가를 통해 가슴 속의 근심과 고민을 토해낸다.

▶ 시가를 통해 자신의 의지를 남들에게 드러낸다.

▶ 시가를 통해 다른 사람의 미덕(美德)을 찬양하면서 동시에 그 점

을 다른 사람에게 전한다.
▸ 시가를 통해 군왕의 업적을 풍자하고 간언도 한다.
▸ 시가를 통해 백성들을 격려한다.

이상(以上) 나근택(羅根澤)의 《중국문학비평사》

결론적으로 "시언지"의 개념은 시, 즉 문학이라는 것은 사람의 사상이나 의지, 그리고 감정 또는 생각을 표달한 것이며, 그것을 통해 남의 업적을 풍자, 찬양하기도 하고, 또 사람들을 격려, 감화시키기도 하는 역량을 지닌 것이라는 것이다.

나. 시연정(詩緣情)

[출처]
육기(陸機)의 《문부(文賦)》 - "시는 정에서부터 비롯되어 아름다워지고(詩緣情而綺靡)"

[의미]
시는 정에서 비롯된 것이라는 뜻으로 전통적인 "시언지(詩言志)"설을 계승, 발전시킨 위진남북조 시대 성정(性情)과 정감(情感)을 중시한 시 해석이론이다.

중국고대문론에서의 정(情)과 지(志)는 사실 하나로서 모두 우리가 말하는 "표현"의 뜻이며, 결국 시란 개인의 감회를 표현한 것이라고 말할 수 있다.

다. 문이재도(文以載道)

- ▶ 한유(韓愈)의 《기애사후(寄哀辭後)》 - "옛날의 도를 배우려면 그 문사에 능통해야 하고 그 문사에 능통하려면 도에 그 뜻을 두어야 한다(學古道則欲兼通其辭, 通其辭者, 本志乎道者也)"
- ▶ 유종원(柳宗元)의 《답위중립논사도서(答韋中立論師道書)》 - "글은 그것으로 도를 밝혀야 한다(文者以明道)"
- ▶ 송대 이학가 주돈이(周敦頤)의 《통서(通書)·문사(文辭)》 - "문장은 그것으로 도를 실어야 한다(文所以載道也)"

[의미]

육조를 지나 수당(隋唐)에 이르러 한유 등을 비롯한 고문운동가들이 주장한 것으로 문학이란 그것으로써 도를 실어야 한다는 뜻이다.

문이재도설은 형식에만 치중된 문학에 대한 반발로서 문장은 반드시 도와 결합되어야 함을 말한다. 여기서의 도란 유가(儒家)의 도(道) 이외에도 시를 포함한 문학의 내용과 사상성을 의미한다.

Chapter

03

중국에서의
시의 가치와
기능

가. 사무사(思無邪)

[출처]

자왈(子曰), 시삼백(詩三百), 일언이폐지(一言而蔽之), 왈(曰): 사무
사(思無邪).(《논어(論語)ㆍ위정(爲政)》)

[해석]

공자께서 말씀하시길, 시경 300편을 한마디로 개괄하면 바로 그 생
각에 사악함이 없다는 것이다.

[의미]

공자의 이 말은 시경의 내용과 사상이 건전하고 순수하여 사람의 개

인적 도덕교화는 물론 품성함양과 성정순화에 도움이 된다는 의미로 사용하였으나, 朱熹는 거기에다 약간의 새로운 해석을 가미시켜 "사무사"라는 말은 시경은 그것을 읽는 사람으로 하여금 생각에 사악함이 없도록 하는 데에 그 의미가 있으며, 삼백편을 통하여 선한 내용의 것은 본받고, 선하지 못한 내용의 것은 경계를 하여 스스로의 마음을 사악하지 않도록 해야 함을 뜻한다고 풀이하였다.

나. 온유돈후(溫柔敦厚)

[출처]

공사왈(孔子曰): 입기국(入其國), 기교가지야(其敎可知也), 기위인야온유돈후(其爲人也溫柔敦厚), 시교야(詩敎也).(《예기(禮記)·경해(經解)》)

[해석]

공자가 말하길, 그 나라에 들어서면 그 교화정도를 알 수 있다. 그 사람됨이 온유하고 돈독하며 후덕스러운 것은 바로 시의 가르침이다.

[의미]

문학이 사람 개개인의 성정에 끼치는 이로움을 지적한 것으로 이는 표면상으로는 백성의 도덕교화라는 문학의 사회적 역할 즉 사회적 기능성을 얘기한 듯하지만, 그 골자 속은 문학이 개개인의 인격개조와 정서순화에 끼치는 개인적인 기능을 말하는 말이다.

다. 흥관군원(興觀群怨)

[출처]

자왈(子曰), 소자하막학부시(小子何莫學夫詩)? 시(詩), 가이흥(可以

興), 가이관(可以觀), 가이군(可以群), 가이원(可以怨). 이지사부(邇之事父), 원지사군(遠之事君), 다식어조수초목지명(多識於鳥獸草木之名).(《논어(論語)·양화(陽貨)》)

[해석]

제자들아, 너희들은 어찌하여 시를 배우지 않느냐? 시를 읽으면 표현연상력을 기를 수 있고, 관찰력을 제고시킬 수 있으며, 다른 사람과 잘 어울리는 훈련을 할 수 있고, 풍자방법을 배울 수 있다. 가깝게는 그 가운데의 도리를 적용하여 부모를 모실 수 있고, 멀리는 임금을 섬길 수 있을 뿐 아니라, 또한 새와 짐승, 그리고 풀과 나무들의 이름도 많이 알 수 있다.

[의미]

흥관군원설은 문학의 사회적 기능을 잘 대변하는 말이다. 여기서 문학의 예술적 감화기능을 말하는 흥(興) 외에, 관(觀)은 문학의 사회적 인식기능을 말하며, 군(群)은 문학의 사회적 단결기능을 말하고, 원(怨)은 문학의 사회정치적 비판기능을 의미한다.

라. 미자(美刺)

[출처]

"아랫사람들은 풍으로써 윗사람들을 풍자하고(下以風刺上)", "성대한 덕을 가송함을 나타내고(美盛德之形容)" –《모시서(毛詩序)》

[해석]

《모시서》에 의하면, 아랫사람은 정치에 대한 불만을 풍(風)(시경의 한 형식)이라는 형식으로 윗사람을 꾸짖었고, 반대로 선정(善政)을 접하면 그 성대한 덕을 찬미하였다고 기록되어 있다. 즉 가송(美)과 풍자(刺)의 두 가지 역할을 의미한다.

[의미]

미자이론은 시가문학에서의 가송(歌頌)과 풍자(諷刺)의 두 가지 기능을 말하는데, 한대(漢代)까지 이어진 이 미자이론은 문학의 현실성과 사회적 역할을 중시한 전통적 유가정신 하에 탄생한 문학의 기능설에 해당한다.

마. 낙이불음, 애이불상(樂而不淫, 哀而不傷)

[출처]

자왈(子曰): 관저락이불음(關雎樂而不淫), 애이불상(哀而不傷). 《논어(論語)·팔일(八佾)》.

[해석]

공자가 말하길, 시경의 관저편은 즐거워도 음란하지 않고, 슬퍼도 사람의 마음을 아프게 하지는 않는다.

[의미]

이는 공자의 미학관으로 그 뜻은 시경의 관저편은 감정을 표현함이 그 적당한 한계를 지켜 절제 없이 지나치게 표현한 부분이 없다는 의미이다. 공자가 시가창작에 대해 제시한 이 요구는 중화(中和)적 절제의 정신을 강조한 것으로 볼 수가 있으며, 미학상으로 보나 예술 표현기교상으로 보나 모두 설득력이 있는 말이다. 공자의 이러한 중화(中和)의 사상은 그의 중용지도(中庸之道) 철학이론이 문예사상에까지 확산반영된 것이며, 이 이론은 그가 말한 "사무사"와 "온유돈후"의 시가관념과도 본질적으로 일치된다.

바. 경국지대업, 불후지성사(經國之大業, 不朽之盛事)

[출처]

"蓋文章經國之大業, 不朽之盛事. 年壽有時而盡, 榮樂止乎其身, 二者必至之常期, 未若文章之無窮。(후략)" (위문제(魏文帝), 조비(曹丕) 《전론(典論)·논문(論文)》)

《전론·논문》은 조비의 저서로서, 〈논문〉은 그 저서 가운데의 한 편에 해당한다. 〈논문〉은 중국문학비평사상 최초의 전문 비평논문이라고 할 수 있다. 여기서 조비는 당시 중국문학사에서 중시되는 "문학의 가치문제"·"작가의 개성과 작품의 풍격문제"·"문체문제"·"문학의 비평태도문제" 등과 같은 문학비평과제들에 대해 언급하였다.

[해석]

"무릇 문장이란 것은 나라를 다스리는 대업이자 불후의 성대한 사업이다. 인간의 수명은 언젠가 종료될 날이 있고, 부귀영화 또한 생존 시의 향유일 뿐이다. 이 양자(兩者)는 어느 시기가 지나면 반드시 다함이 있으며, 문장과 같이 무궁한 것이 아니다.(후략)" 라는 문장에서 나온 말로 "문장이란 나라를 경략하는 대업이며, 불후의 성대한 사업이다"라는 뜻이다.

[의미]

문학의 자각시대인 중국 위진남북조시대의 황제가 말한 이 "문학가 치론"은 문학의 값어치에 대해 역설한 가장 대표적인 발언이다. 문장의 치용론(治用論)과 현실성을 강조한 이론으로 해석되는 이 발언은 사실상 문학과 예술을 근간으로 하는 인문학의 중요성을 우리들에게 잘 시사해 주고 있다. 유가적 현실주의 정신 하에 중국은 예로부터 문학의 치용성과 현실성을 중시하는 민족이었다. 그러나 이 주장은 문학의 가치를 단순한 가시적인 효과의 물질적인 것 이상으로 보는 문학 즉 인문학의 가치를 더없이 높이 평가한 탁월한 견해였다고 할 수 있다.

사. 사마상여(司馬相如)의 부(賦)와 조식(曹植)의 칠보시(七步詩)

사마상여의 부

전설에 의하면 한무제 부인 진황후(陳皇后)가 무제의 총애를 잃고 장문궁(長門宮)에서 홀로 지낼 때 사마상여에게 황금 일백 근을 주며 한무제의 마음을 움직일 수 있도록 글을 지어줄 것을 부탁하였는데, 사마상여는 그 유명한 〈장문부(長門賦)〉를 지어 궁에서 쓸쓸히 지내는 황후를 동정하는 문장을 지었다. 무제는 그것을 읽고 감동하여 다시 진황후를 받아들였다고 하니, 이는 문학의 가치와 힘을 실감하게 하는 고사이다.

조식의 칠보시

조식의 이복형인 조비는 조식과 사이가 좋지 않아 백반으로 그를 난처하게 하였다고 한다. 어느 날 위문제 조비는 그에게 일곱 걸음을 걸을 동안 시 한 수를 짓도록 명하여 완수하지 못할 경우엔 죄를 묻게 했다. 다행히 "재고팔두(才高八斗)"로 일컬어지는 조식은 순식간에 형제상잔(兄弟相殘)의 고통을 비유하여 노래한 "칠보시(七步詩)"를 바쳐 결국 조비의 마음을 감동시켜 그로 인해 사면되었다고 한다. 이 또한 문학의 힘을 잘 말해주고 있는 이야기이다.

Chapter
04
중국시의 특성

가. 서정시의 발달

철학과 종교가 시의 근간을 이루고 있는 서양시에 비해 중국시는 서정성이 뛰어나고 감성적이어서 애정시가 발달하였다. 중국시의 원조라고 할 수 있는 《시경》에서 애정시가 대부분을 차지함은 이런 전통을 잘 반영하고 있다. 이에 반해 서양의 시는 매우 다양하여 서정시(抒情詩) 외에도 서사시(敍事詩)·극시(劇詩)·의론시(議論詩)·풍자시(諷刺詩)·사시(史詩) 등 그 종류가 매우 복잡하다.

> "서양시에 비해 중국시는 한 길만을 추구하고 있다. 그 한 길이란 바로 서정성이다. 설령 중국인들이 간혹 시를 통해 서사성이나 풍자성을 드러낸다 하더라도 서양에 비해 매우 부족하다. 그 양은 물론이고 질에 있어서도 그러하다. … 서양시에는 지성적인 요소가 매우 많다고 얘기한다면, 중국시는 완전히 감성적인 것이라고 말할 수 있다."
>
> (여정혜(呂正惠), 《서정전통과 정치현실(抒情傳統與政治現實)》)

나. 신운(神韻)과 격조(格調)를 중시

위대함보다는 고상하고 아름다운 경지를 추구.

> "서양시는 중국시에 비해 심광(深廣)하다. 그것은 서양시에서는 철학과 종교가 시의 근간을 배양하고 있기 때문이다. … 나는 중국시를 좋아한다. 중국시가 지니고 있는 미묘한 신운이나 격조의 고아함은 서양시가 따라오지 못한다. 그러나 심광함과 위대함을 두고 비교하자면 나는 결코 중국시를 변호할 수 없다. … 중국시는 그윽하고 아름다운 경지에는 도달했지만 위대한 경지엔 도달하지 못했다."
>
> (주광잠(朱光潛), 《시론(詩論)》)

다. 의경(意境)과 경계(境界)를 강조

당대(唐代) 시인 왕창령(王昌齡)이 지었다고 추정되는 시격(詩格)에는 말하길, "시에는 세 가지 경지가 있는데, 하나는 물경(物境)이요, 또 하나는 정경(情境)이며, 세 번째는 의경(意境)이다."라고 하였다. 여기서 "의경"이란 대체적으로 경계와 같은 의미로서 "의"는 정(情)과 리(理)의 요소를 품고, "경"은 형(形)과 신(神)의 의미를 품고 있는데, 의경이란 한시가 작품 내에서 정과 경(景)이 융합하고, 형과 신이 함께 구비된 고상한 예술경지를 말하고 있다.

라. 미문의식(美文意識)

사부(辭賦)로부터 시작된 중국문학의 미문의식은 다른 문학의 영역에까지 영향을 미쳐 시에 있어서도 정형화나 대구(對句), 그리고 평측(平仄) 등의 수사(修辭)기교에까지 큰 영향을 끼쳤다.

Chapter

05

중국시의 발전

가. 선진(先秦)시대: 시경과 초사가 중심이 되었다.

시경(詩經)

중국문학의 시조이자 중국문학의 모체이며, 중국북방의 서민생활을 노래한 중국 최고(最古)의 시가집이다.

초사(楚辭)

시경과 더불어 중국문학의 양대 산맥이며, 남방의 시인인 굴원(屈原)에 의해 창시되었다.

나. 양한(兩漢)시대: 악부시와 고시19수가 중심이 되었다.

악부시(樂府詩)

시경을 계승한 현실주의 정신과 사회성을 띤 한대를 대표하는 민가풍의 시가이다.

고시19수

동한 말엽의 무명시인들에 의해 지어진 19수의 세련된 시로 종영(鍾嶸)의 《시품(詩品)》에 의해 "사람의 심혼을 울리는 천금같은 시(驚心動魄, 一字千金)"로 평가되었다.

다. 위진(魏晋)시대: 여러 종류의 다양한 시가 시도되었다.

현언시(玄言詩)

노장(老莊)의 은거사상이나 현리(玄理)가 반영된 시로서 무미건조한 도덕론적인 시이다.

유선시(游仙詩)

신선을 동경하며 은일사상을 주로 노래한 시이다.

전원시(田園詩)

전원으로의 은거와 그 소박한 삶을 질박하게 표현한 시이다.

라. 남북조(南北朝)시대: 위진시대에 이어 다양한 시가 선보였다.

산수시(山水詩)

산수유람의 감각적인 형상을 조탁적인 시구로 표현한 시이다.

신체시(新體詩)

영명시(永明詩) 또는 영명체(永明體)라고도 하는 약간의 격률이 들어간 절구나 율시와 유사한 시이다.

궁체시(宮體詩)

전적으로 부녀자들의 자태나 용모 등을 화려하고 색정적으로 표현한 시이다.

마. 당대(唐代): 중국시의 전성시기로 중국의 시가 완성되는 시기이다.

초당(初唐)

육조의 유풍을 계승한 유미주의가 주류였으며, 초당사걸(初唐四傑)(왕발(王勃), 양형(楊炯), 노조린(盧照隣), 낙빈왕(駱賓王))이 중심이 되었다.

성당(盛唐)

당시의 전성시기로 낭만파(이백(李白)), 사회파(두보(杜甫)), 자연파

(왕유(王維)), 변새파(고적(高適), 잠삼(岑參))로 사분되며, 다양한 형태
의 시가 선보인 시대다.

■■■■■■■■
중당(中唐)

사회파(원진(元稹), 백거이(白居易))의 시가 주류를 이루며, 또한 괴탄
파(한유(韓愈), 맹교(孟郊), 가도(賈島), 이하(李賀))의 시도 유행하였다.

■■■■■■■■
만당(晩唐)

초당의 유미주의 시풍이 다시 부활된 시기다.(두목(杜牧), 이상은(李商隱))

바. 송대(宋代)

중국문학사에서 송대는 사의 시대였다. 따라서 대개 중국문학을 논할
때, 송대는 시가 아닌 사(詞)가 그 주류를 이루었다고 평한다. 즉 중국의
시는 당대에 전성시기를 맞이하여 송대에는 퇴색되어 당시 문학의 주도
권을 사에 내주었다고 말하기도 한다. 말하자면 송시에는 당시와 같은 다
양함이나 시인들의 열정과 순수함 등이 다소 드러나지 않았던 것이다. 그
리하여 송시는 당시에 비해 성령이나 문학성이 뒤진다고 보는 부정적인
견해와 평가가 지배적이기도 하다. 그러나 송시는 당시와 다른, 철학적이
고 산문적이며 백화적인 모습을 드러내었으며, 이는 이학(理學)의 시대인
송대의 사회적 분위기의 반영이었다고 할 수 있다.

북송의 4대시인

구양수(歐陽修)(고문운동의 영도자), 왕안석(王安石)(신법의 제창자), 소식(蘇軾)(천재문인), 황정견(黃庭堅)(강서시파의 종주)

남송의 3대시인

육유(陸游)(애국시인), 범성대(范成大)(전원시인), 양만리(楊萬里)(백화시인)

Chapter

06

중국시의
종류와 감상법

가. 애정류의 시

동서고금을 통해 가장 보편적인 시의 종류이자 중국시의 세계에서도 가장 보편적인 시의 세계에 해당함.

애정류 시의 시작

《시경》의 국풍(國風) 속에 있는 다수의 애정시와 《초사》에서 비롯함.

애정류 시의 발전

《시경》-《초사》- 한악부, 고시19수- 남조의 민가(民歌), 궁체시- 당시(唐詩)(규원시(閨怨詩)와 이상은(李商隱)의 애정시)- 당오대(唐五代)의 사(詞)(화간파(花間派))- 송사(宋詞)(유영(柳永)의 완약파(婉約派))

애정류 시의 종류

국풍(國風)(관저(關雎), 야유만초(野有蔓草))- 구가(九歌)(상군(湘君))- 상야(上邪), 초초견우성(迢迢牽牛星)- 자야오가(子夜吳歌)- 규원(閨怨)(왕창령(王昌齡)), 무제시(無題詩)- 보살만(菩薩蠻)(온정균(溫庭筠))- 우림령(雨霖鈴)(유영(柳永))

애정류 시의 감상

《시경(詩經), 주남(周南)》〈관저(關雎)〉
꽥꽥 우는 물수리새 황하의 모래톱에서 정답와라. 그윽하고 아름다운 숙녀는 군자의 좋은 짝이라네. 크고 작은 노랑어리연꽃을 이리저리 따라간다네. 그윽하고 아름다운 숙녀를 자나 깨나 구한다네. 구해도 얻지 못하여 자나 깨나 생각하나니, 이 밤이 길고도 길어라, 이리 뒤척 저리 뒤척 한다네. 크고 작은 노랑어리 연꽃을 이리저리 캐어 잰다네. 그윽하고 아름다운 숙녀를 거문고와 비파로 벗 삼는다네. 크고 작은 노랑어리연꽃을 이리저리 캐어 낸다네. 그윽하고 아름다운 숙녀와 종과 북을 치며 함께 즐긴다네.

(關關1)雎鳩2), 在河之洲。窈窕淑女3), 君子4)好逑。參差5)荇荣, 左右流6)之。窈

---

1) 새가 꽥꽥하며 우는 소리이다.

窈淑女, 寤寐求之。求之不得, 寤寐思服7)。悠哉悠哉, 輾轉反側。參差荇菜,左右采之。窈窕淑女, 琴瑟友之。參差荇菜, 左右芼8)之。窈窕淑女, 鍾鼓樂之。)

이 시는 시경 맨 첫머리의 작품으로 유명한데, 남녀간의 사랑과 화합을 노래하고 있다. 여기서 작자는 숙녀에 대한 연정에서 비롯하여 연민에 대한 번민, 그리고 애정의 성취와 숙녀와의 즐거운 삶이라는 최종단계에 이르기까지 점차적으로 묘사하고 있는 점이 특색이다. 또 물수리새 암수의 정다운 모습을 통해 남녀간의 상열의 정을 연상시키는 이른바 흥(興)의 수법을 잘 활용하고 있음도 유의해야 한다. 뿐 아니라 공자는 논어(論語)에서 이 작품을 거론하면서 "낙이불음(樂而不淫), 애이불상(哀而不傷)"이라고 평하였는데, 그 의미는 기뻐도 지나치지가 않고, 슬퍼도 사람의 마음을 상하게 하지는 않는다는 이른바 유가(儒家)의 중화(中和)적 절제의 정신이라고 하겠다.

《시경(詩經), 정풍(鄭風)》 〈야유만초(野有蔓草)〉

들에는 우거진 풀, 풀잎마다 방울진 이슬 위에, 미인이 있어 맑은 눈동자 굴리네. 어쩌다 만난 사랑, 내 맘을 사로잡네. 들에는 우거진 풀, 풀잎마다 촉촉한 이슬 위에, 미인이 있어 큰 눈동자 움직이네. 어쩌다 만난 사랑, 그대와 함께 눕네.

(野有蔓草, 零露溥兮。有美一人, 清揚9)婉兮。邂逅10)相遇, 適11)我願兮。野有蔓草, 零露瀼瀼12), 有美一人, 婉如清揚。邂逅相遇, 與子偕臧。)

---

2) 물수리를 말한다.
3) 몸매가 아름답고 정숙한 여자를 말한다.
4) 고대에 남자의 미칭(美稱)이다.
5) 들쭉날쭉한 모양을 말한다.
6) 流는 따다 혹은 구하다의 의미이다.
7) 思服은 그리다 혹은 생각하다의 뜻이다.
8) 여기서 芼는 앞의 流나 采와 유사한 뜻으로 모두 골라서 취하다는 의미이다.
9) 눈썹이 선명하고 눈이 맑은 모양이다.
10) 해후는 우연히 만나다는 뜻이다.
11) 만족시키다.
12) 瀼瀼(양양)은 이슬이 많은 모양이다.

중국에서는 예로부터 15국풍(國風) 중에 정풍(鄭風)에는 음탕한 노래가 많다고 하였다. 그러나 사실 정풍에 나타난 이런 작품들은 당시 질박하고 자유스러운 당시 인의 삶의 모습이나 자유분방한 남녀관계가 잘 표현되어 오히려 문학성이 높다. 시경은 초사에 비해 그 표현이 직선적이고, 투박스러워 질박한 남성적인 맛이 느껴진다.

《초사(楚辭), 구가(九歌)》〈상군(湘君)〉

그대는 머뭇거리며 나아가지 아니하니, 아! 물섬에서 누구를 기다리시나? 아름답고 정숙한 모양 잘 꾸미고, 나는 서둘러 계수나무 배를 탑니다. 원수와 상수의 강물에 파도가 없도록 하며, 장강의 물도 편안히 흐르게 하소서. 그대의 강림(降臨)을 바라오나 오지 않으니, 내 퉁소를 불며 그 누구를 생각하리요? 비룡을 타고 북쪽으로 가시니, 나는 길을 돌아 동정호로 가렵니다. 벽려로 엮은 발과 혜초로 짠 휘장, 창포로 장식한 노와 난초 무늬의 깃발. 잠양포 아득한 물가를 바라보며, 큰 강을 가로지르며 신령한 기운을 날립니다. 신령한 기운 날리기를 다하지 아니해서, 그녀의 고운 마음이 날 위해 크게 한숨짓습니다. 눈물을 줄줄 흘립니다. 남몰래 임 생각하며 슬퍼합니다. 계수나무 상앗대와 목란 돛대로, 얼음을 깨고 눈을 치워 쌓으며, 벽려를 물에서 캐고, 부용을 나무 끝에서 뽑습니다. 마음이 같지 않으면 중매만 힘들고, 생각하는 정이 깊지 않으면 끊어지기 쉬운 것. 돌에 부딪히는 물 졸졸 흘러가고, 비룡은 훨훨 날아갑니다. 나누는 정분 깊지 않으면 원한만 깊어지고, 약속을 지키지 않고 시간 없다고만 하십니다. 아침에 강을 달려, 저녁에 북쪽 소주에 왔습니다. 새들은 지붕 위에 깃들고, 강물은 집 아래를 맴돕니다. 내 옥고리 강물에 던지고, 내 패옥을 예수 강변에 두었습니다. 방주에서 두약을 캐어서, 하계의 여자에게 남겨두겠습니다. 시간은 다시 얻지 못하는 것, 잠시 여유롭게 강가를 거닐어 봅니다.

(君不行兮夷猶[13], 蹇[14]誰留兮中洲[15] ? 美要眇[16]兮宜修[17], 沛[18]吾乘兮
桂舟。令沅湘兮無波, 使江水兮安流. 望夫君兮未來, 吹參差[19]兮誰思 ? 駕
飛龍兮北征, 邅[20]吾道兮洞庭。薜荔[21]柏兮蕙綢, 蓀橈[22]兮蘭旌。望涔陽[23]
兮極浦, 橫大江兮揚靈[24]。揚靈兮未極, 女[25]嬋媛[26]兮爲余太息。橫流涕[27]兮
潺湲[28], 隱[29]思君兮陫側[30]。桂櫂兮蘭枻[31], 斲冰[32]兮積雪。采薜荔兮水中,
搴[33]芙蓉兮木末。心不同兮媒勞, 恩不甚兮輕絶。石瀨[34]兮淺淺[35], 飛龍兮翩
翩[36]。交不忠[37]兮怨長, 期不信兮告余以不閒。朝騁騖[38]兮江皋[39], 夕弭

---

13) 夷猶(이유)는 유예(猶豫)와 같은 머뭇거린다는 뜻이다.
14) 구두(句頭)에 쓰이는 어기사로 "아!"의 뜻이다.
15) 中洲(중주)는 바로 洲中(주중)과 같다.
16) 要眇(요묘)는 아름다운 모습이다.
17) 잘 꾸미다.
18) 배가 빨리 가는 모양이다.
19) 參差(참치)는 퉁소나 피리를 말한다.
20) 바꾸다.
21) 패려는 향초명이다.
22) 손요는 향초로 만든 노이다.
23) 잠양은 지명으로 잠수 북쪽에 있다.
24) 양영은 정성을 다한다는 뜻이다.
25) 상군의 시녀이다.
26) 선원은 끌어당긴다는 뜻이다.
27) 눈물이 마구 흘러내리다.
28) 물이나 눈물이 흐르는 모양이다.
29) 애태우다.
30) 비측은 근심하다는 뜻이다.
31) 계수의 노와 난초 돗대
32) 착빙은 얼음을 판다는 뜻이다.
33) 건은 손으로 따다는 뜻이다.
34) 돌 여울
35) 천천은 물이 급히 흐르는 모양이다.
36) 편편은 가벼이 나는 모양이다.
37) 충은 두터울 厚(후)의 의미이다.
38) 빙무는 말이 내달린다는 뜻이다.
39) 강가

節40)兮北渚。鳥次41)兮屋上，水周兮堂下。捐42)余玦43)兮江中，遺余佩兮醴浦44)。采芳洲兮杜若，將以遺兮下女45)。時不可兮再得，聊逍遙兮容與46)。)

감상요령 초사는 굴원이 지은 이소(離騷)와 구가(九歌) 등으로 대표되는데, 구가는 당시 초나라 민간에서 제사를 지낼 때 사용되던 악곡이었으며, 굴원이 이를 다시 정리, 편곡하였다고 전한다. 구가의 내용은 모두 11편으로 그 내용은 주로 귀신의 강림을 부드럽고 환상적으로 노래하며, 그 과정에서 귀신에 대한 연모의 정이 잘 드러나고 있어 이를 "인귀상련(人鬼相戀)의 정(情)"이라고 부른다. 초사는 그 풍격이 시경에 비해 부드럽고, 섬세하고, 또 세련되었으며, 언제나 향초(香草)와 미인(美人)을 현자(賢者)에 빗대어 노래한 점이 큰 특징이다.

〈상야(上邪)〉

하늘이시여! 나는 그대와 함께 서로 사랑하고파, 영원히 끊임없이. 산이 평지로 변하고, 강물이 마르고, 겨울에 천둥이 쿵쿵 울리고, 여름에 눈이 내리며, 하늘과 땅이 합쳐지면 비로소 그대와 헤어지리라!

(上邪47)! 我欲與君相知, 長命48)無絶衰。山無陵, 江水爲竭, 冬雷震震, 夏雨雪, 天地合, 乃敢與君絶!)

---

40) 미절은 천천히 간다는 뜻이다.
41) 차는 舍(사)와 같이 머문다는 의미이다.
42) 버리다.
43) 결은 옥패를 말한다.
44) 예포는 하남성에 있는 강 이름이다.
45) 하녀는 세상의 여인 즉 인간을 말하나 상군의 시녀로 보기도 한다.
46) 용여는 한가로운 모양이다.
47) 上은 하늘을 가리킨다. 邪는 耶와 같은 감탄사이다.
48) 命은 令이나 使의 뜻이다.

한악부시는 그 내용에 따라 크게 전쟁류(전성남(戰城南), 십이종군정(十二從軍征)), 정치류(맥상상(陌上桑)), 사회류(고아행(孤兒行), 동문행(東門行)), 애정류, 유선류(단가행(短歌行)) 등으로 나눈다. 이 가운데 유소사(有所思)라는 시와 함께 대표적인 애정류에 속하는 이 시는 시경의 전통을 이어 받은 악부시답게 질박하고 직선적인 풍격을 지니고 있으며, 마치 시경 속에 나오는 애정시와 흡사한 느낌을 주고 있다.

〈고시[49] 십구수(古詩十九首)〉

행행중행행(行行重行行)

가고 가고 한없이 가고 가 당신과 생이별합니다. 서로가 만 여리에 떨어져 각기 하늘 한 모서리에 있으니, 길은 험하고 또한 멀어 서로 만날 날 어찌 알겠습니까. 호마는 북풍에 기대고 월조는 남쪽 가지에 깃드는데, 서로 헤어짐이 나날이 멀어질수록 허리띠는 나날이 느슨해집니다. 부운은 흰 태양을 가리고 떠난 사람은 돌아올 생각을 않으니, 그대를 생각타가 날로 늙어만 가고 세월은 문득 기웁니다. 아, 다시 무슨 말이 필요하리요, 다만 자신의 몸이나 잘 돌봐 만날 날을 고대할 뿐 입니다.

(行行重行行[50], 與君生別離。相去萬餘里, 各自天一涯[51]。道路阻[52]且長, 會面[53]安可知。胡馬依北風, 越鳥巢南枝。相去日已遠, 衣帶日已緩。浮雲蔽白日[54], 遊子不顧返。思君令人老, 歲月忽已晚。棄捐[55]勿復道, 努力加餐飯。)

---

49) 후대인이 고대시를 일컫는 통칭으로 한시 가운데 양(梁),진(陳) 시대까지 전해진 작자 미상, 제목 실전의 한 무더기의 시들을 말한다. 고시 중 일부분은 매승(枚乘), 부의(傅毅), 조식(曹植), 왕찬(王粲) 등이 지은 것으로 보기도 하나 분명치 않다. 고시 19수는 모두 문선에 수록되었다.
50) 멈추지 않고 감의 뜻이다.
51) 하늘 한 귀퉁이
52) 험하다.
53) 얼굴을 마주 하다.
54) 나그네의 마음에 유혹이 생김을 비유적으로 표현한 말이다.

초초견우성(迢迢牽牛星)

견우성은 멀리 아득한데 직녀성은 교교히 빛나도다. 가늘고 가는 흰 손을 들어 찰찰 소리 내며 베틀을 놓으나, 종일토록 문채를 짜지 못해 눈물이 비 오듯 하네. 은하는 맑고도 얕은데 서로 떨어짐이 그 얼마나 되리요? 해맑은 물을 사이에 두고, 물끄러미 바라만 보며 서로 말을 하지 못하네.

(迢迢[56]牽牛星，皎皎河漢女[57]。纖纖擢[58]素手，札札[59]弄機杼。終日不成章[60]，泣涕零[61]如雨。河漢淸且淺，相去復幾許？盈盈一水間，脈脈[62]不得語。)

감상요령

　동한 말엽의 이름을 알 수 없는 문인들에 의해 지어진 고시 19수는 그 말 대로 19수만 전한다. 그러나 종영(鍾嶸)이 시품(詩品)이란 비평서에서도 "경심동백(驚心動魄), 일자천금(一字千金)"이리고 칭송하였듯이 중국문학사에서는 매우 중시되는 작품이다. 이 작품들은 하나같이 그 시어가 세련됨은 물론이거니와 체념과 달관적인 정서를 중화적 절제의 미학으로 잘 승화시켜 표현하고 있다. 또 위에서 인용한 작품들도 그러하듯이 고시 19수 가운데 상당수의 작품들이 여성화적인 시어와 함께 여성에 대한 동정과 연민의 감정, 즉 "연향석옥지정(憐香惜玉之情)"을 잘 표현하고 있음도 그 특징이다.

〈자야가(子夜歌)〉 삼수(三首)

한밤에 빗질을 하지 않아 실 같은 머리카락 두 어깨에 늘어지고, 아름다운 그 자태 낭군의 무릎 위에 드리웠네. 그 어딘들 사랑스럽지 않으리? 베게를 안고 북쪽 창가에 누워있으니 그대는 내게 다가와 희롱하네. 즐

---

55) 버리다.
56) 멀거나 높은 모양을 말한다.
57) 河漢은 銀河를 말하며, 하한녀는 직녀성을 말한다.
58) 들다.
59) 베를 짜는 소리이다.
60) 문채를 짜지 못하다.
61) 零은 落과 같다.
62) 서로 물끄러미 보는 모양이다.

겁기도 하지만 또 너무 당황스럽네. 서로 사랑할 수 있는 날이 그 얼마나 되리요? 날씨는 청명하고 달은 밝은데 밤에 그대와 더불어 함께 노네. 그대는 절묘한 노래를 부르고, 나도 꽃다운 가사를 토하네.

(宿昔不梳頭, 絲髮披63)兩肩。婉伸郎膝上, 何處不可憐？攬枕北窓臥, 郎來就儂64)嬉。小喜多唐突, 相憐能幾時？氣淸明月朗, 夜與君共嬉。郎歌妙意曲, 儂亦吐芳詞。)

오성(吳聲)과 서곡(西曲)으로 대표되는 남북조 시대의 대표적인 애정류의 시들과 함께 궁체시(宮體詩)로도 분류되는 남북조 시대의 이런 시들은 주로 여성의 아름다운 미태(美態)나 복식 내지는 사랑의 표현을 다소 농염하고 노골적으로 묘사하고 있다. 이는 남북조 시대의 황음하고 퇴폐적인 사회의 분위기를 잘 반영해주고 있다.

왕창령(王昌齡) 〈규원(閨怨)〉

규중의 젊은 아낙 근심도 잊고, 봄날에 성장하여 누각에 올라, 홀연히 길가의 버들 빛 보고는, 벼슬하러 먼 길 보낸 낭군을 후회하네.

(閨中少婦不知愁, 春日凝妝65)上翠樓。忽見陌頭66)楊柳色, 悔敎夫婿67)覓封侯68)。)

---

63) 披(피)는 늘어뜨리다의 의미이다.
64) 儂은 남방어로 나란 뜻이다.
65) 짙게 화장하다.
66) 밭둑 어귀
67) 夫壻는 남편을 말한다.
68) 종군하여 공명과 부귀를 추구함을 말한다.

규원시는 규방의 여성들의 한을 노래한 시로 중국시의 보편적인 한 부분이 된 시들이다. 또 중국에서는 전통적으로 여성을 노래한 이런 시들을 거의 모두 향염체(香艷體)라고도 부르는 것이 특징이다. 향염체는 원래 여성의 농염한 아름다움을 묘사한 것을 지칭하는 말이었지만 그 범위가 확대된 것이다. 왕창령은 성당(盛唐) 때의 변새파(邊塞派)에 속하는 시인이지만 규원시로도 유명하다. 변새파는 성당시기에 주로 전쟁터의 호방하고 비량한 정서를 노래한 시파이다.

이상은(李商隱) 〈무제(無題[69])〉

우리의 처음 만남도 쉽지 않았는데, 또 이렇게 서로 이별인가! 봄바람에 온갖 꽃들이 무력하게 떨어지는 이 계절에, 누에가 죽음을 맞아 실이 끊기듯 내 그대 향한 상념은 죽을 때까지 끝이 없고, 촛불이 재가 되면 비로소 눈물이 마르듯 내 사념의 눈물도 죽어 재가 되면 비로소 끊기리. 아침에 일어나 거울을 보면 그 구름 같은 머릿결이 쉬어질까 안타깝고, 저녁에 나를 생각하며 시를 읊조리느라 차가운 달빛을 맞겠지. 그녀가 있는 봉래산은 여기서 그리 멀지 않으니, 아, 파랑새여! 우리들을 위해 부지런히 소식 전해주오.

(相見時難別亦難[70], 東風無力百花殘[71]。春蠶到死絲方盡, 蠟炬[72]成灰淚始乾。曉鏡但愁雲鬢改, 夜吟應覺月光寒。蓬萊[73]此去無多路, 青鳥[74]殷勤爲探看。)

---

69) 무제는 제목명으로 염시(艷詩)에 속한다.
70) 앞의 難은 難得의 뜻이고, 뒤의 것은 難分難捨의 뜻이다.
71) 실의의 정서와 이별의 회한을 봄날의 낙화와 잘 매치시킴.
72) 밀초
73) 봉래는 영주(瀛洲), 방장(方丈)과 함께 옛 사람들이 믿던 동해의 신선이 사는 신령스러운 곳이다.
74) 발이 셋이라는 신화 속의 새로 사자(使者) 혹은 편지를 비유한다.

이상은의 무제시들은 중국 애정시의 전형적인 모범이 되는 작품들이다. 무제라는 제목이 암시하듯 이상은은 이러한 무제시들을 통하여 공개하기 부적절한 대상을 사랑하고 연모한 경향이 있었다. 그런 이유 때문에 이상은의 무제시들은 더욱 신비스럽고 사랑의 사연이 더욱 애절한 것이 그 특징이다. 더욱이나 이 시의 "春蠶到死絲方盡" 구절은 쌍관어(雙關語)를 적절하고도 정묘하게 잘 사용하여 명구로 인구(人口)에 회자(膾炙)되는 시구이다.

온정균(溫庭筠) 〈보살만(菩薩蠻)〉

옥같이 아름다운 누각 밝은 달밤의 추억 영원히 기억하리. 이별의 버들가지 봄바람에 무력히 나부끼는데. 가시는 길 문 밖에는 풀이 무성한데 님을 보내는 말 울음소리. 꽃 비단에 수놓은 한 쌍의 금빛 비취 새를 보노라면 향촉불은 사그라져 눈물이 되도다. 꽃은 떨어지고 두견이는 울부짖는데, 녹색 창가에서 잔몽에 설레는 마음.

(玉樓明月長相憶, 柳絲裊娜75)春無力。門外草萋萋, 送君聞馬嘶。畫羅金翡翠, 香燭銷成淚。花落子規76)啼, 綠窓殘夢迷。)

당말의 유명한 시인이기도 한 온정균은 위장(韋莊)이나 풍연사(馮延巳) 들과 더불어 화간파(花間派)에 속한 사인(詞人)이다. 그는 못생긴 외모와 함께 여러 가지 천재적인 기행(奇行)으로 인하여 중국문학사에 잘 알려진 문인이지만, 그의 작품은 이와는 대조적으로 섬세하고 아름다워 당 오대 때의 사의 거장들이 속한 화간파의 사인답게 애절하고 감미로운 완약(婉約)한 정서를 잘 나타내고 있어 전형적인 사의 풍격을 잘 보여주고 있다. 화간파 사인들의 이런 작품들은 나중에 유영과 같은 북송 시기의 완약파 사의 탄생에 영향을 미치게 된다.

---

75) 날씬하게 늘어진 모양이다.
76) 자규는 두견새를 말한다.

유영(柳永) 〈우림령(雨霖鈴)〉

가을날의 매미소리 처량한데, 장정에서 저녁을 맞으니, 소낙비는 막 그쳤다. 성문 밖에서 마신 이별주로 공허한 마음 바야흐로 떠나는 아쉬움 생기려는데, 떠나는 저 배는 사람을 재촉한다. 서로 손을 굳게 쥐고 눈물어린 눈을 마주 보나, 결코 한마디 하지 못한 체 목이 멘다. 가야 할 머나 먼 천리 길 안개파도 생각하니, 저녁노을 침침한데 남쪽의 楚 땅은 아득하기만 하다. 자고로 다정한 이들 이별을 슬퍼했다지만, 더더욱 어찌 견딜 수 있으리오, 이 싸늘한 가을날의 이별을! 오늘 밤은 또 어디에서 약주를 드시고 깨실런지요? (아마도) 버드나무 언덕 쇠잔한 달 아래서 새벽바람 맞으며 저를 생각하실런지요? 이렇게 떠나신 후 해가 가고 또 꽃피는 시절 그 아름다운 경치를 맞이해도 (저에게는) 그 무슨 소용이 있으며, 천만가지 아름다운 멋과 낭만에 대하여 얘기하고자 한들 이젠 그 누구와 더불어 얘기하리오!

(寒蟬凄切, 對長亭[77]晚, 驟雨[78]初歇。都門帳飮[79]無緒, 方留戀處, 蘭舟[80]催發。，執手相看淚眼, 竟無語凝噎[81]。，念去去[82]千里煙波, 暮靄沈沈楚天闊。多情自古傷離別, 更那堪冷落淸秋節! 今宵酒醒何處？楊柳岸, 曉風殘月。此去經年[83], 應是良辰好景虛設。便縱有千種風情[84], 更與何人說!)

---

77) 옛날 역길 10리마다 장정이 있었고, 5리마다 단정이 있어 행인들에게 휴식과 송별의 장소 역할을 하였다,

78) 폭우 내지 소낙비를 말한다.

79) 帳飮(장음)은 길가에 천막을 쳐놓고 술과 음식을 마련하여 나그네들을 접대하던 곳이다.

80) 목란(木蘭)으로 만든 배를 말한다. 목란은 높이가 한 장(丈)이 넘는데, 늦은 봄에는 꽃이 피고, 그 나무로 배의 노를 만든다.

81) 凝噎(응일)은 목구멍이 막힌 듯하여 말을 하지 못하는 것을 말한다.

82) 거거(去去)는 가고 또 간다는 의미로 고시 19수의 행행중행행(行行重行行)과 같은 용법이다.

83) 해가 한 해 한 해 지나가는 것을 말한다.

84) 풍정은 깊은 정과 달콤한 느낌을 말한다. 세상에서는 흔히 남녀간의 연애의 정을 풍월의 정이라고들 말한다.

유영의 우림령은 위에서 소개한 온정균의 소령(小令)의 사에 비하여 그 편폭이 긴 만사(漫詞)에 속한다. 사의 형식이 당오대 시기를 그쳐 북송에 이르면 길어져 만사가 탄생한 것이다. 유영은 중국의 사인 가운데 가장 유명하여 중국의 대표적인 사인이라고 불러도 과언이 아닐 것이다. 그는 학충천(鶴沖天)이라는 다른 사의 작품에서도 토로하였듯이 자신은 황제의 명에 의해 벼슬도 없이 전적으로 사만 짓는 백의의 정승이라며 불평과 자부심(自負心)이 교차한 심경을 드러내기도 하였다. 그의 수많은 사작(詞作) 가운데 우림령은 가장 유명한 작품으로 도시남녀의 이별의 정을 아름답고 애절하게 잘 표현한 작품이다. 중국의 이런 사작들은 물론 옛날 그대로의 음율은 아닐지라도 아직까지도 사람들에 의해 노래로 불러지고 있어 그 친근함과 미감을 더해주고 있다.

나. 개인적 풍류와 낭만류의 시

중국시에는 주로 남녀간의 연정을 노래한 애정류의 시 외에도 시인의 고매하고 멋진 풍류와 그 정신세계를 읊은 이른바 개인적 풍류와 낭만류의 작품들도 많이 있다. 가장 중국적인 이런 시가 작품들을 통해 우리들은 중국의 애정류의 시들에서 느끼지 못하는 남아의 웅혼한 기상이나 시인의 격조 높은 삶의 경지를 엿볼 수가 있다.

종류

이백(李白)의 월하독작(月下獨酌)과 장진주(將進酒), 소동파(蘇東坡)의 염노교(念奴嬌) 등

이백(李白)〈월하독작(月下獨酌)〉

꽃 사이에 술을 받아 놓고, 아무도 없이 홀로 마시네. 잔 들어 밝은 달을 청해 오고, 그림자를 마주하니 문득 세 사람. 달은 술을 마실 줄 모르고, 그림자도 헛되이 나만 따라 움직인다. 잠시나마 달과 그림자를 벗하나니, 즐김도 그 때를 타야 하는 것. 내가 노래하면 달은 서서히 배회하고, 내가 춤추면 그림자도 움직이네. 깨어 있을 때는 서로 함께 즐기면서, 취한 후에는 제각기 흩어지니, 이러한 (자유롭고 구속 없는) 무정의 교유를 맺어 먼 은하수 하늘에서 영원히 함께 하길 바라도다.

(花間一壺酒, 獨酌無相親。擧杯邀明月, 對影成三人。月旣不解飮, 影徒隨我身。暫伴月將影, 行樂須及春。我歌月徘徊, 我舞影零亂。醒時同交歡, 醉後各分散。永結無情遊85), 相期邈雲漢。)

이백의 시에서는 술과 꽃이 자주 등장하는데 이 작품도 그 중의 하나이다. 술이라는 남성적인 것이 꽃이라는 여성성을 상징하는 것과 잘 어우러져 우선 술을 마시는 것 자체를 매우 심미적인 경지의 차원으로 승화시키는 작용을 하였다. 시인은 사실상 달밤에 외로이 혼자 술을 마시고 있지만 이 시의 분위기는 전혀 외롭게 느껴지지가 않는다. 그도 그럴 것이 이백은 달과 그림자를 함께 요청하여 문득 세 사람이 모여 함께 술을 마시는 장면으로 승화시킨 것이다. 그리고 서로 배회하고 서로 춤을 추는 그런 요란한 분위기 속에서 시인은 자신의 외로움을 이겨내려고 노력하지만 깨어 있을 때는 서로 함께 즐기면서도 취한 후에는 제각기 흩어지는 세상사의 이치와도 같은 그 무정함이 시인의 마음을 짓누르지만 시인은 그런 세사와 인정의 각박함에 압도당하여 슬퍼하거나 비관하지도 않고 그런 세상의 섭리를 받아들이면서 다만 무정의 교류라도 좋으니 언제나 서로 필요할 때만이라도 친구가 되어 순간의 쾌락과 우정이라도 나눌 수 있게 된다면 그것으로도 만족한다는 것이다. 따라서 이 시에서도 이백의 호방함과 낙천성이 잘 나타나고 있는 것이다.

---

85) 무정의 교류란 위진시대부터 명사들이 추구하던 서로 구속함이 없는 자유로운 정의 경지를 지닌 교류를 말한다.

이백(李白) 〈장진주(將進酒)〉

그대는 황하의 물이 하늘에서 쏟아져 내려 바다로 치달린 후, 다시는 돌아오지 않음을 보지 못했던가. 그대는 댁의 어르신들이 맑은 거울을 대하고, 아침엔 청사 같은 검은 머리가 저녁이 되어 눈같이 희게 변한 것을 보고 슬퍼하는 것을 보지 못했던가. (그러므로) 인생에서 기쁜 때를 만나면 반드시 마음껏 즐겨야 되나니, 술잔이 헛되이 아름다운 달을 대하게 해서는 되겠는가? 하늘이 우리를 이 세상에 태어나게 한 데에는 반드시 쓰임을 위해서 일 것이니, 천 냥의 황금을 다 써 버려도 언젠가는 우리에게 다시 돌아올 것이다. 양을 삶고 소를 잡아 모두들 잠시 즐겨보세. 기왕 술을 한 번 마셨으니 삼백 잔은 마셔야 하오. 잠부자! 그리고 단구생! 우리 술을 마시며 잔을 놓지 말도록 하오. 그대들에게 내 노래 한 곡 들려주리니 바라건대 귀 기울여 들어 주시오. "부귀한 집 호사스런 음악과 멋진 음식 내 하나도 부럽지 않네, 오직 영원히 취하여 깨어나지 않기만을 바라네. 자고로 성스럽고 어진 자(者)들은 죽은 후 모두 쓸쓸하여 아무도 그들을 몰라주지만, 다만 술을 즐겨하는 사람들은 후세에 그 이름을 남겼지 않았던가! 진사왕 조식은 옛날 평락관(平樂觀)에서 연회를 베풀 적에 한 말에 만 냥이나 하는 비싼 술도 아랑곳 않고 마시며 즐겼다네." 오늘 내가 주인이 되어 그대들을 청하는데 어찌 돈이 없단 말을 하겠는가? 만약 술이 떨어지면 바로 나가서 사와 그대들과 다시 대작할지니, 좋은 말 '오화'와 천금의 흰 여우가죽옷 내 모두 꺼내 아들을 시켜 술로 바꿔 그대들과 더불어 만고의 시름 풀어보겠소.

(君不見黃河之水天上來, 奔流到海不復回。君不見高堂明鏡悲白髮, 朝如青絲暮成雪。人生得意須盡歡, 莫使金樽空對月。天生我材必有用, 千金散盡還復來。烹羊宰牛且爲樂, 會須一飮三百杯。岑夫子, 丹丘生[86], 將進酒,

---

86) 잠부자 단구생은 모두 이백의 친구로 잠징군(岑徵君)과 원단구(元丹丘)를 말한다.

杯莫停。與君歌一曲, 請君爲我側耳聽。"鐘鼓饌玉[87]不足貴, 但願長醉不用
醒。古來聖賢皆寂寞, 惟有飮者留其名。陳王昔時宴平樂[88], 斗酒十千恣歡
謔。"主人何爲言少錢, 徑須沽取對君酌。五花馬, 千金裘, 呼兒將出換美酒,
與爾同銷萬古愁。)

감상요령　장진주는 이백의 시 가운데에서도 우리들에게 가장 친숙한 작품이라고 해도
과언이 아닐 것이다. 특히 우리의 토속주점에는 이백의 장진주 시 구절을 심심찮게
볼 수가 있다. 우선 이 작품에 나타난 이백의 심경은 호방함이라는 단어가 제일 먼저
연상된다. 군불견(君不見)이라는 시어를 첨가하여 7언의 시구를 탈피한 데서부터
기존의 원칙에 구애받지 않는 이백의 대담함을 느낄 수 있다. 또 "황하"라든지 "치달
린다"라는 등의 시어는 이 시의 호방한 풍격을 더하고 있다. 그리고 무엇보다도 순간
의 흥취나 정과 의리를 위하여 천냥이 재물이라도 아끼지 않고 씨비리는 짐은 이
시의 호방함을 가장 잘 보여주는 곳이다. 뿐 아니라 술을 마심에는 삼백 잔은 마셔야
함도 그러하다. 그런데 이백의 시 속에 나타난 이런 호방함은 그가 인생에 대한 무상
함을 그 누구보다도 잘 체득한데서 비롯된 것임을 알 수가 있다. 아침에 청사와도
같은 머리가 저녁에 백발로 바뀜을 누구보다도 통감하고, 황하의 물이 흘러가면 다시
돌아오지 않는 세상의 이치를 뼈저리게 실감하였기에 그는 그 누구보다도 호방한
삶을 구가하는 시를 지은 것이다. 이런 까닭에서 그의 시에는 "급시행락(及時行樂)"
과 같은 인생에 대한 무상함에서 비롯된 환락성과 낙천성이 자주 나타나고 있다.

소동파(蘇東坡)〈염노교(念奴嬌)〉

굼실굼실 흘러 동으로 가는 큰 강물, 파도 물거품과 함께 천고의 풍류
인물들 다 가 버렸네. 옛 진영 서편에는 사람들의 입에 회자하는 주랑의
적벽. 울퉁불퉁한 석벽은 구름 위로 솟아 있고, 거대한 파도는 해안을 앗
아가버릴 듯, 천 무더기의 백설을 감아올린다. 강산은 그림 같은데, 한때
그 얼마나 많은 영웅호걸들이 살다갔는가! 아득히 멀리 공근(주유(周瑜)
의 자(字))의 그때를 생각하나니, 미인 소교도 막 그에게 시집을 왔고, 그

---

87) 찬옥(饌玉)은 진미(珍美)한 음식을 말한다.
88) 진왕은 조조의 아들 조식을 말하며, 그가 지은 명도편(名都篇)에는 "歸來宴平
樂, 美酒斗十千"이라는 구절이 있다.

영웅의 자태 젊고 늠름했도다. 깃 부채에 청사 두건을 맨 그 유유한 모습, 웃으며 담소하는 가운데에도 적의 강한 군대 연기와 재가 되어 날아 가버렸네. 고국을 정신적으로 회상하며 노니느라, 다정다감하여 일찍 흰머리가 된 나를 세상 사람들은 비웃겠지. 인간세상은 꿈과 같은 것, 한잔 술을 부어 강물의 달을 보며 마시네.

(大江[89]東去, 浪淘盡千古風流人物[90]。故壘西邊, 人道是三國周郎赤壁[91]。亂石崩雲[92], 驚濤裂岸, 捲起千堆雪。江山如畵, 一時多少豪傑! 遙想公瑾當年, 小喬[93]初嫁了, 雄姿英發。羽扇綸巾[94], 談笑間[95]强虜灰飛煙滅。故國神遊[96], 多情應笑我, 早生華髮[97]。人間[98]如夢, 一尊還酹[99]江月。)

🎵 소동파의 사(詞)는 그의 재기(才氣)에서 비롯된 호방함이 잘 드러나 그의 사를 가리켜 호방파라고 칭한다. 이는 유영의 완약파와 함께 북송 만사의 두 가지 큰 흐름이다. 유영이 사의 편폭, 즉 형식을 발전시킨 사람이라면 소동파는 사의 풍격, 즉 내용을 전환시킨 사람이다. 소동파는 더 이상 사의 내용을 남녀간의 애정에만 국한시키지 않고 사를 시와 같은 풍격으로 발전시켰다고 할 수 있다. 따라서 적벽회고(赤壁懷古)란 부제가 달린 위의 작품도 그가 적벽을 노닐며 조국의 영웅들을 생각하고 그들을 연모하며 또 그들과 같이 살아가며 늙어가는 자신의 다정함을 노래한 것이다.

감상요령

---

89) 장강을 말한다.
90) 여기서의 풍류인물은 걸출한 영웅들을 말한다.
91) 주랑은 주유를 말하며, 당시 오나라의 장수로 나이가 24세였다. 적벽은 주유로 인해 얻어진 이름이기에 "주랑적벽"이라고 칭해진다.
92) 붕운을 천공(穿空)으로 표기한 곳도 있다.
93) 교현(喬玄)의 딸로 대교(大喬)와 함께 미인이었다.
94) 옛날 유장(儒將)의 복장으로 주유의 유아함을 형용하고 있다.
95) 힘들이지 않고 아주 쉽게
96) 삼국의 전쟁터를 정신적으로 노닐다.
97) 화발은 백발을 말한다.
98) 人生으로 표기한 판본도 있다.
99) 酹(뢰)는 술을 땅에다 뿌려 삼가 제를 올리는 것을 말하지만 여기서는 다만 달을 감상하며 술을 마시는 것을 의미한다.

다. 사회류의 시

 애정류나 개인적 풍류와 낭만류의 시들에 반하는 것으로 주로 사회현실을 풍자하거나 나라와 백성을 걱정하는 우국우민(憂國憂民)의 애국심과 같은 내용을 노래한 시들을 말한다. 이런 사회류의 시들도 애정류와 함께 유구한 역사를 지니며, 유가적 사상에 부합되어 전통적으로 가장 중시되어졌던 시가의 영역이었다.

사회류 시의 역사

 《시경》 - 한악부, 건안시가- 당대 사회파 시인(두보)과 신악부 시인(백거이와 원진)들의 시, 성당의 변새파(邊塞派) 시인들의 시.

사회류 시의 감상

> ### 〈국풍(國風), 위풍(魏風), 석서(碩鼠)〉
>
> 큰 쥐야 큰 쥐야 우리 기장 먹지 마라. 석삼년 동안 너를 섬겼건만 도무지 우리를 생각해주려 하지 않는구나. 장차 너를 떠나서 저 즐거운 곳으로 갈까나. 즐거운 땅, 즐거운 땅, 내 머무를 곳 얻으리.
>
> 큰 쥐야 큰 쥐야 우리 보리 먹지 마라. 석삼년 동안 너를 섬겼건만 도무지 나의 공덕을 무시하네. 이제 그대를 떠나서 저 즐거운 나라로 갈까나. 즐거운 나라, 즐거운 나라, 내 뜻을 펼치리.
>
> 큰 쥐야 큰 쥐야 우리 나락 먹지 마라. 석삼년 동안 너를 섬겼건만 도무지 나의 공로를 생각해주려 하지 않는구나. 장차 너를 떠나서 저 즐거운 시골로 갈테야. 즐거운 시골, 즐거운 시골, 그곳에서 누가 탄식하겠는가.

(碩鼠碩鼠，無食我黍！三歲100)貫101)女102)，莫我肯顧103)。逝104)將去女，適105)彼樂土。樂土樂土，爰106)得我所。

碩鼠碩鼠，無食我麥！三歲貫女，莫我肯德107)。逝將去女，適彼樂國。樂國樂國，爰得我直108)。

碩鼠碩鼠，無食我苗！三歲貫女，莫我肯勞109)。逝將去女，適彼樂郊。樂郊樂郊，誰之永號110)？)

🎵 **감상요령** 시경의 국풍은 당시 15개 나라의 민요들을 소개한 것으로 대개 애정에 관한 내용들이 많다. 그 외에도 국풍에는 현실을 노래한 사회시들이 많은데 위의 작품은 그 대표작으로 그 내용은 위정자들에 의해 착취당하는 백성들의 한과 그것을 피할 수 있는 낙토(樂土), 즉 이상향을 동경하는 마음 등을 잘 노래하고 있다.

〈소아(小雅), 하초부황(何草不黃)〉

어느 풀이고 시들지 않는고? 어느 날이고 가지 않는고? 어느 누구 가지 않는고? 사방 일에 끼지 않는 날이 없네. 어느 풀이고 마르지 않는가? 어느 누구 홀아비 되지 않는고? 슬프다 우리 병사여! 홀로 사람구실 못하는가? 들소도 호랑이도 아니건만 들을 쏘다녀야 하네. 슬픈 것은 우리 병사들 아침이고 저녁이고 쉴 새 있는가! 꼬리 질질 끄는 여우 한 마리 풀

---

100) 오랜 시절을 말한다.
101) 보살피다.
102) 汝와 같다.
103) 顧는 보살피다의 뜻이다.
104) 맹세하다.
105) 도달하다.
106) 이제야 비로소
107) 德은 동사로 은덕을 베풀다는 뜻이다.
108) 直은 곳의 뜻이다.
109) 勞는 위로하다의 뜻이다.
110) 永號는 장탄식하다는 뜻이다.

밭을 쏘다니네. 터벅터벅 짐수레 끌고 이리 저리 한길 다녀야 하네.

(何草不黃？何日不行？何人不將111)？經營四方。何草不玄112)？何人不矜113)？哀我征夫, 獨爲匪民114)。匪兕匪虎, 率115)彼曠野。哀我征夫, 朝夕不暇。有芃116)者狐 率彼幽草。有棧117)之車, 行彼周道。)

〈동문행(東門行)〉

동문을 나가서는 돌아오지 않기로 작정한다. 집으로 들어와서는 슬픔에 겹네. 독 안에는 남은 쌀 없고, 둘러봐도 횃대엔 걸려 있는 옷 없네. 칼 빼들고 동문으로 나서려니 집의 아이 어미 옷 부여잡고 우네. "남들은 부귀만을 바란다지만, 저는 당신과 죽이라도 먹으며 살래요. 위로는 푸른 하늘 있으시고 아래로는 이 어린것들 생각해야지요. 지금은 안 돼요!" "닥쳐요! 가야지! 내 이미 나서는 게 늦었소! 흰 머리 되도록 이대로 살 순 없소!"

(出東門, 不顧歸, 來入門, 悵欲悲。盎118)中無斗米儲, 還視架上無懸衣。拔劍東門去, 舍中兒母牽衣啼。他家但願富貴, 賤妾與君共餔糜119)。上用蒼浪天故, 下當用此黃口兒。今非! 咄120)! 行! 吾去爲遲! 白髮時下難 久居。)

---

111) 將은 行의 뜻이다.
112) 玄은 풀이 말라 꺼멓게 된 것을 말한다.
113) 긍(矜)은 환(鰥)과 같이 통용되어 홀아비를 뜻한다.
114) 匪民은 非人의 뜻이다.
115) 돌다(循).
116) 봉(芃)은 초목이 무성한 모양을 말한다.
117) 잔(棧)은 수레가 높고 큰 모양이다.
118) 동이를 말한다.
119) 포미(餔糜)는 죽을 먹다는 뜻이다.

감상요령

위의 작품은 악부시 가운데 고아행과 함께 사회류에 속하는 대표적인 작품이다. 한 남편이 가난 때문에 불법적인 일을 저지르려고 하자 아내가 이를 말리는 내용이다. 쉽게 말하자면 오늘날에도 자주 발생하는 생계형 범죄의 단면을 보여주는 유명한 악부시 작품이다. 직선적이고 질박한 언어로 당시 가난한 서민들의 모습을 잘 묘사한 악부시이다. 특히 대화의 형식으로 표현된 것은 악부시에서 잘 나타나는 한 표현수법이다.

왕찬(王粲) 〈칠애시(七哀詩)〉

장안은 말할 수 없이 어지러워, 승냥이와 범들이 한창 우환을 일으키니, 중원을 버리고 형주로 가 몸을 의탁하도다. 친척들은 나를 보고 슬퍼하고 친구들은 나의 수레를 붙잡고 놓지를 않네. 문을 나서면 아무것도 보이질 않고 백골만이 넓은 평원을 덮고 있도다. 길에는 굶주린 아낙네가 아이를 안고 풀숲에다 버리네. 돌아보니 울부짖는 소리 들리건만 눈물을 훔치며 되돌아가지 않네. 자신이 죽을 곳도 알지 못하는데 어찌 두 사람이 모두 온전하길 바라리오. 말 몰아 그녀를 떠나 버리고 가나니 차마 그 말을 들을 수가 없기 때문이로다. 남쪽으로 패릉의 높은 곳에 올라 고개 돌려 장안을 바라보며, 황천에 있는 사람을 생각하며 탄식하며 슬퍼하도다.

(西京[121]亂無象[122], 豺虎方遘[123]患。復棄中國[124]去, 委身[125]適荊蠻[126]。親戚對我悲, 朋友相追攀。出門無所見, 白骨蔽平原。路有飢婦人, 抱子棄草間。顧聞號泣聲, 揮涕獨不還。未知身死處, 何能兩相完。驅馬棄之去, 不忍聽此言。南登霸陵岸, 回首望長安。悟彼下泉人, 喟然傷心肝。)

---

120) 고함소리를 뜻한다.
121) 장안을 말한다.
122) 無象은 無法의 뜻이다.
123) 구(遘)는 構의 뜻이다. 조성하다.
124) 중국은 중원을 말한다.
125) 몸을 의탁하다.
126) 형주.

칠애시라는 제목은 당시 문인들이 즐겨 채택하던 악부의 제목이다. 조식이 지은 작품 가운데에도 칠애시가 유명하다. 건안칠자(建安七子) 중의 한 사람인 왕찬의 작품으로 이 시대의 문학 즉 건안문학에 걸맞게 건안풍골(建安風骨)이 잘 드러난 작품이다. 이른바 건안풍골이란 쉽게 말해 한말 건안시대의 문학에 잘 나타난 현실주의적 굳건한 기상을 가리킨다. 건안문학은 건안칠자와 삼조(三曹)에 의해 대표된다. 당시 왕찬이 이각(李傕)과 곽사(郭汜)의 난을 피하기 위해 형주(荊州)의 유표(劉表)에게 몸을 의탁하러 장안을 떠나면서 목도하였던 참상을 읊은 작품이다.

두보(杜甫) 〈석호리(石壕吏)〉

저녁에 석호촌에 투숙하니, 밤에 관리들이 사람을 포박하러 나오네. 늙은 노인은 담을 넘어 달아나고, 그 부인은 문에 나와 바라보네. 그 관리 고함소리 어찌 그리 무섭고, 그 늙은 부인 우는 소리 어찌 그리도 슬픈가. 그 부인 말하길, 세 아들 모두 업성 수자리 나갔는데, 한 아들의 편지에서 두 아들이 모두 전사했다고 하네. 남아 있는 사람도 잠시 목숨을 연명할 뿐이고, 죽은 자는 영원히 사별이로세. 집안에는 아무도 없고, 오직 젖먹이 손자뿐이라. 손자의 어미는 남아 있지만, 문밖을 나설 때도 입고 나갈 치마가 없다 하네. 늙은 이 내 몸 기력은 쇠약하나 원컨데 관리들 따라 수자리로 나가고 싶소. 급히 하양의 군영에 나가 아침 취사를 준비하게 해 주시오. 밤 깊어 말소리는 끊겼어도 나지막한 울음과 흐느낌 들리는 듯 하도다. 날 밝아 갈 길 오르니 오직 늙은 노인과 작별인사를 하였네.

(暮投石壕村[127], 有吏夜捉人。老翁踰牆走, 老婦出看門。吏呼一何怒, 婦啼一何苦。聽婦前致辭, 三男鄴城戍。一男附書至, 二男新戰死。存者且偸生, 死者長已矣。室中更無人, 惟有乳下孫[128]。有孫母未去, 出入無完裙。老嫗力雖衰, 請從吏夜歸。急應河陽役[129], 猶得備晨炊。夜久語聲絶,

---

127) 지금의 하남성 섬현(陝縣) 동쪽이다.
128) 유하손(乳下孫)은 젖먹이 손자를 말한다.
129) 하양은 지금의 하남성 맹현(孟縣)이다.

如聞泣幽咽。天明登前途，獨與老翁別。)

🎵 이 작품은 두부가 직접 석호리에 묵으며 민초들의 어려움을 느끼고 지은 작품
감상요령 으로 전한다. 주지하다시피 두보의 작품은 그 자체가 시사(詩史)라고 하는 만큼
당시 현실을 잘 반영하고 있다. 특히 그의 시에 반영된 유가적 인도주의 정신이나
우국우민(憂國憂民)의 애국심은 후인들로 하여금 그를 중국시인 가운데 가장 훌
륭한 시성(詩聖)으로 추대하게 만들기에 족하다.

잠삼(岑參) 〈주마천행봉송봉대부출사서정(走馬川行奉送封大夫出師西征)〉

그대는 보지 못했던가! 설해변의 주마천을, 망망한 평원은 먼지 속에
하늘을 닿았구나. 구월의 윤대성엔 밤바람만 울어대고, 냇가의 깨어진 말
만큼 큰 돌은 바람 따라 땅바닥을 어지럽게 뒹굴도다. 흉노 땅 풀 누래지
니 말은 마침 살 오르고, 금산 서쪽에 전란의 티끌 날리니, 한나라 장수
군사 몰고 서쪽으로 출정하도다. 장군들 입은 갑옷 밤에도 벗지 못하고,
한밤의 행군이라 창들은 서로 부딪히는데, 바람은 칼날처럼 얼굴을 도려
내는구나. 말 털에는 눈이 쌓이고 흐르는 땀은 증발하지만 오화마 값진
말의 몸 곧 얼음이 얼고, 막중에서 격문 쓸 땐 벼룻물도 얼어붙네. 오랑캐
군 우리 사기 전해 듣고 으레 기죽어 백병전엔 얼씬도 못하려니 후방군사
서문에서 개선 소식 기다리도다.

(君不見走馬川[130]雪海[131]邊，平沙莽莽黃入天。輪臺[132]九月風夜吼，一
川碎石大如斗，隨風滿地石亂走。匈奴草黃[133]馬正肥[134]，金山[135]西見煙塵
飛，漢家大將西出師。將軍金甲夜不脫，半夜軍行戈相撥，風頭如刀面如割。馬

---

130) 주마천은 신강성 경내에 있는 강이다.
131) 신강성 북쪽의 추운 지대를 말한다.
132) 신강성의 지명이다.
133) 초황은 가을을 뜻한다.
134) 말이 바야흐로 살찌는 시기는 흉노가 중국 내륙을 침략하는 시기를 말한다.
135) 서몽고 신강성 북부의 알타이 산을 말한다.

毛帶雪汗氣蒸, 五花[136]連錢[137]旋作冰, 幕中草檄硯水凝。虜騎[138]聞之應膽懾, 料知短兵[139]不敢接, 車師[140]西門佇[141]獻捷[142]。)

감상요령　잠삼은 고적(高適)과 더불어 어깨를 겨누는 중국 성당시기의 변새파 시인의 대표이다. 변새파는 변방의 황량한 분위기나 전장에 임하는 대장부의 비장한 정서 등을 주로 노래하고 있는데, 위의 작품도 그런 대표적인 작품이다.

백거이(白居易) 〈매탄옹(賣炭翁)〉

숯 파는 노인, 남산에서 나무베어 숯을 굽는다. 얼굴은 온통 잿빛에 연기에 그을려 있고, 양쪽 머리 부스스하고 열 손가락 모두 새까맣다. 숯 팔아 번 돈으로 무엇에 쓰는가? 몸에 걸치는 옷이며 먹는 음식이라네. 가엽게도 몸에는 홑옷하나 입고서도, 숯 값 걱정으로 날씨 추워지길 고대한다. 밤사이 성밖에는 한 자나 눈이 오고, 새벽 같이 숯 수레 몰고 눈길에 미끄러진다. 소도 지치고 사람은 배고픈데 해는 이미 중천이네. 시 남문 밖의 진흙바닥에서 잠시 휴식하는데, 펄펄 날 듯 말 타고 오는 두 사람은 누구인가? 황색옷의 사자에 흰옷 입은 아이 시종이라네. 손에는 문서 쥐고 칙령이라 소리치며, 수레 돌려 소를 몰아 북으로 끌고 간다. 수레가득 실은 숯은 무게만도 천근인데, 궁중 관리 몰고 가니 아깝다고 말도 못한다. 붉은 베 반 필에 비단 한발로, 소머리에 매달아 놓고 숯 값이라 큰소리친다.

---

136) 오화마를 말하며, 오색의 무늬가 있는 좋은 말이다.
137) 돈 모양의 반점이 있는 역시 좋은 말이다.
138) 적 오랑캐의 기마대를 말한다.
139) 단병은 칼이나 검과 같은 짧은 무기를 뜻한다.
140) 차사국(車師國)이라고도 하며 신강성 위구르 자치구에 위치했던 북정대도호부가 있던 곳이다.
141) 기다리다.
142) 승리의 소식을 알리다.

(賣炭翁, 伐薪[143])燒炭南山[144]中。滿面塵灰烟火色, 兩鬢蒼蒼[145]十指黑。賣炭得錢何所營。身上衣裳口中食。可憐身上衣正單, 心憂炭錢願天寒。夜來城外一尺雪, 曉駕炭車輾[146]氷轍[147]。牛困人飢日已高, 市南門外泥中歇。翩翩[148]兩騎來是誰, 黃衣使者白衫兒。手把[149]文書口稱敕, 廻車叱牛牽向北。一車炭, 千餘斤。宮使[150]驅將惜不得, 半匹紅紗一丈綾, 繫向牛頭充炭值。)

백거이는 자가 낙천(樂天)이라 백낙천으로 칭해지기도 하고, 호는 취음선생(醉吟先生) 또는 향산거사(香山居士)라고 하였다. 위 작품은 숯 파는 노인의 억울한 사정을 질타하는 사회고발형태의 작품으로 백거이가 젊은 시절에 쓴 것으로 추정되고 있다. 홑옷에 추위와 굶주림에도 불구하고 숯 값 떨어질세라 날씨 추워지기를 고대하는 숯 파는 노인과 이것을 베 반 필에 비단 한 자락으로 수탈해가면서 오히려 큰소리치는 관리의 횡포를 통해 당시 불평등한 사회상을 잘 묘사하고 있다.

라. 자연류의 시

위진남북조 시대에 출현한 전원시와 산수시, 그리고 당대에 들어와 이들의 특색을 종합한 산수자연시를 말하며, 속세를 떠나 은둔생활을 하며 오직 자연을 사랑하면서 안빈낙도의 고고한 삶을 살아가는 시인의 청아한 정신세계를 노래한 시를 말한다.

---

143) 장작을 패다.
144) 남산은 장안 남쪽의 교외에 있는 산이다.
145) 蒼蒼(창창)은 노쇠한 모양이다.
146) 輾(전)은 뒤집어지다는 뜻이다.
147) 바퀴자국에 패인 길이 얼음.
148) 날듯이 빨리 지나는 모양이다.
149) 손으로 들다.
150) 위의 황의사자를 말한다.

자연류 시의 시작

동진(東晉)의 도연명에서 비롯함.(위진남북조 시대의 종영(鍾嶸)은《시품(詩品)》에서 도연명을 가리켜 "고금의 은일시인의 시조(古今隱逸詩人之宗)"이라고 하였다.

자연류 시의 발전

장형(張衡)의 귀전부(歸田賦)- 도연명(陶淵明)의 전원시- 사령운(謝靈運)의 산수시- 왕유(王維)의 산수자연시

전원시와 산수시, 그리고 자연시의 의미

전원시는 도연명이 창시한 것으로 시골전원에서 직접 생활하는 한가로운 정취와 그 평화로운 심경을 노래한 시이고, 산수시는 사령운이 창시한 것으로 산수유람을 떠나는 심정과 산수의 아름다운 정경을 사실적으로 묘사한 시이며, 자연시는 산수자연시라고도 하는데, 당대에 와서 왕유가 전원시와 산수시의 경지를 모두 융합하여 지은 작품임.

전원시와 산수시의 차이

전원에 묻혀 생활하며 지내는 소박한 심경을 노래한 은둔적인 전원시에 비해 산수시는 풍류유람적이고 화려함. 따라서 시어의 사용에 있어서도 산수시는 전원시에 비해 정교하고 화려하며 또 묘사적임.

장형(張衡) 〈귀전부(歸田賦)〉

오랫동안 낙양경도에 있었으나 높은 지략이 없어 군왕을 돕지 못했네. 공허한 생각으로는 일을 이루기 어렵나니, 정치가 청명할 날은 그 언제일런고. 채택(蔡澤)과 같이 심중의 큰 뜻을 펴고자 할 때 당생(唐生)을 쫓아 마음속의 의문을 펴 보네. 천도가 실로 암울하니 어부를 쫓아 함께 즐기리라. 오탁한 세상을 떠나 멀리 가나니 속세와 영원히 결별하도다. 그리하여 중춘의 좋은 계절에 날씨는 온화하고 청명한데 들판의 초목들은 무성하고 백초가 자생하구나. 물수리는 날개 짓을 하고 꾀꼬리는 슬피 울며 쌍쌍이 날며 꽥꽥 앵앵 소리치네. 한가히 소요하며 잠시 마음을 펴 보나니 마치 용이 큰 못에서 길게 소리치듯 하고, 범이 산속에서 크게 포효하듯 하도다. 가는 활을 가져다 나는 새를 쏘고, 큰 강 아래에서 낚시를 드리우네. 새는 화살을 맞아 죽고, 물고기는 먹이를 탐내 낚시 바늘을 삼켰도다. 구름사이에서 노니는 새를 쏘아 맞추고, 깊은 못에 있는 물고기를 낚아 올리네. 이때 날은 점점 기울고 태양은 점차 높이 떠는데, 마음껏 노니느라 하늘이 어두워져도 피로함을 잊도다. 사냥이 사람을 미치게 만든다는 노자의 가르침을 생각하여 수레를 타고 초가집으로 돌아오네. 거문고로 미묘한 곡조를 켜보고 소리 높여 주공과 공자의 서적을 읽도다. 붓을 들어 멋진 문장을 짓기도 하고, 삼황(옛 선현)의 가르침을 적어도 보네. 스스로 마음을 세속밖에 둔다면 영욕과 득실을 어찌 생각이나 하리오!

(遊都邑以永久, 無明略以佐時[151]。, 徒臨川以羨魚, 俟[152]河淸乎未期。感蔡子[153]之慷慨, 從唐生[154]以決疑。, 諒天道之微昧, 追漁父以同嬉。超埃塵以

---

151) 좌시는 시대를 돕는다는 뜻이다.
152) 기다리다.
153) 채자는 전국시대 연(燕)나라 사람 채택(蔡澤)을 말한다.

遲近，與世事乎長辭。於是仲春令月，時和氣清，原隰鬱茂，百草滋榮。王雎[155] 鼓翼，鶬鶊[156]哀鳴，交頸頡頏[157]，關關嚶嚶[158]。於焉逍遙，聊以娛情。爾乃龍吟方澤，虎嘯山邱。仰飛纖繳，俯釣長流，觸矢而斃，貪餌吞鉤，落雲間之逸禽，懸淵沈之魦鰡。于時曜靈俄景，係以望舒[159]，極般遊之至樂，雖日夕而忘劬[160]。感老氏之遺誡。，將廻駕乎蓬廬[161]。，彈五絃之妙指。詠周孔之圖書。揮翰墨以奮藻[162]，陳三皇之軌模。，苟縱心於物外，安知榮辱之所如!)

🎵 서한(西漢)의 부(賦)들이 편폭이 다소 길며 서사(敍事), 영물(咏物)적인 내용이 주였다면 동한(東漢)의 부(賦)들은 대개 편폭이 작은 서정소부(抒情小賦)식이었다. 그 중에서 장형(張衡)의 〈귀전부(歸田賦)〉는 가장 대표적인 작품으로 그 후 위진(魏晉)시대 전원(田園)문학의 선성(先聲)이 되었으며, 중국문학에 있어서 명리(名利)를 벗어나 전원에서 대자연과 더불어 평담하게 살아가는 시의 세계를 낳게 된다. 여기에는 도가의 청정자유(淸靜自由)의 경지와 유가적 안빈낙도(安貧樂道), 공성신퇴(功成身退), 독선기신(獨善其身) 등의 정신이 복합적으로 결합돼 있으며, 이후 위진(魏晉)의 현학청담지풍(玄學淸談之風)의 문학이나 도연명 식의 전원은일(田園隱逸) 문학으로 계속 이어져가게 된다.

도연명(陶淵明) 〈귀원전거(歸園田居)〉

젊어서부터 세속적인 기질이 없었고, 본성은 원래 산을 좋아했다. 잘못하여 속세의 거물에 빠진지 어느 듯 십 삼년. 묶인 새는 옛 숲을 그리워하

---

154) 당생은 전국시대 연나라 술사인 당거(唐擧)를 말한다. 채택이 뜻을 못 얻어 열국을 주유할 적에 당거가 관상을 잘 보아주었다.
155) 징경이, 저구(雎鳩)를 말한다.
156) 창경은 꾀꼬리이다.
157) 힐항은 새가 위 아래로 나는 모양이다.
158) 새의 울음소리 의성어이다.
159) 망서는 달을 모는 신이다.
160) 망구는 피로함을 잊는다는 뜻이다.
161) 봉려는 띠 집이다.
162) 분조는 글을 크게 쓴다는 뜻이다.

고, 지당(池塘)의 물고기는 자신이 살던 그 연못을 잊지 못하듯, 남쪽 들녘에 땅을 일구고 우졸(愚拙)한 마음을 따라 전원으로 돌아왔네. 집 둘레는 사방 십여 무(삼백 평)에다 초옥이 팔구 칸. 느름나무와 버드나무는 뒷 처마에 그늘을 지우고 복사와 배나무는 당(堂) 앞에 늘어섰네. 해는 져 어둑어둑하면 멀리 인가(人家)가 보이는 촌락에서는 연기가 모락모락 피어나고, 개는 마을 골목 안에서 짖어대며 닭들은 뽕나무 가지 위에서 소리치누나. 집안에는 티끌 세속의 잡일이 없고, 한적한 거실엔 여유가 남아돈다. 오랫동안 새장 속에 갇혔다 다시금 자연으로 되돌아왔도다.

(少無適俗163)韻, 性本愛丘山。誤落塵網中, 一去三164)十年。羈鳥戀舊林, 池魚思故淵。開荒南野際, 守拙歸田園。方宅十餘畝, 草屋八九間。榆柳165)蔭166)後簷, 桃李羅堂前。曖曖167)遠人村, 依依168)墟里169)煙。狗吠深巷中, 鷄鳴桑樹顚。戶庭無塵雜, 虛室有餘間。久在樊籠裏, 復得返自然。)

감상요령 위 문장은 그의 〈귀원전거(歸園田居)〉 다섯 수 가운데 첫 수(首)에 해당한다. 다음에 소개할 당대 왕유(王維)의 〈위천전가(渭川田家)〉의 탄생에 직접적인 영향을 준 작품으로 보인다. 여기에서 그는 시두에 바로 "젊어서부터 세속과 어울리는 속세적인 저속하고 평범하며 개성 없는 그러한 기질이 없음"을 밝혔는데 그것은 자신에 대한 일종의 긍지를 솔직하게 표현한 것이 된다. 그리고 다음의 "우졸한 마음을 지켜"에서의 우졸함이란 바로 도가(道家)에서 경시하는 총명하고 교묘함에 반하는 질박하고 순진한 마음을 가리키며, 이것 또한 세속에서 중시하는 얄팍한 지혜에 반하는 자신의 반속적인 개성을 말해주는 부분이다. 마지막 대목에서 나타난 "집안에는 티끌 세속의 잡일이 없고"에서도 시인은 속세의 잡

---

163) 適俗(적속)은 "속세와 적합한"의 뜻이다.
164) 三(삼)자는 이(已)의 오기라고 볼 수 있다. 도연명이 평택령에서 사임하기까지 13년이기 때문이다.
165) 느름나무와 버들
166) 그늘을 지우다.
167) 침침한 모양
168) 여기서는 가볍고 부드러운 모양을 말한다.
169) 촌락

사를 경멸하는 어투로 자신의 반세속적인 면을 재차 강조하게 된다. 도연명의 이러한 반속적인 사상은 그의 대표적인 작품 속에서도 얼마든지 쉽게 발견된다. 그의 〈음주〉 시의 첫 구절에 나타난 "結廬在人境, 而無車馬喧."(세간(世間)에 집을 짓고 살지만 거마(車馬)의 시끄러움은 없네.) 에서 우리가 알 수 있는 것은 도연명식의 은거(隱居)는 흔히 세속인들이 생각하는 깊은 산속에 묻혀 세상과 완전히 결별하는 그런 비인간적이고 부자연스러우며, 허식적이고 가식적인 은일(隱逸)생활이 아니라 자연스럽게 속세에 집을 짓고 살면서도 자신의 마음이 속세와 완전히 떠나는, 보다 인간적이고 허식이 없는 그러한 은거생활인 것이다.

도연명(陶淵明) 〈음주(飮酒)〉

사람들이 사는 곳에 띠 집을 지었지만 수레와 말들의 시끄러운 소리는 들리지 않네. 그대에게 묻나니 여기에서 무엇을 하려는가? 마음이 속세에서 멀어지면 사는 곳도 자연히 외딴 곳이라네. 동쪽 울타리 아래에서 국화를 따면서 멍하니 멀리 남산을 바라보도다. 산의 기운은 석양이 되어 한창 좋고, 날짐승들은 짝을 지어 깃을 찾아가네. 이 가운데 삶의 참뜻이 있나니 그것을 설명하려고 하나 그 또한 무슨 소용이 있으리오!

(結廬在人境, 而無車馬喧170)。問君何能爾？心遠地自偏。採菊東籬下, 悠然見南山。山氣日夕171)佳, 飛鳥相與還。此中有眞意, 欲辯已忘言172)。)

---

170) 喧(훤)은 시끄럽다는 뜻이다.
171) 일석은 황혼이 될 무렵을 말한다.
172) 현학에서 말하는 이른바 언불진의(言不盡意)와 득의망언(得意忘言)의 경지를 의미한다.

　　동진(東晉)의 도연명은 중국고대 은일(隱逸) 시인의 우두머리로 칭해지는 시인으로, 또 그는 전원시를 창시한 시인으로도 유명하다. 그는 정치판의 가식과 부패를 혐오하며 진실함과 자연스러움을 추구하는 자신의 본성에 따라 자청하여 벼슬을 버리고 전원으로 돌아가 자연과 함께 살다간 자연파 시인이었다. 그의 시는 그가 지니고 있는 이런 진솔한 본성과 자연과 더불어 실제로 하나가 되어 살아가는 진정한 은자의 낙을 잘 보여주고 있다. 이를테면 위의 음주시에서도 몸은 속세를 떠나지 않고서도 속세와 단절하며 살아가는 그의 가식적이지 않은 진솔한 본성을 볼 수가 있고, 또 "採菊東籬下, 悠然見南山"의 구절은 자연과 혼연일체가 된 천일합일의 경지를 반영하고 있을 뿐 아니라 "정경교융(情景交融)"의 의경(意境)이 잘 드러난 부분이다.

사령운(謝靈運) 〈석벽정사환호중작(石壁精舍還湖中作)〉

　　새벽녘 아침에 날씨가 변하니 산수가 해맑은 햇빛을 머금고 있네. 해맑은 햇빛이 사람을 즐겁게 하니 나그네는 편안하여 갈 길을 잊도다. 계곡을 나설 때 해는 아직 일렀지만 배에 들어서니 해가 이미 기울었네. 숲과 골짜기가 어두운 빛을 띠고 구름노을은 저녁기운을 머금도다. 마름과 연꽃은 울창히 서로 비치고 부들과 피는 함께 어우러졌네. 초목을 헤치고 남쪽 작은 길로 나아가고　유쾌하고 즐거운 마음으로 동쪽 사립문에 눕도다. 생각이 담백하면 外物은 저절로 가벼이 느껴지고 기분이 만족하면 이치에 위반함이 없거늘, 생명을 보양하려는 사람들에게 이르나니 스스로 이 도를 채택할지어다.

　　(昏旦[173])變氣候,　山水含淸暉。淸暉能娛人,　游子憺[174])忘歸。出谷日尙早, 入舟陽已微[175])。林壑[176])斂暝色[177], 雲霞[178])收夕霏[179]。芰荷[180]) 迭映

---

173) 어두운 아침
174) 憺(담)은 편안함을 말한다.
175) 微(미)는 어둑어둑함을 말한다.
176) 숲 골짜기
177) 흐리흐리한 빛을 거두다.

蔚181), 蒲稗182)相因依。披拂趨南巡, 愉悅偃東扉。慮澹183)物自輕, 意愜理無
違。寄言攝生客184), 試用此道推。)

남조 송대의 사령운은 동진의 도연명과 더불어 자연파 시인에 해당하지만 도
연명의 전원시와는 달리 그는 산수시를 창시한 사람이다. 산수시는 전원시와는
달리 산수유람을 노래한 것이어서 실제로 전원에서 살아가면서 자연에 귀의하는
전원시의 정서와는 많이 다르다. 소박한 전원시에 비해 산수시의 풍격은 유람적
이고 화려하며, 또 그 묘사에 있어서도 감각적이다.

왕유(王維) 〈위천전가(渭川185)田家)〉

석양이 촌락을 비추니, 궁색한 거리에는 소와 양들이 이제 막 돌아온
다. 한 늙은이가 목동을 기다리며 지팡이 짚고 사립문 밖에서 기다리고
있네. 꿩이 우니 보리 묘는 싱싱하고 누에가 잠자니 뽕나무 잎은 드문드
문하도다. 호미를 멘 농부가 서로 만나 다정스레 말을 주고받네. 이 한적
한 경지 부러워하나니, 서글픈 마음 전원에 돌아가고픈 생각뿐이로다.

(夕光186)照墟落, 窮巷牛羊歸, 野老187)念牧童, 倚杖候荊扉188)。雉雊189)麥苗秀,
蠶眠桑葉稀。田夫荷鋤至, 相見語依依190)。即此羨閑逸, 悵然191)吟式微192)。)

---

178) 구름 노을
179) 霏(비)는 구름이 이는 모양이다.
180) 마름과 연
181) 교대로 비쳐 울울하다.
182) 부들과 피
183) 생각이 맑다.
184) 섭생객은 양생가와 같다.
185) 위수(渭水)를 말한다. 감숙성에서 흘러내려 동쪽으로 황하에 이른다.
186) 사양(斜陽)이라고 된 판본도 있다.
187) 시골 노인
188) 荊扉(형비)는 가시로 엮은 사립문을 말한다.
189) 꿩의 울음
190) 依依(의의)는 아쉬워하는 모습이다.

　왕유는 맹호연(孟浩然)과 더불어 성당 시기의 자연파의 대가이다. 왕유의 자연파(혹은 산수자연파)는 동진의 전원파와 남조 송의 산수파를 합쳐 놓은 듯한 풍격을 가진다. 특히 왕유의 시는 소동파가 언급하였듯이 그 시 가운데 화의(畵意)가 잘 나타나고 있는 것으로 유명하다. 위의 작품도 회화성이 뛰어나 마치 한 폭의 동양화를 대하는 듯하다.

왕유(王維)〈죽리관(竹里館)〉

　홀로 그윽한 대나무 숲에 앉아, 거문고 타며 또 멀리 휘파람도 불어보네. 깊은 숲속 그 아무도 없는데 밝은 달이 나와 비춰주도다.

(獨坐幽篁193)裏, 彈琴復長嘯194)。深林人不知, 明月來相照。)

　왕유의 산수자연시의 특징은 앞에서 언급한 회화성 외에도 음악성과 선의(禪意)가 있다는 것이다. 위의 죽리관 시도 바로 참선의 의미가 느껴지는 작품이다.

---

191) 悵然(창연)은 실의하여 서글퍼하는 모양이다.
192) 式微(식미)는 시경 패풍(邶風)의 편명이다.
193) 篁(황)은 대나무 숲
194) 嘯(소)는 당시 위진인들이 즐겨하던 휘파람을 부는 것을 말한다.

Chapter
07

중국소설의 개념

가. 《장자(莊子)》 〈외물편(外物篇)〉

동양에서 "소설(小說)"이라는 말을 가장 먼저 사용하였다.

> "대체로 작은 낚싯대로 개울에서 붕어새끼나 지키고 있는 사람들은 큰 고기를 낚기 어렵다. (이와 마찬가지로) 소설을 꾸며서 그걸 가지고 현의 수령의 마음에 들려 하는 자는 크게 되기 어렵다.
>
> (夫揭竿累, 趣灌瀆, 守鯢鮒, 其於得大魚難矣. 飾小說以干縣令, 其於大達亦遠矣.)"
>
> 《장자(莊子)》 〈외물편(外物篇)〉

▶ 여기서 장자가 말한 소설의 의미는 상대방의 환심을 사기 위해 꾸며 진 도(道)와 덕(德)과는 거리가 먼 작은 지식이나 재기를 지칭하였 다.

나.《한서(漢書)·예문지(藝文志)》

"소설가(小說家)"란 말이 제일 처음 등장한다.

"소설가의 무리는 대개 패관에서 나왔다. 길가나 골목의 잡담으로 거 리에서 얻어 들은 것들로 만들어진 것이다. 공자 왈: 비록 소도(小道)라고 할지언정 반드시 볼 만한 것이 있다. (다만)멀리 가다가는 집착할까 두려 우니 군자들은 해선 안 된다. 그러나 또한 없어지지는 않는 것이다. 마을 의 작은 지혜 있는 자들의 할 짓이나 역시 적어놓아 잊지 않도록 하려는 것이다. 혹 한 마디 취할 만한 것이 있다고 해도 이것 역시 나뭇군이나 건 달들의 의론(議論)인 것이다.

(小說家者流, 蓋出于稗官。街談巷語, 道聽途說者之所造也。孔子曰: 雖 小道, 必有可觀者焉; 致遠恐泥, 是以君子弗爲也。然亦弗滅也。閭里小知者 之所及, 亦使綴而不忘。如或一言可采, 此亦芻蕘狂夫之議也。)

《한서(漢書)·예문지(藝文志)》

▶ 여기서도 소설에 대해 긍정적인 의미를 부여하지 않아 그것을 보잘 것없는 하찮은 이야기로 판단하였다. 그러나 공자도 그것의 작은 가 치를 인정하였듯이 완전히 부정한 것은 아니다.

다. 중국에서의 소설의 원래 개념

중국에서는 자고로 소설을 보잘것없는 하찮은 이야기로 간주하였다. 그러나 그것의 작은 가치는 인정하여 동한시대의 환담(桓譚)도 《신론(新論)》에서 소설에 대해, "소설가들은 흩어진 작은 이야기들을 모아 비유를 들어가면서 짧게 적은 문장이다. 몸과 가정을 다스리는데 볼 만한 말들이 있다."라며 소설의 가치를 어느 정도 인정하였다. 이처럼 고대 중국인들은 소설을 비록 "치국평천하(治國平天下)"의 "대도(大道)"에는 미치지 못하지만 그래도 "치신리가(治身理家)"의 의미를 띤 "소도(小道)"로 간주하였다. 이러한 이유 때문에 소설은 현실적 공리성을 중시하던 중국 고대문인들에 의해 경시와 함께 다소의 주의도 받았던 것이 사실이다.

Chapter

08

중국소설의 특성

가. 사실성과 역사성

최초의 소설가는 "패관"이라고 하는 관직을 지닌 사람들로 소설의 내용은 원래 길거리에 떠도는 소문이나 보잘것없는 초부한들의 얘기꺼리였다. 또 소설의 형식은 흩어진 작은 얘기들을 모아 쉬운 비유를 들어 짧게 기록한 것이었다. 그리고 "패관"이란 지위가 비교적 비천한 사관(史官)의 일종으로 당시 성행하던 "채시관(采詩官)"과 같이 봉건시대의 통치자들을 위해 지방의 풍속과 민정에 관한 기록들을 모아 바치는 일을 하던 하급관리였으니, 소설의 기능은 곧 풍속과 민정의 작은 기록보고의 역할이었다고 볼 수 있다. 이런 연유로 소설은 애초에는 역사성과 사실성을 띠고 있는 것이 큰 특징이다. 중국소설들이 대개 아무리 허황된 이야기를 늘어놓더라도 꼭 지명과 시대 등을 밝히는 것도 이러한 관념에 그 뿌리를 두고 있기 때문인 것이다.

나. 교화사상(敎化思想)

동양에서의 소설은 유가의 영향을 많이 받아 언제나 충효절의(忠孝節義)의 "교화"사상과 깊은 연관을 갖고 있었다. 그것은 소설가가 원래 사관출신이며, 사관문화의 주요주체가 바로 유학사상이기 때문이었다. 유가는 원래 문학이 봉건정치를 위해 봉사해야 한다는 입장을 지니고 있었으며, 따라서 중국에서의 소설은 처음부터 이러한 개념과 특성에서 출발하였기에 위진남북조의 지괴(志怪)소설과 지인(志人)소설의 초기단계를 거쳐 당대의 전기(傳奇)소설, 송원대의 화본(話本)소설, 그리고 명청대의 본격적인 장회(章回)소설의 단계를 맞이하면서도 늘 권선징악의 교화의 특성에서 좀처럼 쉽게 벗어나질 못하였던 것이다.

다. 감성적 낭만주의

장건(張健)은 〈중국과 서양소설의 발전과정에 있어서의 차이점〉이라는 문장에서 중국소설은 서양소설에 비해 거의가 낭만주의적 경향의 소설들만 생산되었고, 또 중국소설에는 서양에 비해 참회록이나 현학(玄學)적, 그리고 한두 명의 소수 인물로써 주체로 삼는 형식의 소설이 거의 나타나지 않았으며, 또 비장웅방(悲壯雄放)한 풍격을 지닌 작품이나 인류의 운명을 걱정하는 식의 위대한 격조를 지닌 작품이 탄생되지 않았다고 하였다. 또 육환(陸環)도 〈중국과 서양소설의 상이점에 대해〉라는 문장을 통해 중국소설은 서양에 비해 시적인 아름다움, 즉 시의(詩意), 의경(意境)과 함께 감성적인 면이 강한 반면, 서양의 소설은 이성주의의 대폭적인 의론(議論), 설리성(說理性)과 함께 사회와 인생, 그리고 도덕과 종교적 철리와 같은 강한 사변적 색채를 띠고 있음을 강조하였다.

Chapter 09

중국소설의 기원

가. 신화

신화의 일반적 의미는 원시사회에서 유전되어 온 인간의 능력을 초월한 신들의 언행을 서술한 민간고사라고 할 수 있다. 따라서 신화는 생산능력과 인식수준이 낮은 원시인류의 당시의 현상을 개변시키기 위한 강렬한 바람에서 나온 것이 많다. 또 그것은 천지개벽이나 인류의 형성, 그리고 각종 자연계와 사회현상에 대한 고대인들의 상상적인 추측의 결과이며, 현실생활에 대한 고대인들의 비현실적인 이해라고 볼 수도 있다. 중국에도 천지개벽의 반고(盤古)라든지 하늘을 메운 여왜(女媧)의 이야기, 그리고 치수(治水)를 감행한 우(禹)임금 등을 비롯한 신화가 결코 적지는 않다. 이러한 신화는 그 낭만적인 정신으로《초사》나《장자》등을 비롯한 후대의 중국문학과 소설에 실질적인 많은 영향을 미친 것이 사실이나, 유가적 전통관념 하에서 그것의 발전에 제한을 받은 것도 중국문학의 특징이다.

나. 전설

전설은 장기간 민간에 유전되어 온 다소 역사적 색채를 띤 괴이하고 신기한 이야기를 말하며, 신화와 매우 관계가 깊다. 대개 신화 중에 전설이 있고, 전설 가운데 신화가 포함되어 있는 경우가 많은데, 신화가 유전되는 가운데 부단히 변화하여 이야기 속의 신들이 점점 인성을 지니게 되어 전설로 변하게 되는 것이다.

다. 선진시대의 우언고사

"우언(寓言)"이라는 말은 《장자》의 〈우언〉 편에서 제일 처음 등장한다. "우(寓)"라는 말은 "기탁(寄託)하다"는 의미이니, 그것은 곧 유희재(劉熙載)의 말대로 "황당함 속에서 진실을 기탁하고, 현묘함 속에서 사실을 기탁하다"는 의미인 것이다. 우언은 대개 하나의 작은 이야기를 서술하면서 그 속에 심각한 의미를 내포하고 있는데, 종종 쌍관적(雙關的)인 뜻을 지닌 언어와 교묘한 비유로써 철리를 펼치고, 그 어떤 개념을 증명시킨다. 우언에 나타난 사람이나 일들은 대개 허황되거나 과장된 것이 많고, 심지어 신화에 가까운 것도 있다. 중국에서는 춘추전국시대에 선진제자(先秦諸子)들에 의해 그들의 웅변과 사상을 전달하는 수단으로 널리 채택되기도 하였는데, 《맹자》, 《장자》, 《열자》, 《한비자》, 《여씨춘추》 등의 저작에 많이 나타난다. 이는 시대적으로 보아 고대 희랍의 《이솝우언》과 거의 같은 시기였다. 이러한 우언이 가지고 있는 특징을 요약하면, 풍부한 상상력과 의인화적인 수법, 그리고 과장적인 표현이라고 할 수 있으며, 이는 나중에 중국소설이 등장하는데 직접적인 큰 역할을 끼치게 된다.

라. 선진양한의 역사산문

선진시대의 철리산문에 나타난 우언고사와 함께 중국소설의 기원에 가장 직접적이고 중요한 작용을 끼친 영역이다. 그러나 전술한 바와 같이 중국의 소설은 패관이라고 하는 사관의 기록에서 출발하였기에 민간의 전설이나 야사(野史), 그리고 역사산문 등의 사전체(史傳體) 형식에서 파생했을 가능성이 가장 높다. 이를테면 선진시대의 대표적인 역사산문인《좌전(左傳)》이나《전국책(戰國策)》, 그리고 양한시대의 대표적 역사산문인《사기(史記)》 등이 그 가운데에 속한다.

그러나 중국에서는 서양과는 달리 유가사상이 일찍 사회문화의식을 지배하여 신화의 발전을 저해하였던 관계로 신화가 중국소설의 발전에 끼친 영향력은 상대적으로 그리 크지가 못하다. 현실적이고 실용적인 면을 중시하는 유가적 사고에서는 신화에 등장하는 허무맹랑한 이야기들을 용납하지 않았던 것이다. 그리하여 서양에서와 같이 문학의 자궁이며 소설의 직접적인 모태가 되는 신화의 발전이 매우 미비하였으며, 그로 인해 소설의 성립도 상대적으로 매우 늦었던 것이다.

Chapter
10
중국소설의
발전사

가. 중국소설의 출현과 발달

일반적으로 말해 중국에서는 상고시대에서 양한시대까지 소설이 나타나지 않았다가, 위진남북조시대에 이르러 소설의 초기형태인 지괴류(志怪類) 소설이 출현하였으며, 당대(唐代)에 이르러 비로소 성숙한 형태를 갖춘 전기(傳奇)소설이 등장하게 된다. 전기와 지괴는 모두 중국소설의 초기단계로 그 이름에서 느껴지듯이 모두 괴이한 이야기들을 많이 다루었던 초기 소설의 공통점이 있지만, 지괴가 대부분 귀신의 이야기를 다룬데에 비해 전기는 비교적 많은 비중을 인생과 사회를 사실적으로 반영하였다. 그리고 송원대(宋元代)에는 백화소설의 등장과 발전에 이어 명청(明淸)시대에 와서는 중국고대소설이 최고조로 발달하여 서양의 소설들에 견주어도 손색이 없는 걸작이 등장하면서 이 시대 문학의 맹주역할을 하게 된다.

나. 문언소설과 백화소설

중국소설은 크게 문언소설과 백화소설로 양분된다. 문언체로 쓰여진 문언소설에 비해 백화소설은 쉬운 백화체 즉 구어체로 쓰여진 소설을 말한다. 말하자면 중국소설은 송원대에 들어오면서 기존의 소설인 문언소설의 기초 위에 또 다른 형식의 백화소설이 생겨나게 된다. 그렇다고 그때까지 발전해온 지괴와 전기등의 문언소설의 전통이 완전히 사라진 것은 아니다. 다만 소설의 중심이 문언소설에서 백화소설로 전환되었음을 말한다. 문언소설은 송원대 후에도 "필기(筆記)"소설이란 이름으로 문인들의 전용 창작품으로서의 위치는 차지하고 있었던 것이다. 이와 같이 중국소설은 송원대에 와서 문언과 백화의 두 갈래로 나뉘어져 각각 발전하였다는 얘기다.

다. 문언소설의 발전

문언소설은 구어체가 아닌 문언체로 된 소설을 말하는데, 중국소설은 문언체로 시작되었다. 그리고 중국소설의 역사에서 위진남북조시대를 문언소설의 형성시기로 본다. 이때 나온 초기소설의 형태는 지괴류와 지인류, 그리고 해학류로 분류되나 대체로 지괴류로 대표된다. 지괴류 소설은 괴이한 이야기들을 모아놓은 것들로 오늘날 소설의 개념과는 그 차이가 크다. 그 내용은 물론 형식부터 소설로서는 너무 짧고 구성에 있어서도 소설의 맛이 느껴지지 않는 것이 대부분이나 중국문언소설은 이로부터 출발한 것이다. 지괴소설은 고대인들의 호기심 본능을 자극하는 기괴한 일사(逸事)나 소문 등을 기록한 짧은 형식의 문장이었다고 할 수 있다. 오늘날 소설과 같이 인생의 심오한 사상을 주제로 하기보다는 신기하고 괴이한 귀신이야기들을 주로 다루었으며, 그를 통해 "귀신과 신령의 도가 살아있음을 천명한다"(간보의 《수신기(搜神記)》)라고 하기도 하였다. 이러한 문언소설은 당 전기(傳奇)를 거쳐 필기류 소설이라는 이름으로 계속 이어져오다가 청대에 문언소설의 결정이라고 할 수 있는 《요재지이(聊齋志異)》가 탄생하게 된다.

라. 백화소설의 발달요인(一)

송원대 이후에 백화소설이 발전하게 된 배경요인으로는 상업의 발전과 함께 성장한 도시시민계층의 형성과 밀접한 관계가 있다. 즉 시민계급이 대두되면서 그들을 위해 쉬운 백화체로 쓰인 독서물이 필요하게 된 사회 역사적 배경이 깔려있는 것이다. 당송시대의 수도를 비롯한 몇몇 지역들은 이미 국제적인 도시로 부각되면서 많은 여행자들을 위한 여관과 주점 등의 시설이 많이 생겨났고, 그로 인해 부상(富商)들도 생겨났으니 중국 사회도 상업사회의 기틀이 형성된 것이다. 따라서 비교적 무식한 상인이나 일반시민들을 위한 독서물인 백화소설이 등장하기 시작하였던 것이다. 또 소설 속 주인공의 신분도 바뀌어 과거의 문언소설들이 주로 선비나 귀족, 혹은 영웅들의 이야기를 다룬 반면에 백화소설에서는 상인이나 일반시민들의 이야기를 주로 다루었다. 이는 서양소설의 발달과정에서 로망스가 노벨로 바뀔 때 주인공들의 신분이 귀족에서 평민으로 전이한 것과 같은 이치라고 할 수 있다.

서양소설의 발달사

　서양에서의 소설의 발달과정은 일반적으로 신화에서 서사시가 생겨나고 서사시에서 로망스가 되었다가 나중에는 노벨 즉 소설로 발전되는 과정을 거치게 된다. 이 과정에서 처음 신화의 주인공은 대개 신 혹은 신적인 존재이며, 서사시의 주인공은 대체로 영웅이다. 또 로망스의 주인공은 흔히 기사(騎士)의 형태로 나타나는 귀족계층의 인물이며, 소설(노벨)의 주인공은 선남선녀나 필부필부(匹夫匹婦), 즉 보통사람들이었다. 즉 서양소설의 발달과정을 보면 시간이 흐르면서 소설은 점점 어느 특정 사회계층의 묘사를 벗어나 점차 보다 많은 사람들의 삶의 모습을 다루어왔음을 알 수 있다. 그러므로 그 주인공들이 처음에는 신에서 영웅으로, 영웅에서 귀족으로, 다시 귀족에서 평민으로의 신분상의 낙하가 이루어졌던 것이며, 그리하여 근대 이후의 소설에서는 주인공을 어느 계층에 한정하는 일이 없이 아무 계층이나 집단에서 추출하였던 것이다. 그리고 소설 주인공들의 신분하락의 양상은 봉건사회의 해체에 따른 시민계층의 성장이 그 주요 배경으로 지적된다.

마. 백화소설의 발달요인(二)

　백화소설의 성장은 당시 성행하던 강창문학과도 밀접한 관계가 있다. 이른바 강창(講唱)이라는 것은 중국민간기예의 일종으로서 이야기꾼 즉 설화인(說話人)들이 講(이야기)과 唱(노래)을 섞어가며 대중들에게 들려주던 형태의 예술이었다. 산문과 운문의 형식을 모두 갖춘 이 강창문학은 당대(唐代)에 이미 불경 속의 고사(故事)들을 빌어 사람들이 많이 모이는 곳에서 재미있는 이야기로 꾸며 들려주던 형태 — 이를 변문(變文)이라고 함. — 로 성행하였다. 송원대에 와서는 더욱 발달하고 비대해진 도시와 시민계층으로 인해 강창문학은 한층 활발해진다. 그리고 이러한 설화인들의 이야기를 모아서 각색한 것이 바로 화본(話本)소설이다. 명대의 사대기서들도 거의가 이러한 화본의 형태로 설화인들에 의해 구전되던 것이 탁월한 문재를 지닌 작가들에 의해 각색되어 완성된 것이었다.

바. 화본소설의 발달(一)

중국소설의 발달과정에서 송원명청의 시대는 문언소설에 비해 백화소설이 크게 발달한 시대였다. 중국에서는 초기의 백화소설을 "화본(話本)"소설이라고 부른다. "화본"이란 대중들에게 얘기를 들려주던 설화인들의 저본(底本)이지만 세월이 지나면서 문재(文才)가 있는 문인들에 의해 윤색되고 가공되어져 마침내 완전한 형태를 갖추게 된다. 당대에 문인들에 의해 전기라고 하는 단편문언소설들이 창작되어졌을 때에 다른 한편에서는 민간 예인들에 의해 화본의 준비가 이루어졌던 것이며, 송대에 이르러 수공업과 상업, 그리고 도시와 시민계층의 부단한 발전에 힘입어 화본은 더욱 성장하게 된다.

사. 화본소설의 발달(二)

송대에 도시경제의 발전과 함께 고개를 든 문화오락활동으로 인해 각종 민간기예들의 공연을 위한 공공오락 장소들이 생겨나게 되었는데, 송원대에 구란(勾欄)이라고 하는 전문적인 오락공연공간에서 가장 인기가 있었던 기예 중의 하나가 바로 "설화(說話)"였다. 강창(講唱)문학인 설화는 또 그 성격에 따라 네 가지로 분류되어 그 가운데 전적으로 단편고사만을 강창하던 "소설"과 전적으로 역사적인 고사들을 강창하던 "강사(講史)"(혹은 "평화"라고도 부름.)가 가장 인기가 있었다. 그 중 비교적 문학성이 뛰어난 "소설"은 그 후 단편소설로 발전하였고, 그보다는 다소 문학성이 뒤지는 "강사"는 장편역사소설로 발전하게 된다. 그 외에도 "설경(說經)"이라고 하는 불경에 관한 강창과 "합생(合生)"이라고 하는 오늘날의 상성(相聲)(만담형식의 중국민간기예)과 같은 것들도 있었다.

아. 화본소설의 발달(三)

송원과 명대에 출현한 이 화본류 소설은 그 형식과 내용으로 볼 때 과거의 소설과는 판이하여 노신이 지적한 바대로 "중국소설사상 일대 변천"으로 평가되었다. 형식으로 보면 과거 전기등의 소설과는 달리 통속스러운 백화체로 쓰였고, 또 그 내용으로 볼 때도 그 전의 소설들이 주로 사대부 지식계층인 귀족 가문의 선비나 규수를 주인공으로 한 것에 반해 당시 평민인 상인(商人)이나 소시민(小市民) 계층의 생활을 주제로 다루며 그들을 주인공으로 하여 창작되었다. 그로 인해 화본류 소설은 당시 평민들의 생생한 현실생활을 반영하며, 인권과 지위를 주장하던 그들의 시민의식도 잘 반영하고 있었다. 특히 《삼언》에서는 과거 봉건예교주의 사상을 뛰어넘는 당시 진보적인 시민계층의 생각과 도덕관념을 잘 반영하고 있다.

Chapter 11

중국문언소설의 분류와 감상법

가. 중국문언소설의 분류

위진남북조 문언소설

▶ 지괴류:《수신기(搜神記)》,《수신후기(搜神後記)》,《열선전(列仙傳)》,《이문기(異聞記)》,《열이전(列異傳)》,《박물지(博物志)》,《서경잡기(西京雜記)》,《습유기(拾遺記)》,《유명록(幽明錄)》,《제해기(齊諧記)》,《속제해기(續齊諧記)》

▶ 지인류:《어림(語林)》,《세설신어(世說新語)》

▶ 해학류:《소림(笑林)》

당대 문언소설(전기류)

▶ 애정류: 〈유선굴(遊仙窟)〉, 〈이혼기(離魂記)〉, 〈앵앵전(鶯鶯傳)〉, 〈유씨
  전(柳氏傳)〉, 〈임씨전(任氏傳)〉, 〈곽소옥전(霍小玉傳)〉, 〈이
  왜전(李娃傳)〉, 〈이장무전(李章武傳)〉

▶ 호협류: 〈규염객전(虯髯客傳)〉, 〈섭은낭전(聶隱娘傳)〉, 〈곤륜노전
  (崑崙奴傳)〉, 〈사소아전(謝小娥傳)〉

▶ 신괴류: 〈고경기(古鏡記)〉, 〈침중기(枕中記)〉, 〈남가태수전(南柯太
  守傳)〉, 〈유의전(柳毅傳)〉

▶ 역사류: 〈동성노부전(東城老父傳)〉, 〈장한가전(長恨歌傳)〉

기타 당오대 문언소설

▶ 《당척언(唐摭言)》

송원명청 문언소설(필기류)

▶ 송대: 《몽계필담(夢溪筆談)》
▶ 명대: 《전등신화(剪燈新話)》, 《전등여화(剪燈餘話)》
▶ 청대: 《요재지이(聊齋誌異)》, 《열미초당필기(閱微草堂筆記)》

나. 중국문언소설의 감상

《수신기(搜神記)》

간보(干寶)의 작품으로 지괴소설 중에서 가장 완벽하고 긴밀한 구성으

로 흥미진진한 이야기를 전개시키면서 현실적인 주제사상을 명백히 표방한 작품들도 있었으니, 가히 이 시대 지괴소설을 대표할 수 있는 훌륭한 단편문언소설집이라고 할 수 있다. 이 작품을 통하여 그는 虛幻적인 "신도"만을 얘기한 것이 아니라 봉건주의 폭정이나 불의를 풍자하는 내용이나 남녀간의 지고한 사랑을 노래하기도 하였다. 이 가운데 가장 대표적인 작품들은 〈간장막야(干將莫邪)〉, 〈한빙부부(韓憑夫婦)〉, 〈동영(董永)〉, 〈자옥(紫玉)〉 등의 이야기일 것이다.

〈간장막야(干將莫邪)〉

초나라의 간장과 막야는 초왕을 위해 검을 만들었다. 3년이 걸려 만들어 왕은 노해 그를 죽이려고 하였다. 검은 자웅 한 쌍이었다. 당시 그의 처는 임신하여 만삭이었다. 남편은 처에게 말하였다.

"내가 왕에게 검을 만들어주기로 했는데 3년이 걸려 왕이 노해 반드시 날 찾아와 죽이려할 것이오. 당신이 만약 아들을 낳게 되어 그 아이가 자라면 문을 나서 남산을 바라보면 소나무가 바위 위에서 자라는데 검이 그 뒤에 있다고 일러주시오"

그리고 그는 자검(雌劍)을 가지고 초왕을 만났다. 왕은 크게 노해 사람을 보내 그것을 조사하게 하니, 검은 자웅의 두 개인데 자검만 오고 웅검은 오지 않았음을 알았다. 왕은 노해 그를 죽였다.

막야의 아들의 이름은 적이었는데, 장성한 후에 그 모친에게 물었다. "제 아버지는 어디에 있어요?" 그러자 모친은 "네 부친은 초왕을 위해 검을 만들다가 3년이 걸려 완성하자 왕은 노하여 네 부친을 살해하였다. 떠날 때에 나에게 문을 나서 남산을 바라보면 소나무가 바위 위에서 자라는데 검이 그 뒤에 있다는 말을 네게 하라고 당부하셨단다."하였다. 아들은 문을 나가서 남쪽을 보니 산은 보이지 않았지만 집 앞 돌기둥 아래의 바위 위에 소나무가 한 그루 자라는 것이 보였다. 그리하여 그것을 도끼로 뽑아내고 보검을 얻어내었으며, 조만간 초왕을 찾아가 복수할 생각을 품었다.

초왕은 꿈에 양미간의 거리가 한 척이나 되는 사내아이가 복수하리라는 말을 하는 것을 보고는 즉시 천금의 현상금에 부쳤다. 소식을 들은 아이는 멀리 산으로 도망갔는데 가면서 슬픈 노래를 불렀다. 어느 협객이 그와 마주쳐 묻길, "어린 나이에 왜 그리 슬프게 우는가?" 그러자 그는 "저는 간장막야의 아들입니다. 초왕이 저의 부친을 살해했으니 꼭 초왕을 찾아 복수를 하겠습니다." 했다. 협객은 말하길, "듣자니 초왕이 천금으로 너의 목을 현상에 부쳤다는데 너의 목과 칼을 내게 주면 내가 너의 원수를 갚아주겠다." 하였다. 소년은 "잘 되었군요!" 라고 하며 즉시 자결하였다. 그리고는 두 손으로 수급과 검을 협객에게 바치는데 그 시체는 꼿꼿하게 서서 쓰러지지 않았다. 협객이 "너의 뜻을 져버리지 않겠다"라고 하니 시체는 그때서야 비로소 앞으로 꼬꾸라졌다.

협객은 머리를 들고 나아가 초왕을 뵈었고, 초왕은 매우 기뻐하였다. 협객이 말했다. "이것은 용사의 머리이니, 솥에 넣어 삶아야 할 겁니다." 초왕은 그의 말에 따라 그것을 삶았는데, 사흘 밤낮을 연이어 삶았으나 삶기지가 않았다. 그리고 머리가 탕 속에서 튀어올라 눈을 크게 부릅뜨고 사람을 쏘아보았다. 협객이 말했다.

"이 아이의 머리는 삶아도 삶기질 않으니 바라건대 대왕께서 직접 솥 가까이로 다가와 보면 반드시 삶길 것입니다."

초왕은 솥 가까이로 다가왔다. 협객은 검으로 초왕을 조준하여 베니 초왕의 머리가 즉시 끓는 물 속으로 떨어졌다. 협객은 또 자신의 머리도 조준하니 그의 머리도 끓는 물 속으로 떨어졌다. 그리하여 3개의 머리가 삶아져 풀어지니 구분이 되지 않았고, 그 국과 고기를 분리시켜 매장하여 그것을 합쳐 "삼왕묘"라고 불렀다.

(楚干將莫邪爲楚王作劍，三年乃成。王怒，欲殺之。劍又雌雄。其妻重身[1]當産。夫語妻曰："吾爲王作劍，三年乃出。王怒，往必殺我。汝若生子是男，大[2]，告之曰：'出戶望南山，松生石上，劍在其背。'"於是卽將雌劍往見楚王。王大怒，使相[3]之。劍有二、一雄一雌，雌來雄不來。王怒，卽殺之。莫邪子名赤，比[4]後壯，乃問其母曰："吾父所在？"母曰："汝父爲楚王作劍，三年乃成。王怒，殺之。去時囑我：'語汝子，出戶望南山，松生石上，劍在其背。'"於是子出戶南望，不見有山，但睹堂前松柱下石低之上。卽以斧破其背，得劍，日夜思欲報[5]楚王。王夢見一兒眉間廣尺，言欲報讐。王卽購[6]之千金。兒聞之亡去[7]，入山行歌。客有逢者，謂："子年少，何哭之甚悲耶？"曰："吾干將莫邪子也，楚王殺吾父，吾欲報之。"客曰："聞王購子頭千金，將子頭與劍來，爲子報之。"兒曰："幸甚！"卽自刎，兩手捧頭及劍奉之，立僵[8]。客曰："不負子也。"於是屍乃仆[9]。客持頭往見楚王，王大喜。客曰："此乃勇士頭也，當於湯鑊[10]煮之。"王如其言煮頭，三日三夕不爛。頭踔[11]出湯中，瞋目[12]大怒。客曰："此兒頭不爛，願王自往臨視[13]之，是必爛也。"王卽臨之。客以劍擬[14]王，王頭隨墜湯中，客亦自擬己頭，頭複墜湯中。三首俱爛，不可識辨。乃分其湯肉葬之，故通名三王墓。)

---

1) 重身은 임신하다의 의미이다.
2) 장성하여 어른이 된다는 의미이다.
3) 相은 관찰하다의 뜻이다.
4) 比及의 의미로 백화로는 等到(기다려)의 뜻이다.
5) 報는 복수하다(報仇)의 의미이다.
6) 購는 현상을 걸다는 의미이다.
7) 亡去는 도망가다(逃走)의 뜻이다.
8) 직립(直立)하여 쓰러지지 않는다.
9) 仆은 쓰러지다는 의미이다.
10) 확(鑊)은 솥과 같은 기물을 말한다.
11) 튀어 오르다.
12) 눈을 크게 뜨고 쳐다보다.
13) 臨視는 가까이 다가가 본다는 뜻이다.
14) 의(擬)는 잘 맞추어 칼로 베다는 뜻이다.

　이러한 내용의 전설에 관해서는 《열이전》에서도 이미 선보이기도 하였다. 이 작품은 아마도 지괴류 소설 가운데서도 가장 소설적 묘사와 구성이 뛰어난 작품 중의 하나라고 볼 수 있다. 긴박함을 잘 드러내는 대화체의 간결한 문장과 인물의 성격을 잘 표현하는 성격화의 언어들이 돋보인다. 통치자의 잔혹함과 백성들의 이에 대한 반항정신이 잘 반영되고 있다. 부친을 죽인 원수를 아들이 복수하는 내용은 중국의 무협소설이나 영화에서 흔히 보이는 주제인데 그 전통이 아마도 이러한 작품으로부터 비롯되었다고 생각된다. 또 중간에 의로운 협객이 등장하여 주인공을 도와주는 것도 중국 협객류 소설의 전형적인 형식이라고 할 수 있을 것이다.

〈동영(董永15))〉

　한의 동영은 천승인이다. 어릴 적에 모친을 잃고 부친과 함께 살았다. 밭에서 힘들어 일하고 작은 수레에 부친을 싣고 돌아오곤 했다. 부친이 죽자 장사를 지낼 수가 없어 스스로를 노비로 팔아 장사를 지냈다. 주인이 그의 어짐을 알고 만냥을 주어 돌려보냈다. 영이 삼년상을 끝내고 주인에게 돌아가 노비직에 임하려고 하는데, 길에서 한 여자를 만났다. (그녀가) 말하길: "당신의 처가 되고 싶습니다." 그녀와 함께 주인집으로 갔다. 주인은 영에게 말하길: "그 돈을 그냥 그대에게 드리겠소." 영은 "그대의 은혜를 입어 부친의 유골을 안장하였습니다. 제 비록 미천한 사람이나 전력을 다해 일해 후한 은혜에 보답하겠습니다." 하였다. 주인은 말하길: "부인께서 무엇을 할 수 있소?" 영은 "베를 짤 수 있습니다." 했다. 주인은 " 정 그러하다면 부인으로 하여금 백 필의 가는 비단을 짜게 해서 가져오시오." 했다. 그리하여 영의 처는 주인집을 위해 비단을 짜 열흘 만에 마쳤다. 여자는 문을 나서며 영에게 말하길: "저는 하늘나라의 직녀입니다. 당신이 지극히 효성스러워 천제께서 저로 하여금 당신의 빚을 갚도

---

15) "董永與織女"라고 제목을 붙이기도 하는데, 위대(魏代)의 조식(曹植)의 시 "영지편(靈芝篇)"에서 최초로 이 이야기를 다루고 있다.

록 한 것입니다." 말을 끝내자 공중으로 올라가 그 어디로 간 지 알 수 없었다.

(漢董永, 千乘16)人。少偏孤17), 與父居。肆力18)田畝, 鹿車19)載自隨。父亡, 無以葬, 乃自賣爲奴, 以供喪事。主人知其賢, 與錢一萬, 遣之20)。永行三年喪畢, 欲還主人, 供其奴職21)。道逢一婦人曰:「願爲子妻。」遂與之俱。主人謂永曰:「以錢與君矣。」永曰:「蒙君之惠, 父喪收藏22)。永雖小人23), 必欲服勤致力, 以報厚德。」主曰:「婦人何能?」永曰:「能織。」主曰:「必24)爾者, 但令君婦爲我織縑25)百疋26)。」於是永妻爲主人家織, 十日而畢。女出門, 謂永曰:「我, 天之織女也。緣君至孝, 天帝令我助君償債耳。」語畢, 凌空而去, 不知所在。)

> 이 작품은 지극히 간결한 문체로 인물의 형상을 잘 표현해내고 소설적 구성과 줄거리도 완정하여 위진육조 소설 가운데 비교적 훌륭한 작품에 속한다. 청평산당(淸平山堂)이 펴낸 화본 가운데 〈동영우선전(董永遇仙傳)〉이라는 이야기나 명대의 희곡인 〈직금기(織錦記)〉 등의 작품도 바로 이 이야기에서 파생된 것임을 보면 이 작품이 후세에 끼친 영향을 짐작할 수 있다.

---

16) 옛 지명으로 지금의 산동성 고청현(高靑縣) 고원진(高苑鎭)의 북쪽이다.
17) 모친을 여위다.
18) 盡力. 힘을 다하다.
19) 작은 수레를 말하며, 사슴이 끄는 수레의 의미가 아니다.
20) 그로 하여금 돌아가게 하다.
21) 노복이 되어 자신의 직책을 다하다.
22) 여기서의 상은 시체를 뜻하고, 수장은 장사를 지낸다는 뜻임.
23) 여기서의 소인은 지위가 비천한 사람을 말한다.
24) 여기서의 필은 만약에의 뜻임.
25) 겸은 가는 비단을 말함.
26) 匹과 같다.

〈자옥(紫玉27))〉

　오왕 부차의 딸은 그 이름이 자옥이었는데, 나이 18세에 재색이 출중하였다. 청년 한중은 나이가 19세였는데, 도술을 알았다. 자옥이 그를 매우 좋아하여 서로 서신을 왕래하며 사귀다가 그의 처가 되길 허락하였다. 한중은 제로의 땅에서 공부를 하여 떠날 때에 그 부모에게 혼인의 일을 부탁하였다. 오왕은 대노하여 딸을 주지 않았고, 자옥은 기가 막혀 죽어 소주 밖으로 묻히게 되었다. 3년이 지나 한중이 돌아와 그 부모에게 사연을 물으니 그 부모가 말하길, "왕이 대노하여 자옥은 심장마비로 죽어 이미 장사를 치뤘다."고 했다. 한중은 애통하게 울고는 제물을 갖추어 그 무덤으로 가서 제를 지냈다. 그때 자옥의 혼령이 무덤 밖으로 나와 그를 보고는 눈물을 흘리며 말했다.

　"옛날 당신이 떠난 후에 당신의 부모님이 제 아버님을 만나 뵈어 혼인을 부탁하였고, 그 바람이 쉽게 이뤄질 줄 알았지만 예상치 않게도 이런 운명에 처하게 되었으니, 어찌 하오리까!"

　그리고 자옥은 고개를 돌려 왼쪽을 바라보며 슬프게 노래하였다. "남쪽 산에 까마귀가 있어 북쪽 산에다 그물을 치네. 까마귀가 이미 높이 날아갔으니 그물을 어찌할까나? 마음은 당신을 따르고 싶지만 비방의 소리가 너무나 많네. 비통하여 가슴에 병이 생겨 황천의 길에 올랐네. 운명이 너무도 도와주질 않으니, 그 억울함이 한이 없네. 새 중의 왕이 봉황이라고 하는데, 하루아침에 수컷 봉황을 잃으니 3년 동안 나를 슬프게 만들었네. 새들이 많고 많다한들 짝을 이룰 수가 없다오. 이에 그 몸체를 드러내어 서로 만나 광채를 뿜어내네. 두 사람이 몸은 떨어져도 마음은 가까우니, 그 언제나 서로를 잊게 될런고!"

　자옥은 노래를 마치고는 흐느껴 울며 한중과 무덤 속으로 함께 들어갈 것을 청하였다. 한중은 말하길, "죽고 사는 것이 다른 세계인데, 당신말대

---

27) "紫玉韓重"이라고 제목을 붙이기도 한다.

로 하면 화를 당할 것 같아 그 요청을 들어줄 수가 없구려!" 하였다. 그러자 자옥은 "죽고 사는 것이 다른 세계인 줄은 나도 알지만 오늘 이렇게 이별하면 영원히 다시 볼 날이 없을 것입니다. 당신은 제가 귀신이라 해칠 것이라고 생각되나요? 저는 자신의 진실한 마음을 드리고 싶은데, 저를 믿지 못하시나요?"하였다. 한중은 그녀의 말에 감동하여 그녀와 함께 무덤 속으로 들어갔다. 자옥은 연회를 베풀어 그를 맞이하며 그와 함께 사흘 밤낮을 함께 보내면서 부부의 예식을 올렸다. 한중이 무덤을 나올 적에 자옥은 직경이 한 촌이나 되는 구슬을 그에게 주며 말했다.

"저는 명성도 망쳤고, 희망도 단절되었으니 다시 무슨 드릴 말이 있겠어요? 낭군께서는 언제나 몸을 잘 보중하시고, 만일 저희 집에 가시면 아버님께 예의를 갖추십시요"

한중은 무덤에서 나온 후에 오왕을 배알하고 이런 사연을 얘기하였다. 오왕은 크게 노하여 "내 딸이 이미 죽었는데 네가 다시 거짓말을 날조하여 죽은 자의 영혼을 더럽히느냐! 이것은 네가 무덤을 도굴하여 그 안의 물건을 가져와 일부러 귀신의 짓이라고 하는 것이야!"라며 그를 체포하려 하였다. 한중은 도망을 나와 자옥의 무덤으로 가서 이 일을 호소하였다. 자옥은 "걱정마세요. 제가 지금 가서 부왕께 말씀드리겠어요."하였다. 오왕이 마침 세수를 하는데 자옥이 홀연 나타나니 그는 크게 놀라 기쁨과 슬픔이 함께 하며 물었다."네 어찌 다시 살아왔느냐?"자옥은 꿇어 앉아 말했다.

"예전에 한중이란 선비가 찾아와 저와의 결혼을 부탁하였을 적에 부왕께서는 허락하지 않아 제 명예가 추락하고 신의도 이미 끊겼습니다. 한중은 멀리서 찾아와 제가 죽었다는 것을 알고는 제물을 준비하여 저의 무덤을 찾아 제를 올렸습니다. 저는 그의 변함없는 진심에 감격하여 그와 만나 그 구슬을 선사했답니다. 그가 도굴하여 얻은 것이 아니니 그를 추궁하지 마시길 바랍니다."

오왕의 부인은 자옥이 온 것을 알고는 그녀를 안으려고 하니 자옥은 한 줄기 푸른 연기와 같이 사라져버렸다.

　　(吳王夫差小女28), 名曰紫玉, 年十八, 才貌俱美. 童子29)韓重, 年十九, 有道術, 女悅之, 私交信問, 許爲之妻. 重學於齊魯之間, 臨去, 屬其父母使求婚. 王怒, 不與女. 玉結氣死, 葬閶門30)之外. 三年重歸, 詰其父母. 父母曰:「王大怒, 玉結氣31)死, 已葬矣.」重哭泣哀慟, 具牲幣32)往弔於墓前. 玉魂從墓出, 見重, 流涕謂曰:「昔爾行之後, 令二親從王相求, 度必克從大願; 不圖別後, 遭命奈何!」玉乃左顧, 宛頸而歌曰:「南山有鳥, 北山張羅; 鳥旣高飛, 羅將奈何! 意欲從君, 讒言孔多. 悲結生疾, 沒命黃壚33). 命之不造, 冤如之何! 羽族之長, 名爲鳳凰; 一日失雄, 三年感傷; 雖有衆鳥, 不爲匹雙. 故見鄙姿, 逢君輝光. 身遠心近, 何當暫忘.」歌畢, 獻欷流涕, 要重還家. 重曰:「死生異路, 懼有尤愆34), 不敢承命.」玉曰:「死生異路, 吾亦知之; 然今一別, 永無後期. 子將畏我爲鬼而禍子乎? 欲誠所奉, 寧不相信.」重感其言, 送之還家. 玉與之飮讌, 留三日三夜, 盡夫婦之禮. 臨出, 取徑寸明珠以送重曰:「旣毀其名, 又絶其願, 復何言哉! 時節自愛. 若至吾家, 致敬大王.」重旣出, 遂詣王自說其事. 王大怒曰:「吾女旣死, 而重造訛言, 以玷穢亡靈, 此不過發冢取物, 託以鬼神.」趣35)收重. 重走脫, 至玉墓所, 訴之. 玉曰:「無憂, 今歸白王.」王粧梳, 忽見玉, 驚愕悲喜, 問曰:「爾緣何生?」玉跪而言曰:「昔諸生韓重來求

---

28) 부차는 춘추 말의 오나라 임금으로 기원전 495년에서 473년 까지 재위하였다.
29) 미성년남자를 일컫는 말이다. 《詩經・衛風・芃蘭》의 孔疏에 의하면, "童者, 未成年之稱, 年十九以下皆是也."라고 되어 있다.
30) 창문은 지금의 강소성 소주에 해당함.
31) 절기란 호흡이 막힘을 말함.
32) 생폐는 제사용 제물을 말함. 생은 소와 양, 그리고 돼지 등의 가축을 말하고, 폐는 비단을 말함.
33) 황천의 뜻임.
34) 우천(尤愆)은 죄과(罪過)의 뜻임.
35) 취(趣)는 促과 같은 뜻으로 재촉의 의미임.

玉，大王不許，玉名毀，義絶，自致身亡。重從遠還，聞玉已死，故齎牲幣，詣冢弔唁。感其篤，終輒與相見，因以珠遺之，不爲發冢。願勿推治。」夫人聞之，出而抱之。玉如煙然。)

감상요령

　　사실 사랑하는 사람을 만나기 위하여 죽은 자의 혼령이 나타나는 이야기는 중국고대 소설이나 희곡 가운데에서 심심찮게 흔히 볼 수 있는 내용이다. 이를테면 〈담생(談生)〉, 〈이혼기(離魂記)〉, 〈양축(梁祝)〉, 〈백사전(白蛇傳)〉 등등이 그러하다. 그렇다면 이 작품은 그런 작품들의 원조 격이라고 볼 수 있을 것이다. 우리는 이런 작품을 통해 당시 청춘남녀들의 애정과 혼인의 자유를 추구하는 마음과 여주인공들의 생사를 초월한 사랑을 잘 느끼게 될 뿐 아니라 기존의 봉건주의적 질서에 희생당하는 가련한 청춘남녀들의 희생을 통해 강한 비극성도 느끼게 된다. 따라서 그 감동의 정도도 더욱 강렬하다. 이 작품도 그 반봉건적인 사상성은 물론이거니와 완정한 구성으로 위진의 지괴류 소설 가운데 매우 탁월한 작품에 속한다.

〈한빙부부(韓憑夫婦[36])〉

　　전국 시대, 송(宋)나라 강왕(康王)의 문객(門客) 중에 한빙(韓憑)이라는 사람이 있었는데, 그는 하(何)씨 성을 가진 빼어난 미인을 아내로 맞이하였다. 그런데 강왕은 한빙의 아내를 빼앗고, 이에 원한을 품은 한빙을 잡아다가 성단형(城旦刑)에 처하였다. 한빙의 아내는 몰래 남편에게 은밀한 비유로 되어있는 다음과 같은 글을 보냈다.

　　"오랜 비 그치지 않으며, 강물은 크고 물은 깊으니, 뜨는 해는 나의 마음."

　　이때 하씨가 남편에게 보낸 편지가 강왕의 손에 들어갔다. 강왕은 그 편지의 내용을 좌우의 신하들에게 물어보았으나 아무도 그 뜻을 알지 못하였다. 그런데 그 중에 소하(蘇賀)라는 신하가 "당신을 그리는 마음을 어찌할 수 없고 방해물이 많아 만날 수 없으니 그저 죽고만 싶을 따름입

---

36) "相思樹" 혹은 "韓憑妻"라는 제목으로 불리기도 함.

니다."라고 자기 멋대로 해석하였다. 그런데 그때 갑자기 한빙이 자살하였다는 소식이 전해졌다. 한빙의 아내는 일부러 옷을 썩게 하고, 어느 날 왕과 함께 누대에 올라갔다. 한빙의 아내가 누대에서 뛰어내리려고 하자, 옆에 있던 사람들이 그녀를 붙잡았지만 그녀의 옷이 이미 낡아 있었으므로 그녀는 떨어져 죽고 말았다. 한빙의 아내가 띠에 지니고 있던 유서에는 다음과 같이 적혀 있었다.

"왕은 제가 살기를 바라지만 저는 죽기를 바라고 있습니다. 원컨대 저의 주검을 남편과 함께 묻어주시기 바랍니다."

화가 난 강왕은 그녀의 유언을 무시하고, 두 사람이 서로 보이는 곳에 무덤을 만들게 하였다. 그리고 강왕은 이렇게 말했다.

"그들 부부의 사랑은 끝이 없으니, 만약 그들이 자신들의 무덤을 합치게 할 수 있다면, 나는 그것을 막지 않겠다."

그런데 하룻밤 사이에, 두 무덤 끝에 커다란 가래나무가 자라기 시작했는데, 열흘이 지나자 서로를 감싸고 휘어지며 서로에게 향하였다. 뿌리는 아래에서 서로 얽히고, 가지는 위에서 서로 얽혔다. 또한 암수 원앙새 한 쌍이 늘 나무 가지 위에 깃들며, 아침부터 저녁까지 나무를 떠나지 않고, 서로 목을 꼬고 슬피 울었는데, 그 소리는 사람들을 감동시켰다. 송나라 사람들은 이를 슬퍼하여, 그 나무를 '상사수(相思樹)'라고 부르게 되었으며, '서로를 그린다'는 뜻의 '상사(相思)'라는 말은 여기에서 유래하였다. 중국의 남쪽 지방 사람들은 이 새들을 한빙 부부의 영혼이라고 말한다. 지금 수양현에는 한빙성이 있으며, 그들이 불렀다는 노래는 지금도 전하여 진다.

(宋康王[37])舍人韓憑[38]，娶妻何氏，美，康王奪之。憑怨，王囚之，論[39])

---

37) 송강왕은 전국시대 송나라의 임금으로 기원전 318년에서 286년까지 재위하였다. 《史記・宋微子世家》에 의하면 그는 주색에 빠져 군신들이 간하면 바로 화살을 쏘아 죽였기에 제후들이 모두 그를 "桀宋"이라고 불렀다고 한다.
38) 일명 "韓馮" 혹은 "韓朋"이라고도 한다.

爲城旦40)。妻密遣憑書，繆其辭41)曰：「其雨淫淫42)，河大水深，日出當心。」既而王得其書，以示左右，左右莫解其意。臣蘇賀對曰：「其雨淫淫，言愁且思也；河大水深，不得往來也；日出當心，心有死志也。」俄而憑乃自殺。其妻乃陰43)腐其衣王與之登台，妻遂自投台，左右攬之，衣不中手44)而死。遺書於帶曰：「王利其生，妾利其死。願以屍骨，賜憑合葬。」王怒，弗聽。使里人埋之，塚相望也。王曰：「爾夫婦相愛不已，若能使塚合，則吾弗阻也。」宿昔之間45)，便有大梓木生於二塚之端，旬日而大盈抱，屈體相就，根交於下，枝錯於上。又有鴛鴦，雌雄各一，恆棲樹上，晨夕不去，交頸悲鳴，音聲感人。宋人哀之，遂號其木曰「相思樹」。相思之名，起於此也。南人謂此禽卽韓憑夫婦之精魂。今睢陽46)有韓憑城，其歌謠至今猶存。)

이 작품은 사랑하는 한 쌍의 부부가 봉건시대의 폭군에 의해 무참히 짓밟히는 비극을 통해 잔혹한 통치자에 대한 반항정신과 충직하고 지순한 부부애에 대한 숭고한 찬미를 노래하고 있다. 뿐 아니라 이 작품은 초기의 소설로서는 드물게도 완벽한 구성과 생동적이고 세밀한 묘사, 그리고 인물의 성격을 선명하게 잘 묘사한 탁월한 인물묘사기교로도 지괴류 소설 가운데 아마도 가장 탁월한 작품이 아닐까 생각된다. 송강왕(宋康王)은 전국시대 송나라의 폭군으로 일찍이 그 형을 죽이고 왕위에 오른 자이다. 이 작품 속에 나타난 송강왕의 형상도 바로 그러한 악의 화신으로 잘 묘사되고 있다.

39) 죄를 정함.
40) 성단은 4년 동안의 徒刑으로 변방으로 보내져 낮에는 변방을 수호하고 밤에는 축성의 노역을 담당하였다.
41) 일부러 말을 둘러서 알기 힘들게 함.
42) 음음은 비가 계속하여 내리는 모습을 말함.
43) 몰래.
44) 옷이 이미 부식되어 잡히지 않음.
45) 旦夕의 의미로 짧은 시간을 말함.
46) 수양은 지금의 하남성 商丘현에 해당함.

《수신후기(搜神後記)》

일명 《속수신기》라고도 하며, 전하는 말에 동진의 도연명의 작품이라고 한다. 문필이 준수하여 《수신기》와 어깨를 겨누는 작품이다. 수록된 유명한 작품으로는 〈백수소녀(白水素女)〉, 〈양생구(楊生狗)〉, 〈원상근석(袁相根碩)〉, 〈정공화학(丁公化鶴)〉 등이 있다.

〈양생구(楊生狗)〉

진 태화 연간에 광릉의 양생이라는 사람이 개를 한 마리 키웠는데 그 것을 매우 사랑하여 행동거지를 늘 함께 하였다. 훗날에 양생이 술을 마시고 취하여 큰 습지의 풀 속을 지나다 쓰러져 잠이 들게 되었다. 때는 바야흐로 겨울이라 들판에 풀을 태우는 중이었는데 바람이 매우 강하였다. 개는 사방으로 날뛰며 짖어댔지만 양생은 취하여 느끼지 못했다. 그 앞에는 물구덩이가 있었는데, 개는 그 물 속으로 들어가 몸을 적셔 양생 주위의 풀을 추졌다. 이렇게 수차례를 하며 부근을 왕래하며 돌아 풀들이 모두 축축해졌고, 불길이 왔을 때에도 타지 않았다. (나중에)양생이 깨어났을 때, 이 사실을 알게 되었다.

그 후에 양생이 밤길을 걷다가 빈 우물 속으로 빠지게 되었다. 개는 밤새도록 신음소리를 내었다. 사람이 그곳을 지나면서 개가 우물을 향해 짖는 것을 이상하게 생각하여 와서 바라보고 생을 발견하였다. 생은 말했다. "당신이 저를 꺼내 주신다면 반드시 후하게 보답하겠습니다."

그 나그네가 말했다. "이 개를 저에게 준다면 바로 꺼내 주겠소." 그러자 생은 "이 개는 내가 거의 죽을 뻔 했을 적에 나를 살려주었소. 줄 수가 없소. 그 외 다른 것은 아깝지가 않소."하였다. 나그네는 "만약 그렇다면 꺼내주지 않겠소."하였다. 그때 개가 머리를 내려 우물 안을 바라보았고, 양생은 그 의미를 알아차리고는 그 나그네에게 말했다 .

"개를 당신에게 주겠소." 나그네는 양생을 꺼내 주었고, 그 개를 줄로 묶어 떠났다. 5일이 지나서 개는 밤에 달아나 (집으로) 돌아왔다.

(晉太和47)中, 廣陵48)人楊生, 養一狗, 甚愛憐之, 行止與俱。後生飮酒醉, 行大澤49)草中, 眠不能動。時方冬月燎原50), 風勢極盛。狗乃周章51)號喚, 生醉不覺。前有一坑水, 狗便走往水中, 還以身灑生左右草上。如此數次, 周旋跬52)步53), 草皆沾濕, 火至免焚。生醒, 方見之。爾後, 生因暗行, 墮於空井中, 狗呻吟徹曉54)。有人經過, 怪此狗向井號, 往視, 見生。生曰:「君可出我, 當有厚報。」人曰:「以此狗見與55), 便當相出。」生曰:「此狗曾活我已死, 不得相與。餘卽無惜。」人曰:「若爾56), 便不相出。」狗因下頭目井。生知其意、乃語路人云:「以狗相與。」人卽出之57), 繫之58)而去。卻後59)五日, 狗夜走歸。)

🎵 **감상요령** 이 작품은 주로 허황된 귀신들의 이야기를 다루는 일반적인 지괴의 주제와는 달리 주인에게 충성스러운 애견의 이야기를 다루고 있어 이 시대의 지괴 가운데 비교적 현실감과 진실성이 느껴지는 신선한 작품이다. 사실 이런 충견에 대한 이야기는 동서고금을 막론하고 현실세계에서 자주 발생하는 매우 보편적인 이야기라고 하겠다.

---

47) 태화는 진(晉)의 폐제(廢帝)인 사마혁(司馬奕)의 연호로 서기 366~370이다.
48) 군의 이름으로 현재 강소성 양주시(揚州市)에 해당하였다.
49) 택은 수초가 나 있는 습지를 말한다.
50) 요원은 불을 놓아 들의 풀을 태우는 것을 말한다.
51) 주장은 급하여 사방으로 날뛴다는 의미이다.
52) 규(跬)는 반보(半步)를 말한다.
53) 주선규보는 부근을 왕래하며 돈다는 뜻이다.
54) 철효는 통효(通曉)의 뜻이다.
55) 與는 주다는 뜻이다.
56) 만약 그렇다면
57) 之는 양생을 가리킨다.
58) 之는 개를 가리킨다.
59) 過後의 뜻으로 진대에 많이 사용되던 말이었다.

《열선전(列仙傳)》

서한의 유향(劉向)의 작품이다. 유향은 서한의 유명한 경학자이자 문학가로 저술이 많았다. 유명한 저작으로는 유가적 정치사상과 윤리도덕으로 선진(先秦) 이래의 역사적 사실을 편집한 《설원(說苑)》과 《신서(新序)》가 있으며, 소설류로는 《열선전(列仙傳)》 외에도 《열녀전(列女傳)》과 《열사전(列士傳)》이 있다. 《열선전(列仙傳)》 속의 대표적인 이야기는 뭐니 해도 〈강비이녀전(江妃二女傳)〉과 〈소사전(蕭史傳)〉이다.

〈소사전(蕭史傳)〉

소사는 진목공 때의 사람이었다. 퉁소를 잘 불어 공작이나 백학들이 마당에서 춤추게 할 수가 있었다. 목공에게는 농옥이라는 딸이 있었는데, 그를 좋아하여 공이 딸을 그의 처로 삼게 하였다. 소사는 날마다 농옥에게 퉁소 부는 것을 가르치어 봉황의 울음소리를 내니 수년이 지나 봉황의 소리와 비슷하였다. 이에 봉황이 날아와 그 집에 머물렀다. 목공은 그들을 위해 봉황대를 짓고 부부가 그 안에서 살았다. 몇 년이 되지 않아 하루는 모두가 봉황과 함께 날아 가버렸다. 그러므로 진나라 사람들은 그들을 위해 봉녀사를 옹궁에다 지었더니 때때로 퉁소소리가 들어오기도 하였다.

(蕭史者, 秦穆公時人也。善吹簫, 能致孔雀、白鶴舞於庭。穆公有女子弄玉, 好之 公遂以女妻焉。日教弄玉吹簫[60], 作鳳鳴, 居數年, 吹似鳳聲。鳳凰來, 止[61]其屋。公爲作鳳台, 夫婦止其上 不下數年。一日, 皆隨鳳凰飛去。故秦人爲作鳳女祠於雍[62]宮, 時有簫聲而已。)

---

60) 취소(吹簫) 두 자는 원래는 누락되어 있었음.
61) 머물음(居)의 의미임.
62) 진나라의 도시명으로 지금의 섬서성 鳳翔의 남쪽에 있었음.

　지괴소설은 서한의 문학가인 유향에 의해 사람과 신선이 서로 연애하는 새로운 제재로 발전하게 되는데, 이 작품도 그의 대표작인 〈강비이녀전(江妃二女傳)〉과 함께 아름답고 낭만적인 인신상련(人神相戀)의 환상적 고사를 묘사하고 있다. 이는 당시인들의 신선에 대한 동경은 물론 사람과 신선을 동일시하려는 인선혼동(人仙混同)과 같은 신선관을 잘 반영하고 있다.

《열이전(列異傳)》[63]

　이 작품의 작자는 《수서(隋書)·경적지(經籍志)》에서는 위문제 조비의 작품이라고 하나 《신당서(新唐書)·예문지(藝文志)》에서는 진대의 장화(張華)의 작이라고 한다. 따라서 위진의 조비가 책을 짓고 서진에 이르러 장화가 다시 보충한 것으로 보여진다. 작품의 내용은 대개가 괴이하고 황당한 일들을 그려내고 있지만 귀신에 대한 반속적인 내용도 제시하고 있어 이채롭다. 대표적인 작품으로는 〈담생(談生)〉과 〈종정백(宗定伯)〉일 것이다.

〈담생(談生)〉

　담생은 나이 마흔에도 부인이 없었다. 하루는 여느 때와 같이 시경을 흥미롭게 읽고 있는데 야밤중에 나이가 아마도 열대여섯 쯤 되어 보이는, 외모와 그 의복이 세상에 둘도 없는 여자가 生에게 다가와 그의 아낙이 되고자 하며 말하길, "저는 다른 사람과 달라 불로써 저를 비춰보면 안됩니다. 삼년이 지나면 비춰 봐도 되지요." 라고 했다. 그들은 부부가 되어 아들을 하나 낳았는데, 두 살이 되던 해, 도저히 참지 못해 저녁에 그녀가 잠든 후를 기다려 몰래 비춰보았다. 그런데 그 허리 이상은 사람과 같이

---

63) 열이전은 위문제(魏文帝) 조비(曹丕)가 지은 소설집이지만 유실되었고, 《古小說鉤沈》에서 오십 편을 수록하고 있다.

살이 붙었는데, 허리 아래는 단지 뼈만 있었다. 부인은 그를 눈치 채고 입을 열어 말하길, "낭군님은 저를 배반하셨어요. 저는 막 부활하려는 참이었는데, 어찌하여 한 해를 참지 못하고 절 비춰 보았어요?" 하며 담생에게 하직을 고하는데, 눈물이 하염없이 흘러 내렸다. 그리고는 또 말하는데, "비록 낭군과의 큰 인연은 영원히 끊어졌으나 제 자식을 생각하여 말씀드리니, 만약 가난해서 생활이 어려울 것 같으면 잠시 저를 따라오시면 낭군에게 재물을 드리겠습니다." 하였다. 그가 그녀를 따라가 보니 화려한 집으로 들어섰는데 그 안의 기물들은 모두 비범하였다. 그리고 그에게 구슬이 달린 저고리를 주며 말하길, "이것으로 자급자족 될 것입니다." 라고 하며 담생의 옷소매를 찢어서 그곳에 남기고 떠났다. 후에 담생은 그 옷을 들고서 저양왕(雎陽王)의 집에서 파니 천만 냥을 받았다. 왕은 그것을 알아보고는 "내 딸의 저고리인데, 이는 필시 무덤을 도굴한 것이야." 라며 그를 잡아 심문을 하였고, 담생은 사실을 그대로 얘기했다. 왕은 여전히 믿지를 못해서 딸의 무덤을 보았는데, 무덤은 완전히 옛날과 같았다. 결국 그것을 파 보니 과연 관의 덮개 아래에서 담생의 옷소매를 얻을 수 있었다. 또 그 아들을 불러보니 자신의 딸과 마침 닮았다. 왕은 비로소 그 일을 믿었고, 바로 담생을 불러 다시 그에게 그 유의(遺衣)를 주며 군주(郡主: 王의 딸을 말함.)의 사위로 삼았으며, 그 아들을 시중(侍中)으로 삼았다

(談生者, 年四十, 無婦. 常感激[64], 讀詩經. 夜半, 有女子可年十五六, 姿顔服飾, 天下無雙, 來就生爲夫婦, 言: 我與人不同, 勿以火照我也. 三年之後, 方可照. 爲夫妻, 生一兒, 已二歲, 不能忍, 夜伺其寢後, 盜照視之. 其腰以上生肉如人, 腰下但有枯骨. 婦覺, 遂言曰: 君負我. 我垂生[65]矣, 何不能忍一歲而竟相照也? 生辭謝. 涕泣不可復止, 云: 與君雖大義[66]永離, 然顧念我

---

64) 감격하다. 감정이 격하게 되다.
65) 卽將復生(바야흐로 다시 태어나려 함)의 의미.
66) 부부간의 의리.

兒。若貧不能自存活者, 暫隨我去, 方遺67)君物。生隨之去, 入華堂, 室宇器
物不凡。以一珠袍與之, 曰: 可以自給。裂取生衣, 留之而去。後, 生持袍詣
市, 睢陽王家買之, 得錢千萬。王識之, 曰: 是我女袍, 此必發墓68)。乃取考69)
之。生具以實對。王猶不信, 乃視女冢, 冢完如故。發視之, 果棺蓋下得衣
裾。呼其兒, 正類王女。王乃信之。即召談生, 復賜遺衣, 以爲主70)婿。表71)其
兒以爲侍中72))。

　　이 작품은 위진의 지괴 소설 가운데 제일 처음으로 인귀상련(人鬼相戀)의 고사
를 다루고 있는 작품으로 평가되고 있다. 담생이라는 가난한 선비가 저양왕의
죽은 딸을 아내로 맞이한 점은 문벌제도가 삼엄한 위진시대에서는 결혼에 관한
매우 진보적인 생각이라고 볼 수 있다.

〈종정백(宗定伯)〉

　　남양의 종정백이 젊은 시절 밤길을 걷다가 귀신을 만났다. 그가 묻길,
"누구요." 하니 귀신은 말하길, "귀신이요." 하며 "당신은 또한 누구시
요?" 라고 물었다. 종정백은 그를 속여 말하길, "나도 귀신이요." 했다. 귀
신이 "어디로 갈려고 하시오?" 하니 답하길, "완시로 갈려 하오". 했고,
귀신도 "나 역시 완시로 가오." 했다. 두 사람이 함께 몇리를 걷다 귀신이
말하길, "걷는 것이 너무 힘드니 서로 교대로 업어주기 합시다." 하니 종
정백은 "그 좋지요." 라고 했다. 귀신이 먼저 종정백을 업고 몇리를 가다
가, "당신이 이렇게도 무거운 걸 보니 아마도 귀신이 아닌가 보지요?" 했
고, 종정백은 답하길, "나는 죽은 지 오래되지 않았기 때문에 무겁소." 라

---

67) 將贈送(장차 주려고 함)의 의미.
68) 도굴.
69) 심문(審問)하다.
70) 왕의 딸을 군주(郡主)라고 칭하며, 줄여서 주(主)라고 부르기도 한다.
71) 주장(奏章)을 올려 삼가 추천하다.
72) 관직명으로 진대(秦代)에 설치되었는데, 황제를 가까이에서 보위하는 근시(近
　　侍)이다. 대개 귀족의 자제들로 임명되었다.

고 답했다. 종정백이 그리하여 다시 귀신을 업는데, 귀신은 조금도 무겁지 않았고 그렇게 그들은 여러 번 되풀이하였다. 종정백이 또 말하길, "나는 새로 죽은 귀신이기에 귀신들이 대개 두려워하고 꺼리는 것이 무엇인지 모르겠오?" 하고 물었다. 귀신은 "다만 인간의 타액을 싫어한다오." 했고, 그들은 함께 가다 또 물을 만나게 되었다. 종정백은 귀신에게 먼저 건너게 했는데, 그 소리가 전혀 나지 않았다. 그러나 종정백이 건너갈때는 첨벙첨벙하고 소리가 났다. 귀신은 또 묻길, "왜 소리가 나지요?" 하니 종정백은 "나는 죽은지가 얼마 안되어 물을 건너는데 익숙치가 않아서 그럴 뿐이니, 개의치 마시오." 라고 했다. 그들이 완시에 거의 도착했을 쯤 종정백은 그 귀신을 머리위로 치켜올려 들고 급히 뛰었다. 귀신은 크게 부러짖었는데, 그 소리가 '찍찍'하고 들렸으며, 내려달라고 요구하였다. 그 소리에 응하지 않고 곧장 완시 내(內)로 들어갔다. 땅에 내려놓았을 때는 한 마리 양(羊)으로 변했는데, 그것을 팔아버렸다. 또 그것이 변할까 두려워 침을 묻혔다. 그리고 종정백은 천오백냥을 받고 떠났다. 당시에는, "종정백이 귀신을 팔아 천오백냥을 벌었다." 는 말이 나돌았다.

(南陽[73])宗定伯[74], 年少時, 夜行逢鬼。問曰: "誰"。鬼曰: "鬼也。" 鬼曰: "卿[75]復誰?" 定伯欺之, 言: "我亦鬼也。" 鬼問: "欲之何所?" 答曰: "欲之宛市[76]。" 鬼言: "我亦欲之宛市。" 共行數里。鬼言: "步行太亟[77], 可共迭相擔也。" 定伯曰: "大善。" 鬼便先擔定伯數里。鬼言: "卿太重, 將[78]非鬼也?" 定伯言: "我新死, 故重耳。" 定伯因復擔鬼, 鬼略無重。如是再三。定伯復言: "我新死, 不知鬼悉何所畏忌?" 鬼曰: "唯不喜人唾。" 於是共道遇水, 定伯因命鬼先渡, 聽之了無聲。定伯自渡, 漕漼[79]作聲。鬼復言: "何以

---

73) 전국시대에 진(秦)에 속했던 군명이다.
74) 《광기(廣記)》에는 송(宋)정백으로 나와 있다.
75) 경은 위진남북조 때의 친구간의 호칭이다.
76) 완시는 지금의 하남성 남양시(南陽市)이다.
77) 극(亟)은 극(極)과 같으며, 피곤하다는 뜻이다. 《광기(廣記)》에는 "太遲(너무 느리다)"로 나와 있다.
78) 여기서는 의문을 나타낸다. 아마도(恐怕)의 의미이다.

作聲？" 定伯曰: "新死不習渡水耳。勿怪!" 行欲至宛市, 定伯便擔鬼至頭上, 急持之。鬼大呼, 聲咋咋, 索下[80]。不復聽之, 徑至宛市中。著地化爲一羊, 便賣之。恐其便化, 乃唾之。得錢千五百, 乃去。於時言: "定伯賣鬼, 得錢千五百。")

이 작품은 적어도 우리들에게 두 가지 의미를 시사하고 있다. 첫째는 귀신을 두려워하지 않고 용감히 그것과 맞서는 반속적인 정신이다. 위진시대는 신선과 도술의 성행은 물론 귀신의 존재를 믿고 그것을 선양하던 시대였기에 이 작품은 적어도 그러한 세속적 성향에 도전하는 진보적인 의미가 크다고 할 수 있다. 따라서 기지와 담력으로 귀신을 물리치는 종정백의 이야기는 당시인들에게는 매우 놀라운 일이 아닐 수 없었을 것이다. 둘째는 순진하고 어리석은 듯한 귀신의 모습이라든지 인간의 꾀에 넘어가는 인간보다 더욱 인간적인 귀신의 모습에 대한 묘사를 통해 귀신이 단순히 두렵고 인간에게 해를 끼치는 무섭고 멀리해야 할 존재가 아니라 인성을 지닌 친숙한 대상으로서의 귀신형상을 수립시키는 계기와 전통을 마련하였다는 점이다. 이런 점은 훗날 중국의 귀신 이야기의 내용을 풍부하게 만드는 근거가 되었으니, 특히 《요재지이》 속에 나오는 섭소천과 같은 착하고 순진한 귀신의 모습은 아마도 이런 귀신의 전통에서 나오지 않았을까 생각된다.

《유명록(幽明錄)》

《세설신어》의 작가로 유명한 유의경(劉義慶)의 작품이다. 유의경은 육조 송대의 왕족으로 임천왕(臨川王)에 봉해졌다. 문학을 사랑하여 재주와 학문이 있는 선비들을 많이 모집하여 등용하였다. 많은 저술활동을 보였지만 《세설신어》와 《유명록(幽明錄)》이 가장 유행하였다. 그리고 《유명록(幽明錄)》 가운데에서 가장 유명한 작품은 〈유신완조(劉晨阮肇)〉, 〈매호분여자(賣胡粉女子)〉, 〈초호묘축(焦湖廟祝)〉 등이다.

---

79) 물을 건너는 소리이다.
80) 내려주기를 요구하다.

〈유신완조(劉晨阮肇)〉

한명제 영평5년, 섬현에 사는 유신, 완조가 천태산에 곡나무 껍질을 구하기 위하여 들어갔다가 길을 잃어 돌아올 수가 없었다. 13일이 지나자 양식이 떨어져 굶주림으로 거의 죽을 지경이 되었다. 그런데 멀리서 보니 산위에 복숭아 나무가 한 그루 있었는데, 열매가 많이 열려 있었지만 절벽과 깊은 계곡으로 도저히 올라갈 길이 없었다. 등나무와 칡을 잡고 올라서야 겨우 오를 수가 있었다. 각자가 몇 개를 먹고서야 기갈이 멈추고 배가 불렀다. 다시 산을 내려오면서 잔에 물을 담아 손과 얼굴을 좀 씻으려고 하였다. 그때 무청의 잎이 산에서부터 흘러내려왔는데 매우 신선하였다. 또 잔 하나가 흘러오는데, 그 속에는 깨밥이 담겨 있었다. 두 사람은 "여기는 필히 인가에서 멀지가 않아!"라고 서로 말하며, 함께 물에 들어갔다. 시냇물을 따라 역류로 2,3리를 걸어 산을 넘고 큰 시내(溪)로부터 나왔다. 시냇가에는 두 여인이 있었는데, 그 자질이 매우 비범하였다. 두 사람이 잔을 들고 나오는 것을 보고는 웃으며 말했다.

"유, 완 두 낭군께서 우리가 방금 잃어버린 잔을 갖고 오시네요."

두 사람은 그 두 여인들을 알지 못하였지만 그녀들은 그들을 보자마자 반갑게 이름을 불러 마치 이전에 서로 알고 지낸 듯하였기에, 그들도 반갑게 그녀를 맞아주었다.

그리고는 "어찌 이리도 늦게 오셨나요?"하며, 두 사람을 집으로 초대하였다. 그 집은 원통형의 기와로 된 집이었는데, 남쪽과 북쪽의 벽에 각각 큰 침상이 있었다. 거기에는 모두 붉은 비단 휘장이 쳐졌으며, 휘장의 모서리에는 방울종이 달려 금은이 주렁주렁 하였다. 또 침상머리에도 열 명의 시녀가 지키고 있었다. 이어 명하길, "유, 완 두 낭군이 험한 산길을 건너와 옥과실(복숭아)을 드셨지만 그래도 배가 허하고 피곤할 터이니 어서 음식을 준비하거라."하였다. 그리하여 깨밥과 산양을 말린 고기, 그리고 쇠고기를 먹었는데 그 맛이 매우 좋았다. 먹기를 마치자 술이 나왔다. 한 무리의 여자들이 와 각각 서너 개의 복숭아를 들고는 웃으며 말하길, "아씨의 낭군님이 오신 걸 축하드립니다."하였다. 이어 술이 취하고 즐기면서 두 남자는 즐거움과 두려움이 교차하였다. 저녁이 되자 각각 침실에 들어가게 하였는데, 두 여자들도 함께 잠자리에 들었다. 목소리가 맑고도 아름다워 사람의 근심을 잊게 하였다.

열흘이 지나 돌아갈 뜻을 밝히자 여자는 "낭군께서 오신 것은 전생의 복으로 인한 일인데, 어찌 다시 돌아가려고 하세요?"하여, 반년을 더 머물렀다. 때는 초목이 자라는 봄이라 백조가 울부짖었는데, 더욱 사람의 마음을 처량하게 만들어 돌아갈 뜻이 간절함을 밝히자 여자들이 말했다. "속세의 죄업으로 얽혔으니 어쩔 수가 없네요." 그리하여 여자들을 부르자 삼사십 명의 여자들이 모여 음악을 연주하며 함께 두 사람을 전송하며 돌아가는 길을 가리켜 주었다. 그들이 세상에 나오자 친지들은 보이질 않았고, 동네와 집은 모습들이 바뀌어 알 수가 없었다. 물어 알아보니 7세손이 있었는데 말하길, 전하는 말에 윗 조상이 산에 들어가 길을 잃어 나오질 못했다고 하였다. 진나라 태원 8년에 갑자기 사라졌는데 어디로 갔는지를 알 수가 없었다.

(漢明帝永平五年81), 剡縣82)劉晨、阮肇共入天台山83)取穀皮84), 迷不得返。經十三日, 糧食乏盡, 飢餒殆死。遙望山上有一桃樹, 大有子實, 而絶岩邃澗, 永無登路。攀援藤葛, 乃得至上。各噉數枚, 而飢止體充。復下山, 持杯取水, 欲盥漱。見蕪菁葉從山腹流出, 其鮮新。復一杯流出, 有胡麻85)飯糝86), 相謂曰:「此知去人徑不遠。」便共沒水, 逆流二三里, 得度

---

81) 서기 62년에 해당한다.
82) 옛 도성의 이름으로 지금의 절강성 승현(嵊縣)의 서남쪽이었다.
83) 절강성 천대현의 북쪽에 있는 산으로 예로부터 선산으로 여겨져 도가의 무리들이 즐겨 드나들었다.
84) 곡(穀)나무의 껍질로 옷을 만들고 종이를 만드는데 사용되었다.
85) 깨를 말함.
86) 밥알.

山。出一大溪，溪邊有二女子，姿質妙絶，見二人持杯出，便笑曰：「劉、阮二郎，捉向所失流杯來。」晨、肇旣不識之，緣二女便呼其姓，如似有舊[87]，乃相見忻喜。問：「來何晚？」因邀還家。其家銅瓦[88]屋，南壁及東壁下各有一大床，皆施羅帳，帳角垂鈴，金銀交錯，床頭各有十侍婢。敕云：「劉、阮二郎經涉山岨[89]，向雖得瓊實[90]，猶尚虛弊[91]，可速作食。」食胡麻飯、山羊脯[92]、牛肉，甚甘美。食畢行酒。有一群女來，各持五三桃子，笑而言：「賀汝婿來。」酒酣作樂，劉、阮忻怖交幷。至暮，令各就一帳宿，女往就之，言聲淸婉，令人忘憂。至十日後，欲求還去，女云：「君已來是，宿福所牽[93]，何復欲還邪？」遂停半年。氣候草木是春時，百鳥啼鳴，更懷悲思，求歸甚苦。女曰：「罪牽君[94]，當可如何[95]？」遂呼前來女子，有三四十人，集會奏樂，共送劉、阮，指示還路。旣出，親舊零落，挹屋改異，無復相識。問訊，得七世孫，傳聞上世入山，迷不得歸。至晉太元八年[96]，忽復去，不知何所。)

감상요령

입산하다가 신선을 만나는 고사는 고대소설에서 흔히 볼 수 있는 이야기이다. 인선상애(人仙相愛)의 고사를 다루고 있는 유신완조의 이야기는 그 가운데 가장 알려진 것이라고 할 수 있으며, 지괴류 가운데 비교적 성숙되고 가독성(可讀性)이 강한 작품이라고 하겠다. 이 글은 문장의 묘사가 부드럽고 정감이 풍부하여 이미 청대 문언소설의 걸작인 《요재지이》의 맛을 느끼게 해주는 작품이다. 특히 이 작품은 《요재지이》 중의 한 편인 〈편편(翩翩)〉이란 작품에 끼친 영향이 매우 크다.

---

87) 유구는 일찍이 서로 앎의 의미.
88) 동와는 筒瓦로 원통형의 기와를 말함.
89) 산간지역의 험난한 곳.
90) 경실은 위에서 유완이 먹은 복숭아를 가리킴.
91) 허폐는 기아와 비곤함을 말함.
92) 마른 고기.
93) 전생의 복이 만든 조화.
94) 속세의 죄악으로 생긴 업보.
95) 어쩔 수 없음.
96) 태원은 진(晉)의 효무제(孝武帝)의 연호이다. 8년은 서기 383년이다.

《속제해기(續齊諧記)》

《속제해기》의 작자 오균(吳均)은 그 시문(詩文)이 청발(淸拔)하고 고기(古氣)가 있어 "오균체"로 불려진 작자였다. 그 내용을 보면 동양무의(東陽無疑)의 《제해기(齊諧記)》와 내재적인 관련이 없고, 다만 창작의 시기만 다를 뿐이라 그 이름을 빌은 것이다. 《속제해기》의 창작은 불교사상에 깊은 영향을 받았다. 육조시대인 당시는 불교가 중원지역에서 크게 유행하였는데, 당시 불교는 육조인들이 생활의 고통으로부터 벗어나기 위한 정신적 지주역할을 하였다. 그들은 변화무쌍한 불법과 법력의 도움으로 행복한 생활을 영위할 수 있다고 여겼던 것이다. 이런 사상은 훗날 《봉선연의》나 《서유기》에까지도 그 영향을 미쳤다. 《속제해기》 속의 대표적인 작품은 〈양선서생(陽羨書生)〉과 〈청계묘신(淸溪廟神)〉이라는 작품이 있다.

〈양선서생(陽羨書生)〉

동진의 양선 사람 허언은 수안에서 산을 걷다가 한 서생(書生)을 만났다. 그는 나이가 17,8세 쯤 되었는데 길가에 누워서는 발이 아프다고 하며 거위 새장 속에 넣어달라고 부탁하였다. 허언은 농담으로 생각하였지만, 그 서생은 그 새장 속에 들어갔고, 그 새장도 넓어지지 않았으며, 서생 역시 작아지지도 않았다. 이렇게 두 거위와 같이 나란히 앉았는데 거위들도 놀라지 않았다. 허언은 그 새장을 들고 갔지만 또 더 무겁게 느껴지지가 않았다. 이렇게 길을 가다가 한 나무 아래에서 쉬게 되었다. 서생은 새장에서 나와 허언에게 말했다.

"당신에게 식사를 대접하겠습니다."

허언은 "좋지요"라고 하였다. 서생은 그리하여 입으로부터 구리 상자를 토해냈는데, 그 상자 속에는 산해진미의 음식들이 있었으며, 그릇들도 모두 구리로 된 것이었다. 그 맛이 너무 좋아 세상에 보기 드문 것이었다. 술을 몇 잔 마신 후에 서생은 허언에게 말했다.

"젊은 여자 하나가 계속 곁에서 시중을 드는데 불러 같이 술을 마셔야 겠네요."

허언은 또 "좋죠"라며 응했다. 서생은 또 입에서 소녀를 토하는데, 나이가 15,6세 가량이었다. 그 의복이 아름답고 용모도 출중하였다. 그녀는 앉아서 그들과 함께 술을 마셨다. 오래지 않아 서생은 옆에서 취하여 누웠다. 그 소녀가 허언에게 말했다.

"제가 비록 저 사람과 부부 사이지만 사실 두 마음이 있어요. 금방 몰래 한 남자와 같이 왔는데, 그 남자는 이미 취해 잠이 들었어요. 제가 그 남자를 불러 같이 소개를 하죠. 그 남자에게 얘기하지 마시기 바래요."

허언은 그러겠다고 했다. 소녀는 입에서 23,4세 가량의 남자를 토해냈는데, 총명하고 귀엽게 생겼다. 그는 앉아서 허언과 서로 인사를 나눴다. 이때 서생이 막 깨려고 하자 소녀는 또 입에서 비단 병풍을 토해내어 허언과 그 남자를 가렸다. 소녀는 건너가 서생과 함께 풀 위에 누웠다. 남자는 허언에게 말했다.

"이 소녀는 비록 정은 많으나 저의 마음이 완전히 그녀에게 기운 것은 아닙니다. 금방 제가 한 여자를 데리고 왔는데, 지금 그녀를 불러내어 함께 얘기나 합시다. 비밀을 지켜주시기 바랍니다."

허언은 또 좋다고 하였다. 남자는 또 입에서 여자를 토해냈는데, 나이가 20살 남짓해 보였다. 세 사람이 함께 술을 마시고 웃으며 한참을 보내자 서생이 몸을 움직이는 소리가 들렸다. 남자는 말하길, "저 두 사람이 이미 깼어요."라며, 토해낸 여자를 다시 입 속으로 빨아 넣었다.

잠시 후, 소녀가 병풍으로부터 걸어와 허언에게 "서생이 깼어요."라며 또 그 남자를 삼켰고, 허언과 둘이서 마주보며 앉았다. 서생이 허언에게 말했다.

　"예상 외로 잠을 너무 오래 자 선생께서 홀로 앉아 있어 지겨웠겠네요. 보아하니 날이 이미 기울었으니 여기서 작별을 고해야겠군요."

　그리하여 또 그 소녀를 삼켰고, 구리로 된 기물들도 함께 입 속으로 넣었다. 다만 큰 구리 쟁반은 남겼는데, 대략 방원(方圓) 2척이 넘었다. 그리고는 "선생님께 드릴 것이 없고 다만 이것을 받으셔서 기념으로 삼길 바랍니다."하였다. 진 효무제 태원 연간에 허언은 난대령사를 맡았는데, 그 구리 쟁반에다 음식을 담아 시중인 장산을 청해 대접한 적이 있었다. 장산이 보니 쟁반에 문자가 새겨졌는데, 동한 명제 영평 3년에 제작된 것이라고 되어 있었다.

　(東晋陽羨[97])許彦, 於綏安[98])山行, 遇一書生, 年十七八, 臥路側, 云脚痛, 求寄鵝籠中。彦以爲戲言, 書生便入籠, 籠亦不更廣, 書生亦不更小, 宛然與雙鵝並座, 鵝亦不驚。彦負籠而去, 都不覺重。前息樹下, 書生乃出籠, 謂彦曰：「欲爲君薄設[99])。」彦曰：「甚善。」乃口中吐出一銅盤奩子[100], 奩子中具諸饌餚, 海陸珍羞[101])方丈。其器皿皆銅物。其味芳美, 世所罕見。酒數行, 謂彦曰：「向將一婦人自隨, 今欲暫邀之。」彦曰：「甚善。」又於口中吐一女子, 年可十五六, 衣服綺麗, 容貌絶倫[102], 共坐宴。俄而書生醉臥, 此女謂彦曰：「雖與書生結夫妻, 而實懷外心, 向亦竊得一男子同行, 書生旣眠, 暫喚之, 君幸勿言。」彦曰：「甚善。」女子於口中吐出一男子, 年可二十三四, 亦穎悟[103]可愛, 仍與彦叙寒溫[104]。書生臥欲覺, 女

---

97) 양선은 한나라 때의 현의 이름으로 오군(吳郡)에 속하였다. 옛 성이 현재 강소성 의흥현(宜興縣) 남쪽에 있다.
98) 옛 성이 현재 의흥현 서남 쪽 80리에 있다.
99) 薄設은 박하나마 음식을 준비하겠다는 뜻으로 음식을 대접하겠다는 겸손의 말이다.
100) 奩子는 작은 상자를 말한다.
101) 珍羞는 진기한 물품이 맛이 아름답다는 뜻이다. 方丈은 饌餚가 매우 많다는 뜻이다.
102) 출중하다.
103) 총명하다.

子口吐一錦行障105)遮書生, 書生仍106)留女子共臥 男子謂彦曰:「此女雖
有情, 心亦不盡向107), 向復竊得一女人同行, 今欲暫見之, 願君勿洩。」彦
曰:「善。」男子又於口中吐一婦人, 年可二十許, 共酌:戲談甚久, 聞書生
動聲, 男子曰:「二人眠已覺。」因取所吐女人, 還納口中, 須臾, 書生處女
乃出謂彦曰:「書生欲起。」更吞向男子, 獨對彦坐。然後書生起謂彦曰:
「暫眠遂久, 君獨坐當悒悒108)耶? 日又晚, 當與君別。」遂吞其女子, 諸器
皿悉納口中, 留大銅盤可二尺廣。與彦別曰:「無以藉109)君, 與君相憶110)
也。」後太元111)中, 彦爲蘭臺令史112), 以盤餉侍中張散。散看其銘, 題云,
是永平113)三年作。)

〈양선서생〉은 불경인 《구잡비유경(舊雜譬喻經)》의 영향을 직접적으로 받아
탄생한 작품으로 여겨지고 있다. 기윤(紀昀)의 《열미초당필기(閱微草堂筆記)》 권7
의 《여시아문일(如是我聞一)》에서도 이 작품을 매우 환상적이라고 하였고, 탕현
조(湯顯祖)도 이 작품을 매우 기이함으로 넘친다고 평하였다. 내용을 보면 이
작품은 서로 속이고 속는 인정(人情)의 허위와 세태의 추악함을 반영하였으며,
동시에 육조시대 남녀 양성간의 관계나 풍속을 어느 정도 잘 드러내고 있다고
할 수가 있다.

104) 한온은 寒喧(한훤)의 뜻으로 일반적인 인사말이다.
105) 행장은 병풍을 말한다.
106) 仍은 因의 대용으로 진송(晉宋)의 사람들이 곧잘 사용하였다.
107) 내 마음이 완전히 그녀에게 기운 것은 아니라는 뜻이다.
108) 悒悒은 우울하여 즐겁지 않다는 말이다.
109) 藉는 貢獻의 뜻이다.
110) 당신에게 기념으로 주겠다는 뜻이다.
111) 태원은 진의 효무제 연호이다.
112) 전교(典校)와 도서, 그리고 문서를 다스리던 관명이다.
113) 동한 명제(明帝)의 연호이다.

《이문기(異聞記)》

　동한의 진식(陳寔)이 지은 이 작품은 잡기체(雜記體) 지괴류로 그 이전의 지괴소설들과는 다른 형식을 지니고 있다. 즉 그 이전의 지괴류가 주로 사전체의 형식으로 인물의 사적을 기록하거나 이역(異域)의 전설과 산천의 동식물을 주로 소개하였다면 이 작품은 고금의 기괴한 이야기들을 기록하고 있다. 따라서 이 작품이 출현함으로 인해 지괴의 제재가 크게 발전하여 이후 지괴류 소설의 주요 형식으로 자리 잡게 된다. 여기에 수록된 대표적인 작품으로는 〈장광정녀(張廣定女)〉라는 작품이 있다.

〈장광정녀(張廣定女)〉

　군민인 장광정이라는 사람이 난을 만나 피난을 가게 됐다. 그에게는 4살이 된 딸이 있었는데 아직 어려 걸을 수가 없었고, 게다가 업어 떠날 수도 없었다. 아이를 놓아두고 가면 굶어 죽을 것이 뻔해 차마 해골이 드러나게 할 수가 없었다. 마을 입구에 큰 고분이 하나 있었는데, 꼭대기에다 먼저 구멍을 뚫어 아이를 용기에 담아서 밧줄에 매달아 무덤 안으로 내려보냈다. 그리고는 몇 달치의 마른 밥과 물 등을 두고는 그곳을 떠났다. 세상이 평정될 때를 기다려 3년이 되어 장광정은 고향으로 돌아갈 수가 있었고, 무덤 속에 버려진 여아의 해골을 추려서 다시 장사지내고 묻어주려고 하였다. 장광정이 가서 보니 여아는 무덤 안에서 옛날처럼 앉아있었는데, 부모를 보고는 여전히 알아보며 매우 기뻐하였다. 부모는 처음에는 귀신으로 의심하였지만 들어가 다가가니 애가 죽지 않았음을 알게 되었다. 부모가 어디에서 먹을 것을 구했느냐고 물으니 딸애는 말하길, 양식이 처음에 바닥이 났을 때는 매우 배고팠으나 무덤 구석에 물건이 하나 있어 목을 내밀고 기를 삼켰는데 이를 따라 하니 다시는 배가 고프지 않았으며, 계속 그렇게 해서 지금까지 이르렀다고 하였다. 부모가 떠날 때

남긴 옷과 이불은 당연히 무덤 속에 있었고, 그 자리에만 있은 까닭에 의복도 상하지 않았으며, 따라서 춥지도 않았던 것이다. 장광정이 딸이 말한 물건을 찾으니 바로 한 마리 큰 거북이었다. 딸이 무덤을 나와 곡식을 먹을 때에 처음에는 복통이 좀 있어 구토를 했으나 좀 지난 후에는 바로 적응하였다.

(郡人張廣定者, 遭亂避地。有女年四歲. 不能步涉[114], 又不可擔負, 計棄之固當餓死, 不欲令其骸骨之露; 屯口有古大塚. 上顚先有穿穴, 乃以器盛縋[115]之, 下此女於塚中, 以數月許幹飯及水漿與之. 而舍去。候世平定, 其閑三年, 廣定得還鄕裏, 欲收塚中所棄女骨更殯[116]埋之。廣定往視: 女故坐塚中, 見其父母猶識之, 喜甚。而父母初疑其鬼也, 入就之, 乃知其不死。問從何得食。女言, 糧初盡時甚饑. 見塚角有一物, 伸頸吞氣. 試效之, 轉不複饑; 日月爲之, 以至於今。父母去時所留衣被, 自在塚中, 不往來. 衣服不敗, 故不寒凍。廣定索女所言物. 乃是一大龜耳。女出食穀. 初小腹痛, 嘔逆[117], 久許乃習。)

---

114) 걸음을 걷다.
115) 추(縋)는 밧줄에 매달아 내린다는 뜻이다.
116) 빈(殯)은 발인하다는 뜻이다.
117) 구역질하다.

《서경잡기(西京雜記)》

《서경잡기》는 문제의 작품이다. 우선 그 작자가 누구인가에 대해 의론이 분분하다. 일설에는 서한의 유흠(劉歆)이 지었다고도 하고, 또 일설에는 유흠의 이름을 빌어 동진의 갈홍(葛洪)이 지었다고도 하며, 그 외에도 오균(吳均)이 지었다고도 하는데, 아직까지 결론이 없다. 그 다음으로는 이 작품의 분류의 문제이다. 수록된 내용이 궁정의 생활, 명사들의 일화, 민간의 전설, 괴이한 고사 등을 모두 포함하고 있어 사실상 지괴류나 지인류 그 어느 한쪽에 포함시키기가 매우 난처하다. 수록된 대표적인 작품은 〈왕장(王嬙)〉, 〈사마상여(司馬相如)〉 등이다.

〈왕장(王嬙)〉

원제의 후궁은 너무 많아 수시로 볼 수가 없었다. 그리하여 화공으로 하여금 모양을 그리게 하여 그림을 보고 그들을 불러들였다. 여러 궁인들이 모두 화공에게 뇌물을 먹여 많게는 십만이고 적게도 오만을 넘었다. 유독 왕장만 이에 응하지 않아 그를 만나지 않았다. 흉노가 조정에 들어와 미인을 황후로 삼으려하였다. 그리하여 황제는 그림을 보고 왕소군(즉 왕장)을 가게 만들었다. 떠남에 임해 황제가 그녀를 보니 모양이 후궁 가운데 제일이었다. 게다가 태도도 재빠르고 행동도 정숙하고 우아하였다. 황제는 후회하였으나 명부가 이미 정해진 바였다. 외국과의 신의를 중시하여 다시 사람을 바꾸지 않았다. 그리고 이 일을 철저히 조사하여 화공들이 모두 저자에서 처형을 당했다. 또 그 재산을 몰수하니 모두 수만의 거액이었다. 당시의 화공에는 두릉의 모연수가 있었는데, 사람의 모습을 그리면 그 추악과 노소를 꼭 그대로 그릴 수 있었다. 또 안릉의 진창과 신풍의 유백, 공관도 모두 우마나 비조를 잘 그렸고, 거기다 사람의 얼굴도 닮게 그렸는데, 그 수준이 모연수에는 미치지 못했다. 하두의 양망도 그림을 잘 그렸고, 특히 채색에 능하였다. 또 번육도 채색화에 능했다. 그들은 모두 같은 날에 저자거리에서 처형을 당했다. 그리하여 경성의 화공들이 적어졌다.

(元帝[118])後宮旣多, 不得常見。乃使畫工圖形, 案圖召幸之。諸宮人皆賂畫工, 多者十萬, 少者亦不減五萬。獨王嬙[119]不肯, 遂不得見。匈奴入朝, 求美人爲閼氏[120]。於是上[121]案圖, 以昭君行。及去, 召見, 貌爲後宮第一, 善應對, 擧止閑雅[122]。帝悔之, 而名籍已定。帝重信於外國, 故不複更人。乃窮案[123]其事, 畫工皆棄市[124], 籍[125]其家, 資皆巨萬[126]。畫工有杜陵[127]毛延壽, 爲人形, 醜好老少, 必得其眞。安陵[128]陳敞, 新豐劉白, 龔寬, 幷工爲牛馬飛鳥, 亦肖人形, 好醜不逮延壽。下杜[129]陽望亦善畫, 尤善布色[130]。樊育亦善布色。同日棄市。京師畫工, 於是差稀。)

이 작품은 한원제를 통한 제왕의 사치와 황음함, 그리고 모연수 등의 화공을 통한 궁정의 부패상을 잘 보여주고 있으며, 이런 부패한 인물들과 대조적인 왕소군의 깨끗하고 고아한 이미지를 잘 드러내고 있다. 동시에 그로 인한 비극미도 반영하고 있다고 하겠다. 주지하다시피 중국역대 4대 미인에 속하는 왕소군을 주제로 한 이 이야기는 그 후 중국의 수많은 시와 소설, 그리고 연극과 음악 등을 비롯한 여러 형태의 예술로 재현되어 중국을 대표하는 이야기 가운데의 하나로 발전하게 되었다.

---

118) 한서에 의하면 왕장이 흉노에게 시집간 것은 한 원제 16년이었다.
119) 자는 소군(昭君)으로 서한 때의 호북성 여자였다. 현재 내몽고 자치구인 呼和浩特市의 남쪽에는 왕소군의 묘가 있으며, 세상에서는 청총(靑塚)이라고 부른다.
120) 연지(閼氏)는 흉노의 황후를 부르는 말이다.
121) 상은 황상(皇上)을 뜻한다.
122) 정숙하고 우아하다.
123) 궁안은 철저하게 조사한다는 뜻이다.
124) 저자거리에서 형벌을 받고 죽임을 당해 사람들에게 버려지는 것을 말한다.
125) 가산을 몰수하다.
126) 거만은 萬萬을 말한다.
127) 두릉은 지금의 섬서성 서안의 동남에 있었다.
128) 안릉은 지금의 섬서성 함양의 동북에 있었다.
129) 하두는 지금의 섬서성 서안의 남쪽에 있었다.
130) 포색은 착색(著色)의 뜻이다.

《습유기(拾遺記)》

진(晉)의 왕가(王嘉)가 편찬한 것이라고 하나 호응린(胡應麟)의 말대로 그 문장이 너무 아름답고 화려하여 진인의 풍격과는 달라 남조 양대(梁代)의 소기(蕭綺)가 모두 짓고 왕가의 이름만 빌은 것이라고 보는 설이 설득력이 있어 보인다. 그 묘사가 세밀하고 상상이 풍부한데다 특히 그 문사가 우아하고 유창하여 육조의 소설 가운데에서 매우 뛰어난 작품에 속한다. 왕가는 농서(隴西) 사람으로 산림에 은거하여 살아가던 도사였으며, 그의 수업을 받은 제자만도 수백 명이 되었다고 한다. 그는 곡식을 멀리하고 복기(服氣)를 행하며 세인들과 멀리하면서 지냈다고도 전한다. 그러나 소기(蕭綺)에 대해서는 알려진 바가 없다. 《습유기(拾遺記)》 속의 대표적인 작품으로는 〈원비(怨碑)〉·〈이부인(李夫人)〉·〈설령운(薛靈芸)〉·〈상풍(翔風)〉 등이 유명하다.

〈원비(怨碑)〉

옛날 진시황이 무덤을 지을 때에 천하의 진기한 물건들을 모아 넣었고, 일하던 인부들도 생매장하였다. 또 먼 곳에 있는 기이한 보물들도 무덤 속에 들이부었으며, 강·바다·내·도랑과 여러 산악의 모양도 만들었다. 그리고 사당목과 침단목으로 배와 노를 만들고, 금은으로 물오리와 기러기를 만들었으며, 유리와 여러 보석으로 거북과 물고기를 만들었다. 게다가 바다 속에는 옥으로 고래를 만들었고, 야광주를 머금게 하여 별로 삼았으며, 그로써 등불을 대신하였다. 그 빛이 무덤 안에서부터 나왔는데, 대단히 정밀하고 신묘하였다. 옛날 무덤 속에 생매장된 인부들도 무덤이 발굴될 때에 모두 죽지 않고 살아있었다. 인부들은 무덤 안에서 돌을 다듬어 귀한 신선들의 모습을 만들었고, 비문과 찬사도 적었다. 한초에 이 무덤을 발굴하고 여러 사서들을 조사하여도 여러 신선들의 상을 제작하였다는 말은 없었다. 그런 즉 그것은 생매장된 장인들의 소행임을 알 수 있다. 후대 사람들이 이 비문을 다시 적었는데, 그 문장이 잔혹함을 원망하는 말이 많아 "원비"라고 불렀지만 《사기》에는 생략하여 기록하지 않았다.

(昔始皇爲塚[131], 斂[132]天下瑰異[133], 生殉[134]工人宗定伯傾遠方奇寶於塚中, 爲江海川瀆及列山岳之形。以沙棠沉檀爲舟楫[135], 金銀爲鳧雁, 以琉璃雜寶爲龜魚。又於海中作玉象鯨魚, 銜火珠爲星, 以代膏燭, 光出墓中, 精靈之偉也。昔生埋工人於塚內, 至被開時, 皆不死。工人於塚內琢石爲龍鳳仙人之像, 及作碑文辭讚。漢初, 發此塚, 驗諸史傳, 皆無列仙龍鳳之制, 則知生埋匠人之所作也。後人更寫此碑文, 而辭多怨酷之言, 乃謂爲"怨碑"。《史記》略而不錄[136]。)

이 단락은 진시황의 무덤에 관해 지금까지 알려지지 않은 기이한 사실과 그 신비로움을 얘기하고 있으며, 동시에 그 사치스러움과 잔혹함도 함께 폭로하고 있다고 하겠다.

〈이부인(李夫人)〉

한무제는 죽은 이부인을 그리워하였지만 다시는 그녀를 보지 못했다. 그리하여 곤령의 못을 파기 시작하여 그 위에서 나는 새 모양의 배를 타

---

131) 총(塚)은 무덤이다.
132) 거두어 모으다.
133) 괴이(瓌異)는 진귀한 물건을 말한다.
134) 생매장하다.
135) 주즙은 배와 노이다.
136) 사기의 진시황 본기에는 여산(驪山) 묘의 지극히 사치스러움과 인부들을 무덤 속에 생매장한 것들을 기록하고 있는데, 이것이 바로 이 작품의 근거가 된다. 그러나 한초에 무덤이 발굴되고, 안의 인부들이 여전히 살아 있었다든가, 그리고 "원비"에 대한 언급은 사기에서 기술하지 않았다.

고 다녔다. 무제는 스스로 노래를 지어 여자 광대로 하여금 부르게 하였다. 어느 날 태양이 이미 지고 시원한 바람에 물결이 격해지자 여자 광대의 노래 소리는 더욱 힘이 나자 한무제는 《낙엽애선(落葉哀蟬)》이란 노래를 지었다.

"비단 옷소매에는 소리가 없고, 옥 계단 위에는 먼지가 생겼네. 빈 방은 차갑고 적막한데, 낙엽은 중문에 붙어있네. 그 미인을 그리나 볼 길이 없어, 슬픈 이 마음은 편할 날 없도다!"

무제는 자신이 지은 노래를 듣고는 감동하여 울적한 마음을 달랠 길이 없어 좌우에 명하여 등을 준비해 배 안을 비추게 하였으며, 그 슬픔을 스스로 멈추게 할 수가 없었다. 시종들은 무제의 얼굴빛이 근심과 한에 젖자 소라껍질로 만든 채색의 잔에다 홍량주를 부어 바쳤다. (이 잔은 파지국에서 나고, 술은 홍량현의 것이다. 홍량은 우부풍에 속한 지역으로 애제 때에 이 읍을 없앴다. 남인들은 이 술의 제조법을 전수받았다. 요즘 "운양에 좋은 술이 난다"는 것은 홍량과 발음이 비슷하여 잘못 전해진 말이다.)무제는 석잔을 마시고는 얼굴빛이 환해지며 여자 광대를 불러 시중들게 했다. 그날 밤, 무제는 연량실에서 쉬었는데, 꿈에 이부인이 나타나 형무(蘅蕪)향초를 주었다. 무제는 꿈속에서 놀라 깼으며, 의복과 베게가 모두 향기로웠고 달포가 지나도 사라지지가 않았다. 무제는 더욱 그녀를 보고파했으나 끝내 다시 볼 수가 없었고, 눈물이 흘러 자리를 적셨다. 그리하여 연량실을 유방몽실로 이름을 바꿨다.

처음에 무제는 이부인을 매우 사랑하여 이부인이 죽은 후에도 늘 생각하여 꿈을 꾸며 이부인을 다시 보려고 하였다. 그리하여 용안이 초췌하자 주위의 비첩들이 모두 편치가 않았다. 무제는 이소군을 불러 물었다.

"짐이 이부인을 그리워하는데, 그녀를 볼 수가 있을까?"

소군은 답하길,

"멀리서 볼 수는 있지만 같은 휘장 안에서는 볼 수가 없습니다. 깊은 바다에 잠영석이 있는데, 푸른색으로 가볍기가 깃털과 같으며 날이 추워지면 이 돌이 따뜻하게 변하고, 날이 더워지면 다시 차갑게 변합니다. 만약 이 돌을 얻어 그것으로 사람의 모양을 다듬어 만들면 진짜 사람과 같이 총명하고 신령스러울 것입니다. 이 석인(石人)을 나아가게 하면 이부인도 강림하실 겁니다. 왜냐하면 이 석인은 사람의 말을 전할 수가 있고, 기는 없어도 소리가 있어 귀신의 일을 능히 알 수가 있답니다."라고 하였다.

"그 석인을 얻을 수 있겠는가?"

"만약 폐하께서 제게 큰 배와 물길을 잘 아는 젊고 힘 있는 장정 천명을 주신다면 그들에게 도술을 훈련시켜 불사약을 구해 오겠습니다."

그리하여 이소군은 사람들을 거느리고 배를 타고 깊은 바다로 나가 10년이 지난 후에 돌아왔다. 당시 떠난 사람 중에는 어떤 자들은 이미 구름을 타고 신선이 되었고, 또 어떤 자들은 일부러 육신은 죽었으나 사실상 신선으로 변해 돌아온 자들은 겨우 너댓 명 뿐이었다. 여하튼 그 돌을 구했으니 인부를 시켜 본에 따라 잠영석을 이부인의 모양대로 조각하기를 명하여 가벼운 휘장 속에 두었는데, 그 모양이 생전의 이부인과 꼭 같았다. 무제는 크게 기뻐 소군에게 물었다. "그녀에게 가까이 갈 수 있겠는가?" 이에 소군은 다음과 같이 대답했다.

"이는 마치 밤에 꿈속에서 보았다고 날이 밝아 일어나 자세히 그것을 볼 수 없는 것과 같사옵니다. 이 잠영석은 독성이 있어 멀리 바라볼 수만 있지 가까이서 볼 수는 없습니다. 폐하께서는 절대 만승지존의 옥체를 가벼이 하시어 이 요정에게 미혹돼서는 아니 되옵니다."

무제는 그의 간언에 따랐다. 무제가 이부인을 본 다음에 이소군은 그 돌을 부셔갈아 알약으로 만들어 무제가 직접 들게 하니 그로부터 밤마다 이부인을 꿈꾸는 일은 없었다. 그리고 영몽대를 지어 때때로 제를 지냈다.

(漢武帝思懷往者李夫人[137], 不可復得。時始穿昆靈[138]之池, 泛翔禽之舟。帝自造歌曲, 使女伶歌之。時日已西傾, 涼風激水, 女伶歌聲甚遒, 因賦《落葉哀蟬》之曲曰: " ? 羅袂兮無聲, 玉墀兮塵生。虛房冷而寂寞, 落葉依於重扃。望彼美之女兮安得, 感余心之未寧！"帝聞唱動心, 悶悶不自支持, 命龍膏之燈以照舟內, 悲不自止。親侍者覺帝容色愁怨, 乃進洪梁之酒, 酌以文螺之巵。巵出波祇之國139)。酒出洪梁之縣, 此屬右扶風140), 至哀帝廢此邑, 南人受此釀法。今言"雲陽出美酒", 兩聲相亂矣。帝飲三爵, 色悅心歡, 乃詔女伶出侍。帝息於延涼室, 臥夢李夫人授帝蘅蕪之香。帝驚起, 而香氣猶著衣枕, 歷月不歇。帝彌141)思求, 終不復見, 涕泣洽席, 遂改延涼室爲遺芳夢室。初, 帝深嬖142)李夫人, 死後常思夢之, 或欲見夫人。帝貌憔悴, 嬪御143)不寧。詔李少君144), 與之語曰；"朕思李夫人, 其可得見乎？"少君曰: "可遙見, 不可同於帷幄。暗海有潛英之石, 其色青, 輕如毛羽。寒盛則石溫, 暑盛則石冷。刻之爲人像, 神悟不異眞人。使此石像往, 則夫人至矣。此石人能傳譯人言語, 有聲無氣, 故知神異也。"帝曰: "此石像可得否？"少君曰: "願得樓船百艘, 巨力千人, 能浮水登木者, 皆使明於道術, 賫不死之藥。"乃至暗海, 經十年而還。昔之去人, 或升雲不歸, 或托形假死, 獲反者四五人。得此石, 卽命工人依先圖刻作夫人形。刻成, 置於輕紗幕裡, 宛若生時。帝大悅, 問少君曰: "可得近乎？"少君曰: "譬如中宵忽夢, 而畫可得近觀乎？此石毒, 宜遠望, 不可

---

137) 이부인은 이연년(李延年)의 누이로 예쁘고 가무에 능해 한무제의 총애를 많이 받았다. 그러나 일찍 죽어 한무제가 부를 지어 그녀를 애도하였다. 《한서(漢書)・외척전(外戚傳)》에 전한다. 또 여기에는 이연년이 여동생인 이부인의 아름다움을 경국경성(傾國傾城)으로 표현한 노래도 전해지고 있다.

138) 곤령은 곤명(昆明)이 옳다.

139) 파지국은 파익국(波弋國)이라고도 하는데, 《동명기(洞冥記)》에 보이는 나라이다.

140) 우부풍은 지금의 장안 부근이다.

141) 더욱

142) 폐(嬖)는 총애를 받는다는 뜻이다.

143) 좌우의 비(妃)와 첩(妾)을 말한다.

144) 한무제 때의 방사(方士)로 제(齊)나라 사람이다.

逼也。勿輕萬乘之尊，惑此精魅之物！"帝乃從其諫。見夫人畢，少君乃使
春此石人爲丸，服之，不復思夢。乃築靈夢台，歲時祀之。)

감상요령　　한무제에 관한 고사는 매우 많으며, 특히 여인과의 사연이 많다. 그 가운데
가장 유명한 이야기는 나중에 진황후(陳皇后)가 된 아교(阿嬌)와의 고사일 것이
다. 유명한 4자성어인 "금옥장교(金屋藏嬌)"란 말도 여기서 비롯된 것이다. 위의
이야기는 한무제와 이부인이라는 또 다른 여인과의 로맨스에 관한 고사이다.
그러나 그 내용이 생전이 아닌 그녀가 죽은 후에 한무제가 일방적으로 그녀를
그리워하는 내용이며, 그런 까닭에 그 사연이 더욱 애틋하고 감동적이다. 아름답
고 완약한 문장에 상상력이 풍부하여 지괴소설 가운데의 걸작이다.

〈설령운(薛靈芸)〉

문제가 사랑하는 미인은 성이 설씨이고, 이름은 영운이며, 상산 사람이
었다. 그 부친의 이름은 업이었고, 찬향정장을 맡았다. 모친은 진씨로 그
부친인 업을 따라 정(亭)의 옆에다 집을 삼았다. 생활이 매우 가난하여
밤이 되면 언제나 이웃 부인들과 함께 모여 베를 짰으며, 삼과 쑥으로 함
께 보냈다. 영운이 십오 세가 되자 용모가 매우 빼어나 인근의 젊은이들
이 밤에 몰래 와서 살펴보았지만 끝내 만나주지 않았다. 함희 원년에 곡
습이 상산군을 지키게 되어 정장에게 미녀가 있지만 집이 매우 가난하다
는 소식을 들었다. 당시 위문제가 양가집의 여자를 뽑아 궁에 들인다는
말이 있었다. 곡습은 천금의 재물로 그녀를 사들였고, 그런 후에 문제에
게 헌납했다. 영운은 부모와 이별해야 함을 듣고는 며칠을 흐느껴 울어
눈물로 옷을 적셨다. 수레에 올라 길을 떠날 때에는 옥으로 된 타호(唾壺)
로 눈물을 받으니 그것이 붉은 색이었다. 상산을 출발하여 경성에 도착하
자 타호 안의 눈물이 응고되어 피가 되었다.(하략)

(文帝145)所愛美人146)，姓薛名靈芸，常山147)人也。父名鄴，爲酇鄉亭

---

145) 위문제 조비를 말한다.

長[148], 母陳氏, 隨鄰舍於亭傍。居生窮賤。至夜, 每聚鄰婦夜績[149], 以麻蒿自照。靈芸年至十五, 容貌絶世, 鄰中少年夜來竊窺, 終不得見。咸熙[150]元夫, 谷習出守常山郡, 聞亭長有美女而家甚貧。時文帝選良家子女, 以入六宮。習以千金寶賂聘之, 旣得, 乃以獻文帝。靈芸聞別父母, 歔欷累日, 淚下沾衣。至升車就路之時, 以玉唾壺承淚, 壺則紅色。旣發常山, 及至京師, 壺中淚凝如血。)(하략)

위문제 조비의 주변에도 여인들이 많았다. 조식이 지은 〈낙신부(洛神賦)〉 속에 투영된 견비(甄妃)와 그녀를 죽음에 이르게 한 곽미인(郭美人) 등과 같이 설령운도 그 중의 한 사람이었다. 위 작품은 미인을 극진히 맞이하는 당시 황실의 사치스러움과 성대함, 그리고 설령운에 대한 조비의 지극한 총애를 얘기하고 있다. 미인을 숭배하는 중국의 전통적인 관습도 그러하거니와 위진남북조의 완약하고 유미적인 사회적 분위기를 잘 반영하고 있다고 보여진다.

〈상풍(翔風)〉

석계륜의 애비(愛婢)는 이름이 상풍이었는데, 위나라 말에 북방에서 얻은 여자였다. 나이가 십 세 때에 방 안의 일을 부리며 키웠다. 나이 십오 세가 되자 그 용모가 비할 바가 없었고, 자태가 매우 아름다웠다. 옥의 소리를 잘 판별하였으며, 금의 빛도 잘 살필 수 있었다. 석씨의 부유함은 왕가(王家)에 비할 바였으며, 당대의 호사를 누렸다. 진귀하고 기이한 보물을 기와나 돌로 보았으며, 지천으로 쌓아두었다. 모두가 이국의 특별한 지역에서 얻은 것이나 아무도 그 출처를 구별해내지 못하였다. 상풍을 시

---

146) 미인은 빈비(嬪妃)의 관직명이다. 문제 때에 부인 이하 모두 12 등급의 빈비가 있었는데, 미인은 5번째에 속하였다.
147) 군명으로 현재의 하북성 원씨현(元氏縣) 서북쪽에 있었다.
148) 옛날 십리마다 하나의 정(亭)이 있었으며, 정에는 정장(亭長)이 있었다. 도적을 잡는 일을 맡았다.
149) 적(績)은 마를 짜서 포를 만드는 것을 말한다.
150) 함희는 문제의 조카인 진류왕(陳留王) 환(奐)의 연호이다.

켜 그 소리와 빛을 판별하게 하니 모두 다 알아내었다. 그녀는 말하길,

"서쪽과 북방의 옥소리는 무거우나 성질이 따뜻하여 그것을 차는 사람의 성령을 돋게 하고, 동방과 남쪽의 옥소리는 가볍고 깨끗하나 성질이 차가워 그것을 차는 사람은 그 정신을 이롭게 합니다."

석씨의 시녀들은 아름다운 미인들이 수천 명이었는데, 상풍은 특히 문장으로 그 총애를 얻었다. 석숭은 일찍이 "내가 죽게 되면 하늘에 맹서컨대 반드시 네가 나를 따라 죽을 것이야!"라고 말하니, 그녀는 답하길, "살아서 사랑하고 죽어서 이별하는 것은 사랑하지 않는 것만 못하옵니다. 첩이 주인님을 따라 죽을 수만 있다면 제 몸이 썩어 문드러지는 것이 무슨 상관이겠습니까!"하였다. 그리하여 그녀는 더욱 총애를 얻게 되었다.(하략)

(石季倫[151]愛婢名翔風，魏末於胡中得之。年始十歲，使房內養之。至十五，無有比其容貌，特以姿態見美。妙別[152]玉聲，巧觀金色。石氏之富，方比王家，驕侈當世，珍寶奇異，視如瓦礫，積如糞土，皆殊方異國所得，莫有辨識其出處者。乃使翔風別其聲色，悉知其處。言西方北方，玉聲沉重而性溫潤，佩服[153]者益人性靈；東方南方，玉聲輕潔而性清涼，佩服者利人精神。石氏侍人，美豔者數千人，翔風最以文辭擅愛。石崇嘗語之曰：「吾百年之後[154]，當指白日[155]，以汝爲殉。」答曰：「生愛死離，不如無愛，妾得爲殉，身其何朽！」於是彌見寵愛。)(하략)

---

151) 석숭(石崇)의 자가 계륜이다. 석숭은 위진 때의 명사로 지금의 하북성 남피 (南皮) 사람이었다. 대단한 재부(財富)로 사치스러운 행각을 많이 일삼았는데, 《진서》와 《세설신어》 속에 그 일화가 전해지고 있다.
152) 분별에 능하다.
153) 차서 달고 다니다.
154) 죽은 후를 말한다.
155) 하늘에 맹서하다.

주지하다시피 석숭은 그 사치스러운 일화들로 세상에 널리 알려진 자이다. 동시에 그는 애첩 녹주(綠珠)와의 로맨스로도 유명하다. 위 작품은 녹주가 아닌 또 다른 애첩인 상풍과의 일화를 소개하고 있다. 아름다운 미인 시녀들이 그에게는 수천명이나 되었다고 전하니 애첩도 한둘이 아니었을 것이다. 《세설신어》에 의하면 석숭은 잔인한 면이 강해 주흥(酒興)을 위해 미인의 목을 언제라도 쉽게 내리치곤 하였지만, 또 한편으로 그는 자신이 정말 아끼는 시녀에게는 정과 의리로써 대하였던 것 같다. 녹주와의 이야기도 그러하거니와 위의 작품에서도 그 점이 잘 드러나고 있다.

《박물지(博物志)》

서진(西晉) 태강(太康) 시대의 문인으로 유명한 장화(張華)가 지은 책이다. 장화는 하북성 사람으로 박학다식하여 서진의 명사 가운데 빼어난 인물이었다. 《진서(晉書)》의 기록에 의하면 그가 죽었을 때에 집에는 아무 재물이 없었지만 기이한 서적들로 가득하였다고 하니 그가 평소에 얼마나 새로운 것들에 대해 호기심이 많았는지를 잘 보여준다. 따라서 그가 지은 이 지괴 서적도 주로 기이한 곳의 신비한 것들을 많이 소개하고 있으며, 《산해경(山海經)》의 영향을 많이 받은 지리박물체(地理博物體)의 성격에 속한다. 그러나 그 외에도 역사인물에 관한 전설이나 신선고사들과 같은 잡다한 내용도 동시에 수록하고 있다.

〈후확(猴玃)〉

촉산의 남쪽의 높은 산에는 원숭이와 같은 동물이 있다. 몸길이는 7척이고, 사람과 같이 걸으며, 잘 달렸는데, 이름을 후확이라고 불렀다. 또 다른 이름으로는 마화라고 하였고, 또 가확이라고도 하였다. 길을 걷는 여자 중에서 예쁜 여자가 있으면 살폈다가 종종 훔쳐갔는데, 사람들은 그것을 잘 알아채지 못하였다. 길을 걷다가 그 옆을 지나게 되면 언제나 긴 줄로 유인하여 실로 그 꼬임에 빠지는 것을 면하기 어렵다. 이리하여 남자를 얻게 되면 화가 나 스스로 죽어버리기에, 여자를 낚지 남자를 낚지는 않는다. 여자를 취하여 데려가면 자신의 사람으로 삼는데, 젊은 여자는 평생토록 돌려주지를 않는다. 그리하여 십년 후에는 (납치된 여자의) 모습도 모두 그것과 비슷해지며, 마음도 미혹되어 다시는 빠져나갈 생각을 아예 안하게 된다. 자식이 생기면 종종 모두 그 집으로 송환해주는데, 그 낳은 자식도 모두 사람과 같다. 그 아이를 기르지 않는 자가 있으면 그 어미가 죽으니 감히 키우지 않을 수가 없다. 아이가 자라면 보통 사람과 다를 바가 없고, 모두 양씨 성을 갖는다. 그러므로 지금 촉 땅의 중서부에는 양씨가 많은데, 대개 모두가 가확과 마화의 자손이며, 때때로 그 모습에 가확의 발톱이 있는 자들이 있다.

(蜀山南高山上, 有物如獼猴。長七尺, 能人行, 健走, 名曰猴玃, 一名馬化, 或曰猳玃。伺156)行道婦女有好者, 輒157)盜之以去, 人不得知。行者或每遇其旁, 皆以長繩相引, 然故不免。此得男子氣自死, 故取女不取男也。取去爲室家, 其年少者終身不得還。十年之後, 形皆類之, 意亦迷惑, 不複思歸。有子者輒俱送還其家, 産子皆如人, 有不食養者, 其母輒死, 故無敢不養也。及長, 與人無異, 皆以楊爲姓, 故今蜀中西界多謂楊, 率158)皆猴玃、馬化之子孫, 時時相159)有玃爪也。)

---

156) 살피다.
157) 종종 언제나
158) 率은 대개의 뜻이다.
159) 相은 모습 즉 長相을 뜻한다.

원숭이류가 부녀자를 납치해가는 이야기는 서한 때부터 이미 유행하였다. 《오월춘추(吳越春秋)》에서도 유사한 내용이 있으며, 이로부터 이런 이야기들은 중국문학 속에 늘 등장하게 된다. 당 초기의 전기소설인 〈보강총백원전(補江總白猿傳)〉과 명초의 《전등신화》 속의 〈신양동기(申陽洞記)〉 등이 이런 내용을 그 제재로 삼고 있는 대표적인 작품들이다.

《세설신어(世說新語)》

유의경(劉義慶)의 대표작이다. 주로 당시 유명 인물들에 관한 일사나 행적 등을 기록한 것으로 위진남북조시대 지인류 소설의 대표적 작품이다. 지인류 소설 역시 명사들의 일화꺼리를 짧게 소개한 내용으로 완전한 소설의 형식을 갖추고 있지는 못하다. 그러나 그 중에는 위진인들의 격조 높은 심미적 인물품평과 도가적 청담사상이 깔려있어 당시인들의 미학사상을 이해하는데 중요한 단서가 되기도 한다. 또 이 소설이 지닌 심미적 관점에서 개인의 개성을 존중하는 정신과 복합적이고 입체적인 인물묘사 기법은 훗날 《홍루몽》이나 《금병매》 등과 같은 인정사회류 소설들의 인물묘사예술의 발전에 크게 공헌하였다. 더욱이 그 문장이 지극히 간결하면서도 의미가 깊어 함축미가 매우 돋보인다. 육조의 소설 가운데 가장 훌륭한 작품으로 손꼽히고 있다.

〈임탄(任誕)1〉

왕자유가 일찍이 남의 공택에 잠시 묵을 때 사람을 시켜 대나무를 심도록 명하였다. 누군가가 묻기를, "잠시 머무를 따름인데 그렇게 번거롭게 할 필요가 있소?" 하니, 왕은 시를 읊조리면서 한참 후에야 대나무를 가리키면서 대꾸하길, "어찌 하루라도 이 군자가 없을 수가 있으리오?"하였다.

(王子猷嘗暫寄人空宅住, 便令種竹。 或問, 暫住何煩爾160) ？王嘯詠良久,
直指竹曰: 何可161)一日無此君162) ？)

감상요령

《세설신어》를 통해 왕자유(왕휘지)의 개성은 여러 군데에서 잘 나타나고 있다.
그는 섬세하면서도 자유분방하고 복잡한 감성의 소유자로 하루라도 그것을 보지
않으면 안 될 정도로 대나무를 무척 좋아했던 것으로 보아 고결한 선비적 기품과
심미의식이 넘치는 자로 느껴지지만 잠시 남의 집에 머무르면서 까지도 자신의
취향과 기호를 고수하려고 하는 것으로 보아 그의 매우 고집스러운 면을 잘 느낄
수가 있다.

〈임탄(任誕)2〉

왕자유가 산음에 머무를 때 하루는 밤에 눈이 내렸다. 그는 잠에서 깨
어나 문을 열고 술을 가져오라고 하며 온통 하얗게 변한 야경을 바라보다
가 일어나 배회하며 좌사의 초은시를 읊으며 문득 대안도를 생각했다. 그
때 대안도는 '섬'이라는 곳에 있었는데, 곧장 밤에 작은 배를 타고 그 곳
으로 갔다. 밤을 꼬박 새워 비로소 도달했지만 문 앞에 와서 들어가지 않
고 다시 돌아 가버렸다. 사람들이 그 이유를 물으니 왕자유는 대답하길,
"애초에 내가 흥이 나서 떠난 것이고, 또 흥이 깨서 돌아온 것인데, 꼭 대
안도를 봐야 할 까닭이 있소?"라고 하였다.

(王子猷居山陰163), 夜大雪, 眠覺, 開室命酌酒, 四望皎然, 因起彷徨, 詠
左思164)招隱詩, 忽憶戴安道165)。 時戴在剡166), 卽便夜乘小船就之。 經宿167)

160) 何煩爾는 어찌 번거롭게 그런 일을 할 필요가 있는가의 뜻이다.
161) 不可의 뜻이다.
162) 차군(此君)은 여기서 대나무를 가리키는데, 여기서부터 "차군"은 대나무를
　　지칭하는 말로 변하였다.
163) 산음은 현재 절강성 소흥(紹興)이다.
164) 좌사는 진대(晉代) 태강시대의 유명한 시인으로 초은시(招隱詩)가 있다.
165) 대안도는 대규(戴逵)를 말하며, 자가 안도였다. 박학다식하며 예술에 능하였
　　으나 은거하며 벼슬을 맡지 않았다. 무릉왕(武陵王) 희(晞)가 사자를 보내 그

方至, 造門168)不前而返, 人問其故, 王曰: 吾本乘興而行, 興盡而返, 何必見戴？)

감상요령 겉으로 보면 왕자유의 변덕스러운 점을 얘기하는 것 같지만 그 속을 들여다보면 그의 자유분방한 성격과 순간적인 흥취와 감정에 따라 그 어떤 대가와 행동도 감수하고 감행하는 그의 행동적 특성을 느낄 수가 있다. 또 그의 예민한 심미적 감수성과 그것을 느끼면서 몰입하고자 하는 문인예술가적 기질을 엿볼 수도 있는데, 이는 바로 인적 각성시대인 이 시대의 미학관의 반영이기도 한 것이다. 왕자유는 이름이 휘지(徽之)이고, 자가 자유(子猷)였다. 벼슬은 환온참군(桓溫參軍)을 맡았다가 나중에는 황문시랑(黃門侍郞)을 역임하였다. 당시 사람들의 평에 의하면 그는 호방하여 자기 식대로 살아가는 성격으로 벼슬을 버리고 산음에서 은거하였다고 한다. 또 그 성품이 방탕하고 성색(聲色)에 탐닉하였으며, 당시 사람들이 그의 재기를 인정하면서도 그의 행실은 부정하였다고 전한다.

〈임탄(任誕)3〉

유령은 술이 병이었다. 갈증이 심해 부인으로부터 술을 찾으니 부인은 술병을 던지고 그릇을 깨 버리며 눈물을 흘리고 울며 간하길, "당신은 음주가 지나치옵니다. 섭생의 도가 아니니 꼭 그것을 끊으셔야 됩니다." 유령왈, "좋소만 나 혼자서 끊을 수가 없고, 오직 귀신께 제사를 지내고 맹서를 하여 끊도록 하여야 하니, 곧 주육(酒肉)을 갖추시오." 부왈, "뜻대로 하겠사옵니다." 신명께 술과 고기가 받쳐지고, 령이 축서를 하게 되었을 때 그는 꿇어앉아 맹서하길, "하늘이 유령을 나게 한 것은 술로써

를 청하여 거문고를 타게 하였으나 그는 사자의 면전에서 거문고를 부수면서 "대안도는 왕들의 광대가 아니다."라고 말했다고 한다.
166) 섬(剡)은 현의 이름으로 절강성의 섬계(剡溪)를 말하며, 대계(戴溪)라고도 부른다. 지금의 절강성 승현(嵊縣)의 서남쪽에 있었다. 조아강(曹娥江)의 상류로 산음에서 강을 따라 위로 올라가면 도달한다.
167) 하루 밤을 지나
168) 문 앞에 도달하다.

이름을 얻게 한 것이니 일음에 일석이요, 오두로 해정을 해야 합니다. 아낙네의 말은 실로 들어서는 안 되는 것으로 압니다!" 그리고는 술과 고기를 먹으며 또 문득 취하였다.

(劉伶[169]病酒[170], 渴甚, 從婦求酒。婦捐[171]酒毀器, 涕泣諫曰: "君飮太過, 非攝生之道[172], 必宜斷之!" 伶曰: "甚善. 我不能自禁, 唯當祝[173]鬼神自誓斷之耳。便可具酒肉。" 婦曰: "敬聞命"。供酒肉於神前, 請伶祝誓。伶跪而祝曰: "天生劉伶, 以酒爲名, 一飮一斛[174], 五斗解酲[175]。婦人之言, 愼不可聽!" 便引酒進肉, 隗然[176]已醉矣。)

감상요령 완적과 유령을 비롯한 위진 문인들의 기행(奇行)들은 당시 지식인들의 우환의식과 고민, 그리고 방황의 표현으로 이해할 수가 있다. 세상 사람들이 완적을 비웃으며 방외지인(方外之人)으로 부른 것도 길 잃은 완적의 우환의식과 고민의 표현임이 그의 영회시(詠懷詩)를 통해서도 잘 입증되고 있다. 특히 위진명사들은 술을 통해 그런 고민을 잠시나마 잊으려고 하였을 뿐 아니라 술이 사람으로 하여금 현실을 초월하여 더 높은 경지로 들어가도록 자신의 정신을 승화시켜 준다고 믿었던 것이다. 그러므로 위진인들은 사흘만 술을 마시지 않아도 몸과 정신이 서로 떨어져 심신이 불일치한다(왕침(王忱))고 여겼으며, 술 속에 철리(哲理)가 있다(도연명의 음주시)고 말하기도 한 것이었다.

---

169) 패국(沛國) 사람으로 자가 백륜(伯倫)이었다. 천성이 술을 좋아하여 〈주덕송(酒德頌)〉을 지었으며, 죽림칠현 중의 한사람이었다.
170) 술에 중독됨을 말하기도 한다.
171) "연(捐)"은 棄(버리다)의 의미이다.
172) 섭생지도는 양생지법 즉 양생의 법도를 말한다.
173) 祝은 기도하다의 뜻이다.
174) "곡(斛)"은 열 말을 의미한다.
175) "정(酲)"은 주병(酒病)을 의미하는데, 쉽게 말해 숙취를 말한다.
176) 술에 취해 넘어지는 상태를 말한다. 퇴연(頹然)과 같다.

〈분견(忿狷)〉

왕남전은 성격이 급했는데, 언젠가 달걀을 먹게 되어 젓가락으로 그것을 찔렀는데 찔려지지 않자 크게 화를 내며 그 계란을 집어던져버렸다. 계란이 땅위에서 계속 돌아가고 있을 때 그는 이어 땅으로 내려가 나무신의 이빨 같은 바닥으로 그것을 밟았다. 그런데 그것을 밟지 못했을 때 그는 화가 머리끝까지 달했다. 다시 바닥에서 그것을 집고는 입속에 넣고 씹어 부순 다음에 뱉었다. 왕우군은 이 말을 듣곤 크게 웃으며 말하길, 만약 安期에게 이런 성격이 있었다면 그래도 우리가 이야기할 가치가 없는데, 하물며 남전에게서랴?

(王藍田[177]性急, 嘗食鷄子[178], 以筯刺之, 不得, 便大怒, 擧以擲地, 鷄子於地圓轉未止, 仍[179]下地以屐[180]齒蹍[181]之, 又不得, 瞋[182]盛。, 復於地取內[183]口中, 齧破卽吐之。王右軍[184]聞而大笑曰: 使安期[185]有此性, 猶當無一豪可論, 況藍田邪？)

위 문장은 고문체로서의 《세설신어》의 간결하고 생동감 넘치는 문체를 설명할 때 잘 인용되는 명문장으로 유명하다. 왕남전의 성급한 성격을 묘사함에 있어 그가 계란을 먹는 행위동작을 표현한 불과 몇 십자의 간결한 세절묘사를 통해 그의 성급함을 매우 효과적으로 묘사해내었다고 정평이 나 있는 글이며, 이를 통해 인물묘사에 있어서의 소위 간접묘사의 묘미와 고문의 간결미를 느낄 수 있게 한다.

---

177) 왕술(王述)을 말하며, 자가 회조(懷祖)였다. 관직은 상서령에 달했고, 남전후(藍田侯)의 작(爵)을 세습하였다.
178) 계란을 말한다. 북방인들이 계란을 칭하는 표현이다.
179) 因으로 해석한다.
180) 극(屐)은 나막신 극이다.
181) 전(蹍)은 발로 밟는다는 의미이다.
182) 발노(發怒)의 의미이다.
183) 內는 納의 뜻이다.
184) 왕희지를 말하며, 우군(右軍) 장군을 맡은 바 있다.
185) 안기는 왕승(王承)의 자로 왕술의 부친이다. 동해내사(東海內史)를 역임하였다가 나중에는 원제(元帝)를 도와 중랑(中郞)을 맡았다.

《소림(笑林)》

중국최초의 소화집으로 일찍이 소실되고 그 일부분이 《태평광기》, 《예문류취》 등의 서적에 산재되어 있을 뿐이다. 이어서 탄생한 《계안록(啓顔錄)》은 중국에서 두 번째의 소화집에 해당한다. 그 후 당송을 지나며 해학류 소설은 부단히 출현했으며, 그러다가 명청시대에 이르면 소화집이 그 전성시대를 맞이하게 되고, 수많은 시민들의 애호를 받으면서 많은 문인들이 소화집들을 편찬하게 된다. 명말 청초의 통속문학가 풍몽룡이 지은 《소부(笑府)》라는 작품은 중국소화집의 결정체라고 할 수 있다.

노나라에 긴 대막대기를 들고 성문을 들어가려는 자가 있었는데, 처음에 그것을 세워서 들어가려고 하니 들어갈 수가 없었고, 그래서 그것을 옆으로 눕혀 들어가려고 했는데 역시 들어갈 수가 없었다. 어찌할 줄 몰라 하고 있는데 마침 어느 백발의 노인이 그것을 보곤 점잖게 왈, "나는 비록 매사를 꿰뚫어 아는 성인은 아니지만 천하의 견문들을 익힌 지 오래라고 말할 수는 있소. 제가 보기엔 그 중간을 자른 다음 들어가면 되겠소." 그리하여 그 말에 따라 그것을 잘랐다.

(魯有執長竿入城門者, 初, 竪執之不可入, 橫執之亦不可入, 計無所出。俄有老父至曰: "吾非聖人, 但見事多矣, 何不鋸[186)中截而入?" 遂依而截之。)

감상요령 중국소화의 특성이 냉정함과 심각함 속에서 사람의 폭소를 자아내게 하는 것이라면 위의 작품이 아마도 대표적인 그런 부류일 것이다.

---

186) 톱질하다.

〈유선굴(遊仙窟)〉

장작(張鷟)의 〈유선굴〉은 왕도(王度)의 〈고경기(古鏡記)〉나 작자미상의 〈보강총백원전(補江總白猿傳)〉 등과 같이 당 전기 가운데 초기의 작품으로 중국 최초의 연애소설로 간주되는 화제의 작품이다. 이 소설은 일인칭 방식으로 작가가 하원(河源-지금의 청해(靑海) 홍해현(興海縣)) 으로 공무를 떠났다가 그 도중 적석산(積石山)이란 곳에서 최십낭(崔十娘)과 그녀의 올캐 두 여인을 만나 서로 음주작시하면서 재미있게 놀던 꿈같은 연애 기담을 기술하고 있다. 혹자는 이 작품에 대해 작자가 무측천(武則天)을 사모하는 마음에서 지은 작품이라고도 하고, 또 혹자는 이 작품을 유곽을 전전하던 작자가 기생에 대해 그것을 미화하는 생각으로 지은 것이라고도 말한다. 여하튼 이 작품은 당대 최초의 애정소설로서 병려체의 빼어난 문장력에다 문답형식의 기발한 시재(詩才)로 초당문인의 자유분방한 애정행각을 잘 보여주고 있어 후대 애정소설의 창작에 큰 영향을 끼쳤다. 그러나 이 소설은 중국에서 천년 이상이나 실전되다가 청말에 이르러서야 일본에서 그 판본이 비로소 발견되어 다시 중국으로 들어오게 되는 우여곡절을 겪었다.

적석산이란 금성의 서남쪽에 있으며, 황하가 지나는 곳이다. 《서경(書經)》에서 말하길, "황하를 통해 적석에 이르면 용문에 다다를 수가 있다."라고 하였는데, 여기서 말하는 적석이 바로 적석산이다. 내가 견농에서 하원으로 사절을 떠나게 되었으니, 고된 운명을 슬퍼하고, 고향이 멀어짐을 한탄하네. 장건의 옛 자취와 우임금의 옛 유적을 따라 아득한 먼 길을 떠나네. 깊은 계곡을 지나니 절벽을 가로질러 가는 모양이고, 하늘과 맞닿은 높은 고개는 암산을 칼로 깎은 형세로다. 안개는 자욱한데 샘물의 돌은 분명하니 실로 천상의 신령함이요, 인간세상이 아니로다. 눈으로 본 적이 없고, 귀로도 들은 적이 없는 곳이다. 해는 지는데 길은 멀고, 말도 사람도 모두 피곤하네. 한 곳에 도달하니 그 험준함이 특이한데 위로는 푸른 암벽이 만 길이나 되고, 바로 아래로는 천 길의 푸른 못이 보이네. 옛날 전하는 말에 "여기는 신선의 굴이라 인적이 거의 없고, 새들만이 다니도다. 언제나 향기 나는 과실과 옥으로 된 나뭇가지, 그리고 하늘의 옷에다 주석의 주발이 자연히 떠오르니 어디서부터 온지를 알 수가 없도다."

나는 마음을 단정히 하고 사흘간을 재계(齋戒)하였다. 가는 칡덩굴을 잡고, 또 작은 배로 거슬러 올라가니 몸이 나는 듯 정신은 마치 꿈을 꾸는 듯하였다. 순식간에 송백의 암석과 도화꽃의 개울에 이르렀는데, 향기로운 바람이 땅에 닿고, 그 밝은 빛은 하늘을 덮었다. 한 여인이 물가에서 옷을 빨고 있었다. 나는 묻길, "여기 신선이 사는 댁들이 있다는 말을 들었기에 일부러 찾아온 것입니다. 산과 강으로 막히고 너무 피곤해 낭자에게 의지하여 잠시 쉬어가고자 합니다. 너그러운 마음으로 허락해주시길 바랍니다!"하니, 여자는 "저희 집이 누추하여 보잘것없으니 그게 염려됩니다. 박정해서가 절대 아니랍니다."라고 답하였다. 나는 "저는 보잘것없는 나그네라 그저 바람만 피할 수 있다면 다행이라고 생각합니다."라고 답하였다. 그리하여 그녀는 나를 문 옆의 초정(草亭)에 머무르게 한 후에 한참이 지나서야 나왔다. 나는 물었다. "여기가 누구네 집입니까?"여자는 "여기는 최씨 여자네 집이랍니다."하였다. (하략)

(若夫積石山者, 在乎金城西南, 河所經也.《書》云: "導河積石, 至於龍門." 卽此山是也. 仆從汧隴, 奉使河源. 嗟運命之迍邅, 歎鄕關之渺邈. 張騫古跡, 十萬里之波濤；伯禹遺跡, 二千年之阪磴. 深谷帶地, 擊穿崖岸之形, 高嶺橫天, 刀削岡巒之勢. 煙霞子細, 泉石分明, 實天上之靈奇, 乃人間之妙絶. 目所不見, 耳所不聞. 日晚途遙, 馬疲人乏. 行至一所, 險峻非常, 向上則有靑壁萬尋, 直下則有碧潭千仞. 古老相傳云: "此是神仙窟也；人蹤罕及, 鳥路才通, 每有香果瓊枝, 天衣錫鉢, 自然浮

出，不知從何而至。”余乃端仰一心，潔齋三日。緣細葛，溯輕舟。身體若飛，精靈似夢。須臾之間，忽至松柏巖桃華澗，香風觸地，光彩遍天。見一女子向水側浣衣。余乃問曰：“承聞此處有神仙之窟宅，故來祗候。山川阻隔，疲頓異常，欲投娘子，片時停歇；賜惠交情，幸垂聽許！”女子答曰：“兒家堂舍賤陋，供給單疏，只恐不堪，終無吝惜。”余答曰：“下官是客，觸事卑微，但避風塵，則爲幸甚。”遂止余於門側草亭中，良久乃出。余問曰：“此誰家舍也？”女子答曰：“此是崔女郎之舍耳。”)(하략)

위 단락은 〈유선굴〉의 처음 시작되는 도입부 부분이다. 사실 이 작품은 당 전기 가운데 비교적 긴 내용의 작품으로 시를 통해 남녀가 주고받는 화답 형식이 그 특징이다. 노골적인 성애를 비유한 시구도 있어 저속하다는 평도 있지만 그래도 여기의 화답시들을 참신한 영물시로 평가하기도 한다. 전술한 대로 이 작품은 중국에서는 바로 실전되었지만 일본이나 신라 등에서는 오히려 사신들을 통해 장작의 작품을 많이 구하였다고 하니 당시 그 인기를 추측할 수가 있다. 따라서 11세기 탄생한 일본의 걸작인 《원씨물어(源氏物語)》 즉 《겐지모노가타리》와 같은 일본의 고전애정 소설작품도 바로 〈유선굴〉의 영향을 받지 않았을까 추측되기도 한다.

〈이혼기(離魂記)〉

이 작품은 당 대종(代宗) 대력(大歷) 때의 사람인 진현우(陳玄祐)의 작으로 천낭이라는 젊은 여성이 부모가 막무가내로 주도하는 혼인에 대해 반대하며 자유연애를 추구하는 강렬한 의지를 잘 반영하고 있는 작품이다. 작자인 진현우는 이러한 자유연애와 자주혼인(自主婚姻)의 기초 위에서 “이혼(離魂)”이라는 혼이 빠져나가는 특이한 상상력을 동원하여 혼인에 대한 당시 젊은이들의 이상(理想)을 매우 생동적으로 잘 표현함으로써 매우 감동적인 한 편의 비희극(悲喜劇)을 탄생시켰다. 이 작품은 육조의 지괴소설 가운데 《유명록》에 있는 〈방아(龐阿)〉의 영향을 받은 듯하며,

동시에 후대의 소설이나 희곡들에도 많은 영향을 끼쳤다. 이를테면 원대의 잡극인 〈술청쇄천녀이혼(述靑瑣倩女離魂)〉이라든지 《요재지이》 가운데의 〈아보(阿寶)〉와 같은 작품들이 바로 그러하다.

당무후 천수 3년에 청하인인 장일은 형주에서 관직을 맡았기에 거기서 집을 얻어 살았다. 그의 개성은 순수하고 조용하여 그의 마음을 아는 친한 친구가 거의 없었다. 슬하에도 아들이 없고 단지 두 딸만 있었다. 장녀는 어릴 때에 요절하였고, 막내딸인 천낭은 생긴 것이 단정하고 아름다워 그 누구와도 비교할 수가 없었다. 장일의 외조카인 태원인 왕주는 어릴 때부터 총명하였고 생긴 것도 출중하였다. 장일은 그를 매우 중시 여겨 언제나 그에게 "얼마 좀 지나면 천낭을 자네에게 아내로 주겠네."하였다.

그 후, 왕주와 천낭은 모두 자라 성인이 되었고, 서로 몰래 꿈속에서도 상대를 그리워하는 상황이 되었지만 집안의 사람들은 그 사실을 모르고 있었다. 오래지 않아 장일의 막료에서 일하는 이부(吏部)의 관리가 그에게 딸을 청하자 그는 허락을 하였다. 천낭은 그 사실을 알고는 종일 우울해하면서도 하소연할 길이 없었다. 왕주의 마음도 매우 상심하여 한이 맺혔다. (그리하여 장일은 왕주에게) 응당 관직을 얻어야 한다는 구실을 빌어 그를 서울로 보내려하였고, 그(왕주를 말함)를 저지하는 일이 뜻대로 되지 않자 많은 재물을 주면서 그를 보내어버렸다. 왕주는 속으로 슬픈 비통한 마음을 안은 채 그곳을 떠나 배에 올랐다. 황혼 즈음에 배는 산성을 떠나 몇 리 쯤 멀리 나아갔다. 한밤이 되자 왕주는 배 안에서 전전반측하며 잠을 이루지 못했다. 그 때 홀연히 하안(河岸)가에서 누군가가 빠르게 걸어오는데 오래지 않아 바로 배 옆으로 도달하였다. 왕주가 일어나 물으니 다름 아닌 천낭이 맨발로 걸어온 것이었다. 왕주는 감격하여 반갑게 그녀의 손을 잡으며 어디서부터 온 것인지를 물었다. 천낭은 눈물을 흘리며 말했다.

"낭군이 제게 이렇게도 깊은 정과 의리로 대하여 비록 꿈속이라도 서로 만나고 싶었습니다. 현재 부친께서는 강압적으로 저를 다른 사람에게 시집을 보내려고 하지만 저에 대한 낭군의 깊은 정은 변함이 없음을 알기에 한번 죽음으로써 그 은혜에 보답하고자 하는 마음이었습니다. 그러기에 도망을 나와 당신을 따라온 거예요."

왕주는 뜻밖의 일에 매우 기뻐하였다. 그리고 천낭을 선실 안으로 은닉시키고 밤을 새워 도주하여 평상시보다 갑절로 빨리 길을 재촉하니 몇 달이 되지 않아 사천 땅에 도착하였다.

5년이 지나자 그들은 두 아이를 낳게 되었지만 여전히 장일과 서신연락은 하지 않았다. 천낭은 언제나 부모를 그리워하여 울며 남편에게 말했다.

"애당초 저는 당신의 정에 배신하지 않기 위해 부모님을 포기하면서 당신을 따라온 겁니다. 이제 이미 5년이 흘렀지만, 그들과는 멀리 떨어져 살아가고 있으니 정말 면목이 없어요."

왕주는 그녀를 불쌍히 여겨 "지금 바로 당신과 함께 부모님을 만나러 갑시다. 이 일 때문에 몸을 그르쳐선 안돼요."하고는 함께 형주로 출발하였다. 왕주는 먼저 혼자 장인의 댁에 도착하여 장일에게 절을 올렸다. 장일은 "천낭은 병으로 침상에 누운 지 이미 여러 해가 지났는데 자네 지금 무슨 헛소리를 하는가!"하였다. 왕주는 "천낭이 지금 배 안에 있습니다."하니 장일은 크게 놀라 얼른 사람을 보내 살피게 하였더니 과연 천낭은 배 안에 있었고, 얼굴 빛이 밝으며 찾아온 하인에게 "제 아버님은 여전히 건강하세요?"라며 물어 보았다. 하인은 괴이하게 여겨 급히 집으로 돌아가 장일에게 보고하였다. 원래 집안에 있던 천낭은 이 소식을 듣고 기뻐 일어나 화장을 하고 옷을 갈아입었으며, 미소를 머금고 말이 없었다. 그리고는 마당 밖으로 나가 마중하는데 두 사람이 빠르게 하나로 합쳐졌고 의복도 모두 겹쳐지면서 하나가 되었다. 장가의 사람들은 이 사건이 그리

떳떳하지 못하여 비밀로 하며 남들에게 알리지 않았다. 다만 소수의 친지들만 이 사건을 알았다. 40년이 지난 후에 왕주와 천낭은 모두 이어 세상을 떠났고, 두 아들은 차례로 효성과 청렴함으로 과거에 급제하였으며, 관직은 각각 현승과 현위를 맡았다. 현우는 어릴 적부터 언제나 이 이야기를 들었지만 차이가 많았으며 또 그것이 사실이 아니라는 이야기도 있었다. 대력 말기에 내무현령인 장중규를 만나게 되어 그 자초지종을 들을 수 있었는데, 장일은 장중규의 당숙 할아버지라 그 이야기가 매우 자세하였다. 그런 이유로 그것을 기록한 것이다.

(天授[187])三年, 淸河張鎰. 因官家於衡州[188]). 性簡靜, 寡知友. 無子, 有女二人. 其長早亡；幼女倩娘, 端妍絶倫[189]). 鎰外甥太原王宙, 幼聰悟, 美容範. 鎰常器重, 每曰：“他時當以倩娘妻之.” 後各長成. 宙與倩娘常私感想於寤寐, 家人莫知其狀. 後有賓寮之選者求之, 鎰許焉. 女聞而鬱抑；宙亦深恚恨[190]). 托以當調, 請赴京, 止之不可, 遂厚遣之. 宙陰恨悲慟, 決別上船. 日暮, 至山郭數裏. 夜方半, 宙不寐, 忽聞岸上有一人, 行聲甚速, 須臾至船. 問之, 乃倩娘徒行跣足[191])而至. 宙驚喜發狂, 執手問其從來. 泣曰：“君厚意如此, 寢食相感. 今將奪[192])我此志, 又知君深情不易, 思將殺身奉報, 是以亡命來奔.” 宙非意所望, 欣躍特甚. 遂匿倩娘於船, 連夜遁去. 倍道兼行, 數月至蜀. 凡五年, 生兩子, 與鎰絶信. 其妻常思父母, 涕泣言曰：“吾曩日不能相負, 棄大義而來奔君. 向今五年, 恩慈[193])間阻. 覆載之下, 胡顔獨存也？” 宙哀之, 曰：“將歸, 無

---

187) 당무후(唐武后) 측천황후(則天皇后)의 연호이다.
188) 형주는 지금의 호남성 형산과 형양현(衡陽縣) 부근이다.
189) 단정함과 아름다움은 그 짝을 찾을 수 없다.
190) 恚恨(에한)은 한을 품다는 뜻이다.
191) 跣足(선족)이란 신을 신지 않은 맨발을 가리킨다. 당대의 관습에는 실내에서는 신을 벗고 들어가 양말만 신고 지냈다. 천낭이 급히 집을 빠져나오느라 신발도 신지 않고 달려 나왔음을 의미한다.
192) 여기서의 奪(탈)은 강압적으로 남이 뜻을 바꾸도록 하는 것을 말한다.
193) 부모를 가리킨다.

苦。"遂俱歸衡州。既至，宙獨身先鎰家，首謝其事。鎰曰："倩娘病在閨中數年，何其詭說也！"宙曰："見在舟中！"鎰大驚，促[194]使人驗之。果見倩娘在船中，顏色怡暢，訊使者曰："大人安否？"家人異之，疾[195]走報鎰。室中女聞，喜而起，飾妝更衣，笑而不語，出與相迎，翕然[196]而合爲一體，其衣裳皆重。其家以事不正，秘之。惟親戚間有潛知之者。後四十年間，夫妻皆喪。二男並孝廉擢第，至丞、尉[197]。玄佑少常聞此說，而多異同，或謂其虛。大曆末，遇萊蕪縣[198]令張仲規，因備述其本末。鎰則仲規堂叔祖，而說極備悉，故記之。）

감상요령

　　중국고전소설에서〈이혼기〉는 전시대를 계승하고 후대에도 영향을 끼친 유명한 작품으로 이른바 "이혼형(離魂型)"소설의 대표격이라고도 할 수 있는 작품이다. 그리하여 "천녀이혼(倩女離魂)"이라는 말도 누구나 다 아는 전고(典故)가 되어버렸다. 그러나 이 소설의 말미에 작자인 진현우가 이 작품이 실재 사실임을 증명하기 위해 장일의 조카를 직접 만났다는 말들은 다소 유치하며, 중국의 고대소설이 사전체(史傳體)에서 비롯됨을 잘 보여주고 있는 증거이다.

〈임씨전(任氏傳)〉

　　당나라 문학가인 심기제(沈旣濟)의 작품으로〈침중기〉와 함께〈임씨전〉은 그의 대표작이다. 심기제는 소주 사람으로 벼슬이 예부원외랑(禮部員外郎)에 이르렀다. 이 작품은 여우 요정인 호리정(狐狸精)과 가난한 선비 정육과의 슬픈 사연을 담은 애정 고사이다. 두 사람은 비록 사람과

---

194) 급히
195) 빨리
196) 흡연은 매우 빨리 합쳐지는 모양을 말한다.
197) 승은 현승을 말하고, 위는 현위를 말한다. 현승은 현령을 도와 정무를 처리하던 관원이었으며, 현위는 치안과 도적을 체포하는 일을 전적으로 맡아보던 관리였다.
198) 래무는 지금의 산동성 래무현을 말한다.

호선(狐仙)이라는 신분상의 차이를 서로 잘 알면서도 이를 극복하고 서로 열렬히 사랑하며 잘 지냈지만 임씨가 갑자기 인간이 키운 개에게 물려죽음으로써 그 사랑이 깨어지고 만다. 인간 정육을 위해 진정한 사랑으로 자신을 철저히 희생한 호선의 감동적인 이야기이다.

그 내용은 다음과 같다. 가난한 선비 정육(鄭六)이 그의 먼 친척이면서 좋은 친구사이인 위음(韋崟)과 어느 여름 날 장안에서 술을 마신 후 그와 헤어져 혼자 당나귀를 타고 가는데, 그때 우연히 세 명의 아가씨가 길을 걷고 있는 것을 발견한다. 그 중 흰옷을 입고 있는 여인은 그 모습이 너무나 아름다웠다. 그는 그녀에게 첫눈에 반한 나머지 나귀를 타고 그녀 앞에서 왔다 갔다 했는데, 그녀도 그런 그의 행동을 보고 추파를 보내는 듯 힐끔힐끔 쳐다본다. 그는 용기를 내어 그녀에게 말을 걸었고, 그들은 곧 말동무가 되어 함께 길을 간다. 이윽고 날이 어두워지자 그 여자들은 그를 데리고 큰 저택으로 초대한다. 그곳은 그 흰옷의 미녀가 사는 집이었고, 그는 그녀가 임씨인 것도 알게 되었으며, 그들은 그곳에서 술과 음식을 먹으며 밤을 즐겁게 보냈다. 그런데 이튿날 아침 그 집을 나온 정육은 그 곳이 사람이 살지 않는 황폐한 집터이며, 어제 만난 그 여자들은 여우 요정이었다는 사실을 그 부근에서 호병(胡餅)을 파는 사람으로부터 듣게 된다. 그런 후 열흘이 지난 어느 날, 그가 시내의 옷가게를 지나다 우연히 그녀와 그 일행들을 목격하게 된다. 그가 그녀를 부르자 그녀는 일부러 피해 달아난다. 그러나 결국 그의 진정한 마음에 감동하여 그 여자는 그의 아내가 되어 평생 그를 모실 것을 약속했고, 그는 어느 한적한 집을 구하여 그녀와 동거를 시작한다. 한편 정육의 친구 위음은 그가 요즘 아름다운 미인을 얻었다는 사실을 알고 노복을 시켜 그녀의 미모를 파악하게 했다. 그 결과 그녀는 그가 알고 있는 그 어떤 미인들보다 아름답다는 사실을 알고, 어느 날 정육이 집을 비웠을 때 그 곳을 찾아간다. 그가 온 것을 알아차린 그녀는 문 뒤에 숨었지만 치마 끝이 노출되어 결국 그에게 발각된다. 눈부시게 아름다운 그녀의 모습을 본 그는 겁탈을 감행하지만 끝내 그녀의 기지에 의해 성공하지 못하고 다시는 넘보지 않겠다는 다짐을 한 체 물러서며, 그 후 그는 그녀를 존중하며 그들은 친한 친구사이로 변한다. 당시 위음은 정육과 그녀의 살림비용을 전담하였는데, 그녀는 그에게 감사의 뜻에서 비록 자신을 제공하지는 못하더라도 꾀를 써서 다른 여자들을 여러 명 구해 그에게 소개해준다. 뿐 아니라 그녀는 뛰어난 지략으로 정육에게 큰 돈도 벌게 해주었다. 일여년의 세월동안 정육은 가정을 가지고 있으면서도 낮에는 항상 그녀와 같이 지내는데, 이윽고 그는 금성현이란 곳으로 새로 부임을 하게 된다. 그는 그녀에게 같이 가기를 요구하지만 그녀는 무당의 말을 하며 자신은 서쪽으로 가면 큰 화를 당할 것이라는 말을 했다. 그러나 결국 그와 위음의 끈질긴 요구에 거절하지 못하고 끝내 그를 따라 간다. 그러나 두 시녀를 거느린 임씨와 정육이 말을 타고 길을 가던 중, 마침 그 곳에서 훈련받고 있던 사냥개를 만나게 되는데, 그 개들을 본 임씨는 그 자리에서 바로 말에서 떨어지더니 원래의 여우모습을 드러내고는 쏜살같이 달아난다. 그녀를 쫓는 사냥개 무리를 보며 정육은 고함을 치며 달려가 말리려했지만 결국 그녀는 그 무리들에게 물려 죽고 만다. 그는 눈물을 흘리며 죽은 임씨의 시체를 거두어 땅에다 묻어 나무토막을 세워 표시를 하고 돌아보니, 그녀가 타고 온 말은 길가에서 여전히 풀을 뜯고 있었으며, 그 의복은 말 안장위에 여전히 실려 있었고, 장화도 말 등(鐙)에 걸려있어 마치 매미의 허물을 보는 듯했다. 단지 그녀가 차던 머리 장식만 땅에 흩어져 있었으며 그 외에는 아무것도 보이지 않았고, 그 계집종 역시 온데간데없었다는 얘기이다.

임씨는 아름다운 여자다. 위음은 신안왕 이위의 외손으로 항렬이 아홉 번째로 젊어서는 방탕하여 술을 마시길 좋아했다. 그의 당매부(堂妹夫)는 성이 정씨였는데 항렬은 여섯 째였고 이름은 기억나지 않는다. 어릴 적에 무예를 배운 적이 있고, 역시 술과 여자를 좋아했다. 가난하여 하는 수 없이 장인 집에 얹혀살았다. 그들 두 사람은 서로 사이가 좋아 언제나 함께 돌아다니며 즐겼다. 당현종 천보 9년 6월 여름에 위음과 정육은 같이 장안의 거리를 걷다가 신창방에 가서 술을 마시려고 하였다. 선평리의 남쪽에 도착하자 정육은 일이 있다는 핑계로 잠시 떠나 좀 있다가 다시 오겠다고 하였다. 위음은 백마를 타고 혼자 동쪽으로 나섰다. 정육은 나귀를 타고 남쪽으로 갔는데, 승평리에 들어가 북문에 도착하자 무심코 3명의 여자가 걸어가는 것을 보게 되었다. 그 가운데 흰 옷을 입은 여자는 그 용모가 매우 요염하고 아름다웠다. 정육은 이를 보자 마치 선녀를 본 듯 놀라며 애모의 정을 금할 길이 없었다. 그는 곧 당나귀를 재촉하여 따라가니 그녀와 앞서거니 뒤서거니 하며 가면서 그녀에게 말을 걸려고 하였지만 또 쉽게 용기가 나지 않았다. 흰 옷을 입은 여자는 때때로 그를 곁눈질하며 보는데 마치 그에게 호감을 보이는 듯하였다. 정육은 농담을 걸었다.

"아가씨! 이렇게 예쁜 분이 어찌 걸어서 길을 가십니까?"

흰옷을 입은 여자는 웃으며 말했다.

"자기만 당나귀를 타고 가면 다예요. 우리들에게 빌려주지도 않으면서. 그러니 걸어갈 수밖에요!"

"저의 이 하찮은 나귀는 당신처럼 아름다운 아가씨에게 어울리지가 않아요. 지금 이것을 빌려드리고 제가 뒤에서 걸어서 따라간다면 마음이 후련하겠어요."

이런 대화를 하며 두 사람은 서로 보며 크게 웃었다. 동행하는 여자도 옆에서 담소를 주고받아 그들은 점점 친해져갔다.

정육은 그녀들을 따라 동쪽으로 가다보니 어느 유락원(遊樂園)이 나났는데, 날은 벌써 어두웠다. 그리고 주택이 하나 보였고, 거기엔 담과 수레가 들어가는 문도 있었으며, 집들이 매우 크고 깨끗하였다. 흰옷의 여성은 문으로 들어가기 전에 정욱을 돌아보며 "잠시만 기다리세요."하고는 안으로 들어갔다. 그때, 한명의 시녀는 문 앞에 두고 갔는데, 그녀는 정욱에게 성명과 항렬을 물었고, 그는 사실대로 얘기하면서 그녀의 주인에 대해 넌지시 물어보니 그녀는 답하길, "아씨는 성은 임씨이고, 항렬은 20번째랍니다."하였다. 잠시 후에 안에서 말소리가 들리며 정욱을 들어오라고 청하였다. 그는 나귀를 문 입구에 메어두고 모자를 벗어 나귀 안장에다 두고는 안으로 들어갔다. 안에는 30여세 가량의 여자가 나와서 영접을 하는데 바로 임씨의 언니였다. 거실에는 촛불을 켜두었고, 술과 음식이 차려졌으며, 그녀는 잔을 들어 여러 차례나 술을 권하였다. 이윽고 임씨가 옷을 갈아입고 나와 함께 술을 마셨고 매우 즐거워하였다. 밤이 깊었으나 그들은 정욱을 머물게 하였다. 임씨의 용모와 자태, 그리고 그 웃는 모습과 행동거지 등은 그 어느 하나도 요염하기 그지없어 사람의 마음을 떨리게 하였다. 실로 그녀는 이 세상의 여자가 아닌 듯하였다. 날이 막 밝아오려고 하자 임씨는 말했다.

"이제 응당 가셔야겠어요. 제 자매들이 교방에서 일을 맡아 현재 남아(南衙)에서 일을 보고 있는데, 날이 밝으면 바로 돌아올 거예요. 당신이 더 이상 계시면 안 될 거예요."

그리고 그들은 다음을 기약하며 헤어졌다.

정욱이 이문(里門) 앞까지 걸어 나오자 문은 잠겨져 열려있지 않았다. 이문 옆에는 호인(胡人)이 하는 떡 가게가 있었는데, 마침 등불을 켜고 화로에다 불을 지피려고 하였다. 정욱은 가게 발(簾) 아래에 앉아 쉬며 북소리와 함께 문이 열리기를 기다리면서 한편으론 그 주인에게 말을 걸었다.

"여기서부터 걸어가다가 동쪽으로 돌아가면 보이는 큰 대문의 집이 누구의 저택이죠?"

"이 일대는 모두 부서진 담과 황폐한 들판인데 인가가 어디 있소!"

주인의 말이었다. 정육은 그 말에 반박하며 말했다.

"내가 금방 거기서부터 지나왔는데 왜 없다는 거요?"

얼마쯤 지나 그 주인은 비로소 무엇이 생각난 듯 얘기하였다.

"아, 생각이 나군요. 여기에 여우요정이 있어 늘상 지나가는 남자를 유혹하여 하룻밤 자고가게 한다더군요. 이런 일을 내가 3번째 겪었소. 당신도 그런 일을 당한 거로군요."

정육은 그 말에 입장이 난처해져 거짓말로 "아니오."라고 대답하였다. 날이 꽤 밝아지자 거기에 다시 가보니 거기엔 담과 수레가 들어가는 문은 어제와 같이 있었지만 그 안을 들여다보니 정말 풀만 자란 황폐한 들이었다.

정육이 집으로 돌아오니 위음은 그가 약속을 어겼다고 나무랐다. 정육은 그 사건을 얘기하지 않고 다른 구실을 들며 얼버무렸다. 그러나 속으로는 임씨의 그 매혹적인 자태를 잊지 못하며 다시 한번 그녀를 만나고 싶었다. 십 며칠이 지난 어느 날, 정육이 서시(西市)의 옷가게 일대를 한가히 거닐고 있는데 문득 임씨가 지나가는 것이 보였다. 그녀 곁에는 그때의 시녀도 함께 있었다. 그는 급히 그녀를 불렀다. 그런데 임씨는 급히 몸을 움직여 복잡한 인파들 속으로 숨어버렸다. 정육은 계속해 그녀를 부르며 그 틈을 밀치고 들어가 뒤쪽으로 다가갔다. 임씨는 그것을 알아채고 자신의 등을 부채로 가린 채 말했다.

"이미 다 아시면서 왜 저에게 접근하세요?"

"비록 저는 알게 됐지만 그게 무슨 관계가 있소!"

"저는 이 일이 수치스러워 다신 당신을 뵐 낯이 없답니다."

"내가 낭자를 이렇게도 애타게 생각했는데 차마 날 외면하려 하시오?"

"제가 어찌 당신을 외면하겠어요! 당신이 절 꺼릴까봐 두려울 뿐이에요."

이 말에 정육은 연거푸 맹서를 하였고, 그 말투가 매우 진실함을 보이자 임씨도 그제서야 부채를 내리고 얼굴을 보이며 한번 웃는데 그 아름다운 모습은 처음과 변함없었다. 그녀는 정육에게 말했다.

"세상에 저와 같은 여자가 많아요. 다만 당신이 느끼지 못할 뿐이죠. 제가 이상하다고만 여지지 마세요."

정육은 그녀에게 다시 한번 즐거운 시간을 갖길 요구하였다. 그녀는 말했다.

"저희들과 같은 이물들이 인간들에게 증오심을 낳게 한 원인은 다른게 아니라 그들을 해칠까봐 두려워서예요. 하지만 전 달라요. 만약 절 미워하지 않으신다면 평생토록 모시며 당신의 처가 되고 싶어요." (하략)

(任氏, 女妖[199])也。有韋使君[200])者, 名崟, 第九[201]), 信安王禕之外孫。少落拓[202]), 好飲酒。其從父[203])妹婿曰鄭六, 不記其名。早習武藝, 亦好酒色, 貧無家, 托身於妻族 ; 與崟相得[204]), 遊處不間[205])。天寶九年夏六月, 崟與鄭子偕行於長安陌[206])中, 將會飲於新昌裏。至宣平之南, 鄭子辭有故, 請間去, 繼至飲所。崟乘白馬而東。鄭子乘驢而南, 入升平之北門。偶值三婦人行於道中, 中有白衣者, 容色姝麗。鄭子見之驚悅, 策[207]

---

199) 여기서의 요는 아름답다는 의미이다.
200) 옛날에는 자사(刺史)를 사군이라고 불렀다. 위음은 훗날 농주(隴州)자사를 맡았기 때문이다.
201) 당대의 관습에 의하면 남에게 자신을 소개할 적에나 서로를 부를 때에는 이름을 부르지 않고 항렬(行列)을 불렀다. 보통 우리나라에서 형제간에는 돌림자 즉 항렬이 같다는 것과는 다른 개념이다. 이 항렬은 항제(行第) 혹은 배항(排行)이라고도 부르는데, 그것은 할아버지나 증조 할아버지가 낳은 자제들을 나이의 순서로써 정렬한 것으로 종종 수십번 째까지 내려가기도 한다. 대가족 제도의 칭호이다.
202) 낙탁은 방탕하여 구속됨이 없다는 뜻이다.
203) 종부는 백부(伯父) 또는 숙부(叔父)를 말한다.
204) 서로 사이가 좋다.
205) 불간은 "不離開"의 뜻이다.
206) 맥은 길거리를 뜻한다.

其驢, 忽先之, 忽後之, 將挑而未敢. 白衣時時盼睞, 意有所受. 鄭子戲
之曰: "美豔若此, 而徒行, 何也?" 白衣笑曰: "有乘不解相假, 不徒行何
爲?" 鄭子曰: "劣乘不足以代佳人之步, 今輒以相奉. 某得步從, 足矣."
相視大笑. 同行者更相眩誘, 稍已狎暱. 鄭子隨之東, 至樂遊園208), 已昏
黑矣. 見一宅, 土垣車門209), 室宇甚嚴. 白衣將入, 顧曰: "願少踟躕."
而入. 女奴從者一人, 留於門屛間, 問其姓第, 鄭子旣告, 亦問之. 對
曰: "姓任氏, 第二十." 少頃, 延入. 鄭縶驢於門, 置帽於鞍. 始見婦人年
三十餘, 與之承迎, 卽任氏姊也. 列燭置膳, 擧酒數觴. 任氏更妝而出,
酣飮極歡. 夜久而寢, 其嬌姿美質, 歌笑態度, 擧措皆豔, 殆非人世所
有. 將曉, 任氏曰: "可去矣. 某兄弟名系敎坊210), 職屬南衙, 晨興將
出, 不可淹留." 乃約後期而去. 旣行, 乃裏門, 門扃未發. 門旁有胡人211)
鬻餠之舍, 方張燈熾爐. 鄭子憩其簾下, 坐以候鼓. 因與主人言. 鄭子指
宿所以問之曰: "自此東轉, 有門者, 誰氏之宅?" 主人曰: "此隤墉棄地,
無第宅也." 鄭子曰: "適過之, 曷以云無?" 與之固爭. 主人適悟, 乃曰:
"籲! 我知之矣. 此中有一狐, 多誘男子偶宿, 嘗三見矣, 今子亦遇乎?"
鄭子赧而隱曰: "無." 質明, 複視其所, 見土垣車門如故. 窺其中, 皆蓁荒
及廢圃耳. 旣歸, 見崟. 崟責以失期. 鄭子不泄, 以他事對. 然想其豔
冶, 願複一見之心, 嘗存之不忘. 經十許日, 鄭子遊, 入西市衣肆, 瞥然
見之, 曩女奴從. 鄭子遽呼之. 任氏側身周旋於稠人中以避焉. 鄭子連呼

---

207) 채찍질하다.
208) 낙유원은 낙유원(樂遊原)이라고도 부르는데, 당시 장안의 명승지인 곡강(曲
    江)의 북쪽에 있었다. 당대 장안성에 살던 사람들이 명절 때에 잘 놀러가던
    곳이었다.
209) 車門은 옛날 부귀한 집에서 전적으로 수레가 드나들게 만든 문으로 보통 대
    문보다 컸다고 한다. 문안에는 수레를 두게 하는 곳이 있었다.
210) 교방은 당나라 때에 창우(娼優)와 악공들을 관리하던 기구였다.
211) 호인은 중국고대에 북방의 소수민족을 일컫는 말이었다. 당나라 때에는 더
    광범위하여 북방과 서북쪽의 소수민족과 서방에서 온 외국인들도 호인으로
    칭했다. 그들은 주로 장안(長安)이나 양주(揚州) 등지에 흩어져 지내면서 장
    사를 하였다.

前迫，方背立，以扇障其後，曰：“公知之，何相近焉？”鄭子曰：“雖知
之，何患？”對曰：“事可愧恥。難施面目。”鄭子曰：“勤想如是，忍相棄
乎？”對曰：“安敢棄也，懼公之見惡耳。”鄭子發誓，詞旨益切。任氏乃回
眸去扇，光彩豔麗如初，謂鄭子曰：“人間如某之比者非一，公自不識耳，
無獨怪也。”鄭子請之與敍歡。對曰：“凡某之流，爲人惡忌者，非他，爲其
傷人耳。某則不然。若公未見惡，願終己以奉巾櫛212)。”... 하략)

감상요령
지괴 가운데에도 여우 요정(狐仙, 狐狸精)에 관한 이야기가 있지만 이처럼 완
정한 고사는 아니다. 작자는 낭만주의의 수법으로 신괴의 고사를 통해 당시 부녀
자들의 바램을 잘 표현하였다. 작자가 창조해낸 여우요정 임씨는 사실상 인간세
상의 다정하고 용감하며 기지가 넘치는 선량한 처녀이다. 그녀는 가난한 선비
정육이 출세하도록 도와주었으며, 그 어떤 권세의 유혹이나 압력에도 굴하지
않고 오히려 지혜로써 그것을 굴복시키는 일련의 행동들은 그녀의 고상한 품성을
잘 반영하고 있다. 그러나 그 과정에서 그녀가 자신과 남편을 돌봐준 위음에
대한 보답으로 여자들을 기편(欺騙)하여 그에게 공급한 점은 그녀의 인물성격과
조화롭지 못한 점으로 지적받기도 하지만 어떤 의미에서는 여우요정의 사악한
일면도 보여주는 사실적인 묘사라고도 볼 수가 있을 것 같다. 요컨대 이 작품은
다정다감하고 사랑스러운 여우요정의 이미지를 잘 묘사하여 훗날 《요재지이》
속의 귀여운 호녀(狐女)들이 등장하는데 크게 영향을 끼쳤다고 하겠다.

〈류씨전(柳氏傳)〉

허요좌(許堯佐)의 〈류씨전〉은 당현종 천보 연간의 저명한 시인 한익
(韓翊)의 실재 고사를 근거로 한 소설이다. 그 줄거리는 다음과 같다. 평
소 한익을 매우 존경하던 그의 친구 이생(李生)이 애첩인 미인 류씨를 한
익에게 선사하여 두 사람은 서로 기뻐한다. 그러던 중 한익은 이듬 해 류
씨의 뜻에 따라 벼슬길을 떠나게 되고, 그 가운데 안록산의 난이 터져 류

---

212) 봉건즐은 씻는 것을 돌보다는 뜻으로 부인이 된다는 뜻이다.

씨는 자신의 몸을 지키기 위해 머리를 깎고 절에 기거한다. 그동안 한익은 사람을 보내 류씨의 소식도 물어보며 두 사람은 서로 정시(情詩)로 화답한다. 그러나 곧 사타리(沙吒利)라는 번장(蕃將)이 류씨의 미색을 알고 그녀를 탈취하지만 그 사실을 안 한익이 슬퍼 고민하던 중, 허준(許俊)이라는 협사를 우연히 만나 그 협사의 기지로 그녀는 사타리의 저택에서 구출된다. 한익과 류씨는 서로 상봉하여 눈물을 흘리며 기뻐한다. 한익과 허준은 당시 황제의 신임을 받고 있던 사타리의 보복이 두려워 한 대관을 찾아가 도움을 구했고, 그 진상을 안 그는 황제에게 상소를 올려 류씨의 일을 간언한다. 황제는 그에 따라 류씨가 한익의 소유임을 정식으로 선언하고, 사타리에게는 위로금 이백만 냥을 주며 위로하였다는 내용이다.

당시 치청 평로절도사인 후희일이 평소에 한익의 재기를 흠모하여 그를 초청해 자신의 비서로 삼았다. 그 후 당숙종이 그 영명함으로 정권을 회복하여 장안으로 돌아와 황제가 되자 한익은 하인을 보내 몰래 류씨의 소식을 알아보게 하였다. 또 비단으로 짠 주머니 안에다 약간의 돈을 넣고 그 위에다 이런 시를 썼다.

〈장안 거리에 있는 버드나무여! 장안거리의 버드나무여! 너의 그 푸른 모습 아직 여전하더냐? 설령 그 긴 가지 옛날처럼 휘늘어져 있다한들 벌써 다른 사람의 손에 꺾여졌겠지?〉

류씨는 돈을 받고는 그 주머니를 가슴에 안고는 울면서 화답하길,

〈버들가지 꽃다운 시절, 다만 해마다 꺾어 이별을 나누는 시절. 바람에 날리는 한 버들잎에 홀연히 가을은 다가오고, 비록 그대가 온다한들 꺾을 수가 있을 런지요?〉

그 후, 오래지 않아 사타리라는 전공(戰功)이 있는 번장이 몰래 류씨의 미색을 소문으로 듣고는 사람을 보내 그녀를 납치해오게 하였고, 그녀를

매우 총애하였다. 그리고 후희일이 좌복사로 승진하게 되자 상경하여 황제를 알현하게 되어 한익도 수행하게 되었다. 그러나 경성에는 도착하였지만 류씨의 종적을 찾지 못해 언제나 탄식하며 그리워하였다.

그러던 중, 우연히 용수산에서 한 하인이 소 수레를 끌고 가는데, 뒤에 두 명의 여종이 따라가고 있었다. 한익은 무의식적으로 그 수레를 천천히 따라갔는데, 갑자기 수레 안에서 누군가가 말하길, "한 공자님이 아니세요? 저는 류씨예요!"하였다. 그리고 여시종을 보내 자신은 이미 번장 사타리에게 정조를 잃었다는 말도 하였으며, 주위에 다른 사람이 있어 깊이 이야기를 못하니 이튿날 아침에 도정 이문에서 서로 만날 것을 청하였다. 다음 날 아침이 되자 한익은 약속대로 장소에 나갔다. 류씨는 수레 안에서 순백색의 흰 비단에 감긴 옥합(玉盒)을 내밀었는데, 그 안에는 향고(香膏)가 가득하였다. 그녀는 "이제는 영원히 이별이니 받으셔서 오래토록 기념으로 간직하시기 바랍니다." 라는 말과 함께 수레를 돌려 손을 흔들며 가버렸다. 흔들리는 옷소매와 함께 수레는 나아가는데, 눈은 어지럽고 넋은 빠진 가운데 류씨는 한바탕 먼지 속에서 사라졌고, 한익은 아픈 마음을 금할 길 없었다.

마침 후희일의 부하 장군들이 주루(酒樓)에 모여 술을 마시고 놀 적에 한익을 그 자리로 청하였다. 한익은 마지못해 승낙했으나 의기소침하여 목소리도 풀이 죽어 있었다. 그 자리에는 시종 부관이 한 명 있었는데, 그의 이름은 허준이라고 하였다. 그는 평소 자신의 무예에 대한 자부심이 강했다. 그는 칼을 매만지며 말했다.

"선생께서는 필히 무슨 사연이 있는 듯한데, 제가 해결해 드리겠습니다."

한익은 부득이하여 그 사연을 자세히 얘기하였다. 허준은 " 쪽지만 하나 적어 주시면, 제가 바로 선생께 류씨 낭자를 데려오겠소." 라고 말한 후에 군복을 갖추고 화살통을 차고 기마병 한 명을 데리고는 당장 사타리의 저택으로 달려갔다. 그리고 집 근처에 잠복했다가 사타리가 집을 나서 1리쯤을 갔을 즈음에 옷깃을 세우고 말고삐를 당기며 대문을 박차고 들어가 다시 그 안의 작은 문을 돌진해 들어갔다. 그리고는 "장군께서 급한 병을 얻어 부인을 데려오라고 하였소."라며 소리쳤다. 하인들은 모두 놀라 일시에 물러났고 아무도 감히 위로 쳐다보지를 못했다. 그는 마루에 올라 류씨를 본 후에 한익의 수찰을 보여주었다. 그리고 그녀를 끼고 말 안장에 앉힌 다음에 말발굽 소리를 내며 먼지 속으로 사라졌다가 순식간에 주루로 돌아왔다. 그는 저고리의 옷깃을 당기며 나아가 말하길, "다행히 당신의 사명을 욕되게 하지 않았소!"라고 하였다. 주위의 사람들이 모두 놀라움을 금치 못했다. 한익과 류씨는 손을 잡고 눈물을 흘리니, 사람들은 이로 인해 술을 마시지도 못하였다. (절록)

(是時侯希逸[213]自平盧節度淄青[214], 素藉[215]翊名, 請爲書記。泊[216] 宣皇帝以神武返正, 翊乃遣使間行[217], 求柳氏。以練[218]囊盛麩金, 題 之曰: "章台[219]柳, 章台柳, 昔日靑靑今在否？縱使長條似舊垂, 亦應 攀折他人手。"柳氏捧金嗚咽, 左右凄憫。答之曰: "楊柳枝, 芳菲節, 所恨 年年贈離別。一葉隨風忽報秋, 縱使君來豈堪折。"無何, 有蕃將[220]沙吒利 者, 初立功, 竊知柳氏之色, 劫以歸第, 寵之專房。及希逸除左仆射入覲, 翊得從行, 至京師, 已失柳氏所止, 歎想不已。偶於龍首岡[221], 見蒼頭以 駁牛駕輜軿, 從兩女奴。翊偶隨之, 自車中問曰: "得非韓員外乎？某乃柳

---

213) 후희일은 당대에 지금의 요녕성 금주시(錦州市) 사람이었다.
214) 치청은 지금의 산동성 지역에 있었던 지명이다.
215) 여기서의 적은 聽說 내지 知道의 의미이다.
216) 계는 等到의 의미이다.
217) 간행은 미행(微行)을 뜻하는데, 몰래 행동한다는 뜻이다.
218) 련은 비단을 말한다.
219) 한대의 장안의 거리 이름이다.
220) 당대에는 여러 민족 가운데서 투항한 장수들을 임용하여 장군으로 삼았는데, 이를 번장이라고 불렀다. 蕃은 番과 같은 뜻이다.
221) 용수산을 말하는데, 장안 북쪽의 야산이다.

氏也。”使女奴竊言失身沙吒利。阻同車者，請詰旦[222]幸相待於道政里門。及期而往，以輕素結玉合，實以香膏，自車中授之，曰：“當遂永訣，願置誠念。”乃回車，以手揮之，輕袖搖搖，香車轔轔[223]，目斷意迷，失於驚塵。翊大不勝情。會淄青諸將合樂酒樓，使人請翊，翊强應之，然意色皆喪，音韻凄咽。有虞候許俊者，以材力自負，撫劍言曰：“必有故，願一效用。”翊不得已，具以告之。俊曰：“請足下數字，當立致之。”乃衣縵胡，佩雙鞬，從一騎，徑造沙吒利之第。候其出行裏餘，乃被衳執轡，犯關排闥，急趨而呼曰：“將軍中惡[224]，使召夫人。”仆侍辟易[225]，無敢仰視。遂升堂，出翊箚示柳氏，挾之跨鞍馬。逸塵斷鞅，倐忽[226]乃至，引裾而前曰：“幸不辱命。”四座驚歎。柳氏與翊，執手涕泣，相與罷酒。...

절록)

이 이야기는 당대 실재 발생한 사건을 근거로 한 이야기이기에 당시 사회상을 생생하게 잘 반영하고 있는 작품이다. 특히 이 작품은 독립적인 인격과 자주권을 지니고 있지 않아 물건처럼 언제든지 남에게 양도되기도 하며, 남성에 의해 좌지우지 당하던 당시 여성들의 비참한 운명을 잘 반영하고 있다고 하겠다. 뿐 아니라 이 작품은 황제조차도 전공(戰功)이 있는 번장에게 쩔쩔매던 당시의 부패했던 사회상도 잘 반영하고 있다.

〈류의전(柳毅傳)〉

이조위(李朝威)의 〈류의전〉의 이야기는 사람과 여신의 사랑을 묘사한 작품으로 풍부하고 아름다운 상상력과 그 짙은 낭만성으로 호평받는 이

---

222) 이튿날 새벽을 말한다.
223) 수레가 가는 소리이다.
224) 급한 병에 걸리다.
225) 놀라 후퇴하다.
226) 빠른 모양을 말한다.

른바 신화애정소설이다. 그 내용은 다음과 같다.

과거에 낙방한 류의가 집으로 돌아가는 길의 황량한 들판에서 양을 치고 있는 허름한 옷의 한 여인을 만나는데, 그 여인은 류의에게 하소연하며 말하길, 자신은 원래 동정용왕(洞庭龍王)의 딸로서, 경천용왕(涇川龍王)의 아들에게 시집갔다가 남편과 시댁사람들의 구박을 받고 쫓겨나 그 지경이 되었다고 한다. 그러면서 그에게 자신의 고충을 적은 편지 한통을 동정호에 있는 그녀의 부모님들에게 전해달라고 청하는데, 용녀의 불행한 처지를 듣고 동정한 나머지 크게 격분한 류의는 사람과 신의 세계의 한계를 넘어 그 부탁에 흔쾌히 승낙한 후 그 편지를 동정군(洞庭君)에게 전해준다. 용군(龍君) 가족들은 류의의 은혜에 크게 감격하였고, 동정군의 아우 전당군(錢塘君)은 곧바로 달려가 용녀를 학대한 그 사위를 죽여버리고 그녀를 친정으로 데려온다. 그런데 거만하고 불같이 급한 성격의 전당군은 류의에게 강제로 그녀와 결혼하도록 명한다. 그러나 용녀에게 마음이 없는 것은 아니나 전당군의 무례함과 거친 태도에 발끈한 나머지 류의는 그의 명에 응하지 않고, 도리어 그를 한바탕 질책한다. 결국 류의의 정의로운 태도에 전당군도 사죄를 한다. 그러나 나중에 류의는 상처(喪妻)를 하게 되어 다시 아내를 맞이하는데, 그가 바로 용녀의 화신이었다고 한다.

당나라 고종 의봉 연간에 류의라고 하는 서생이 있었는데, 서울인 장안에 가서 진사시험에 응시하였지만 불행히도 낙방하였다. 그가 고향인 호남성으로 돌아가려고 할 때에 동향 친구가 장안의 북쪽인 경양현에 머물고 있다는 것이 생각나 거기에 한번 들렀다가 친구에게 작별을 고할 생각이었다. 그가 경양현에 들어선지 6,7리쯤에 길가에서 한 무리의 새들이 갑자기 날아올라 말이 놀래 마구 날뛰었다. 그 후 6,7리쯤을 가다가 말을 멈추게 하였다. 그 때 류의는 한 젊은 부인이 길가에서 양을 치는 것을 보고 이상히 여겨 자세히 바라보았다. 그 여인은 매우 예뻤는데 얼굴에는 걱정스러운 빛이 만연하였다. 게다가 의복도 낡았는데 거기에 멍하니 서서 무슨 소리를 듣는 것 같았으며, 마치 누군가를 기다리는 듯도 하였다. 류의가 그 젊은 여인에게 물었다.

"무슨 고뇌가 있기에 이런 지경에 이르렀습니까?"

그 여인은 처음에는 슬퍼하며 아무 일도 아니라고 얼버무렸지만 나중엔 자신의 감정을 억제치 못해 흐느껴 울기 시작했다.

"모두 저의 불행이에요! 오늘 치욕스럽게 당신에게 이런 질문을 당했지만 제 한이 너무 깊어 치욕스럽지만 어찌 그 때문에 얘기하지 않을 수가 있겠어요! 제 말을 좀 들어보세요. 저는 본래 동정호 용군의 막내딸이랍니다. 부모님의 주도로 경천 용군의 둘째 아들에게 시집을 갔습니다. 제 남편은 놀러 다니는 것을 좋아하고 또 계집종에게 미혹되어 점점 절 싫어하면서 박대하였어요. 시부모님들에게 이 사실을 얘기했지만 그들은 아들에게 빠져있어 전혀 게의치않았습니다. 저는 여러 번 그들에게 하소연했지만 그들은 제까지도 미워하였답니다. 그리하여 제가 이런 지경으로 내몰리게 되었습니다."

말을 마치자 그녀는 매우 슬퍼하며 눈물을 흘렸다.

"동정호가 여기서 얼마나 먼지 알 수가 없고, 천지가 너무 넓어 서로 연락할 길이 막막할 따름이에요. 슬퍼 아무리 눈을 돌려봐도 그 누구도 저의 슬픔을 몰라줘요. 듣자니 당신이 고향으로 돌아간다니 동정호와도 가까워 저를 위해 편지 한 통을 좀 전해주실 수 있을지 부탁하고자 생각했답니다. 해 주실 수 있겠어요?"

"저는 본시 의리가 있는 남자랍니다. 당신의 말을 들으니 정말 분한 마음이 듭니다. 다만 날개가 없어 당신을 대신해 편지를 전해줄 수 없는 게 한입니다. 당신을 위해 당연히 전해드려야죠. 그런데 동정호는 깊은 물이라 평범한 사람인 저로선 당신의 뜻을 전할 방도가 없네요. 선계와 속계가 서로 통하지 못해 당신의 부탁을 져버리고 또 자신의 믿음을 어길까 두려울 따름입니다. 제가 그 동정호 안으로 들어갈 수 있는 방법을 알려 줄 수 있습니까?"

류의의 말에 여인은 눈물을 흘리며 감사하면서 말했다.

"제 부탁을 들어주시는 은혜를 입게 되니 당신이 길을 가시는 내내 몸 건강하시길 바랄 뿐입니다. 저는 더 이상 드릴 말씀이 없어요. 만약 제가 부모님의 답신을 얻게 된다면 죽어도 그 은혜에 보답할 거예요. 그리고 당신이 제 부탁을 들어주시지 않는다면 저는 감히 드릴 말이 없습니다. 그런데 당신이 이미 제 부탁을 들으셔서 그 방법을 물으시니 그렇다면 저는 동정호에 들어가는 것은 경성에 들어가는 것과 다름이 없다는 말씀을 드리겠습니다." (하략)

(儀鳳227)中, 有儒生柳毅者, 應擧228)下第229), 將還湘濱230)。念鄕人有客於涇陽231)者, 遂往告別。至六七裏, 鳥起馬驚, 疾逸道左。又六七裏, 乃止。見有婦人, 牧羊於道畔。毅怪, 視之, 乃殊色也。然而蛾臉不舒232), 巾袖無光, 凝聽翔立, 若有所伺。毅詰之曰："子何苦, 而自辱如是？" 婦始楚233)而謝, 終泣而對曰："賤妾不幸, 今日見辱問於長者234)！"。然而恨貫肌骨, 亦何能愧避？幸一聞焉。妾, 洞庭龍君小女也。父母配嫁涇川次子。而夫婿樂逸235), 爲婢仆所惑, 日以厭薄。旣而將訴於舅姑236)。舅姑愛其子, 不能禦。迨訴頻切, 又得罪舅姑。舅姑毁黜以至此。"

---

227) 당고종의 연호이다.
228) 응거는 주군(州郡)에서 천거되어 경성으로 가서 시험에 참가하는 것을 말한다.
229) 낙방을 말한다.
230) 상빈은 상수(湘水) 가를 말한다. 상수는 호남성 내의 가장 큰 강이다.
231) 경양현은 섬서성 장안의 북쪽에 있던 지역이다.
232) 예쁜 얼굴이 활짝 펴질 못하다. 즉 예쁜 얼굴에 수심이 가득하다는 뜻이다.
233) 여기서 초는 슬퍼하는 모양을 뜻한다.
234) 장자는 류의를 말하며, 앞의 욕문과 함께 겸손의 말투이다.
235) 낙일은 喜歡遊蕩의 뜻이다.
236) 구고는 公婆의 의미이다.

言訖， 歔欷欲流涕， 悲不自勝。 又曰 : "洞庭於茲， 相遠不知其幾多也 ?
長天茫茫， 信耗莫通。 心目斷盡， 無所知哀。 聞君將還吳[237]， 密通洞庭。 或
以尺書[238]寄托侍者， 未卜[239]將以爲可乎 ?" 毅曰 : "吾義夫也。 聞子之
說， 氣血俱動， 恨無毛羽， 不能奮飛， 是何可否之謂乎！ 然而洞庭深水
也。 吾行塵間， 寧可致意那 ? 惟恐道途顯晦， 不相通達， 致負誠托， 又乖
懇願。 子有何術可導我邪[240] ?" 女悲泣且謝， 曰 : "負載珍重， 不複言矣。 脫
獲回耗， 雖死必謝。 君不許， 何敢言。 旣許而問， 則洞庭之與京邑， 不足
爲異也。" (하략))

감상요령 이 작품은 긴밀한 구성과 생동적인 인물묘사와 함께 낭만주의적 색채를 띠고
있는 걸출한 작품이다. 용녀가 시댁에서 당하는 학대는 바로 당시 사회 속에서의
부녀들의 보편적인 운명을 잘 말해주고 있어 당시 남녀불평등 사회 속에서의
부녀에 대한 동정적 심리를 잘 반영하고 있다고 하겠다. 또 이 작품은 비록 불우
한 운명에 처했어도 강직하고 정의롭게 살아가는 류의라는 한 지식분자의 전형적
인 형상을 잘 묘사한 작품으로도 유명하다. 뿐 아니라 류의는 물론이거니와 용녀
와 전당군의 생동적이고 개성적이며 효과적인 인물 성격묘사의 언어도 주의할
만하다.

〈남가태수전(南柯太守傳)〉

이 작품은 이공좌(李公佐)가 지은 4편의 작품 가운데 가장 유명한 작품
으로 후세에 끼친 영향이 매우 크다. 따라서 탕현조의 〈남가기〉도 바로
여기서 비롯된 것이다. 〈남가태수전〉의 줄거리는 대략 유협(遊俠)인 순
우분(淳于棼)이 어느 날 술이 취하여 집 앞의 큰 나무에서 잠이 들었는데,

---

237) 오는 원래 지금의 강소성 일대를 말하나 여기서는 호남성을 가리킨다. 삼국
　　 시대에는 오나라의 강계가 호남성도 포함했기 때문이다.
238) 척서는 서신을 말한다.
239) 不知의 뜻이다.
240) 耶와 같다.

그는 꿈속에서 어느 가상의 나라의 국왕의 사위가 되며 또 남가군(南柯郡)이라는 곳의 태수로 부임을 받으며 이십년의 세월을 통해 혁혁한 공을 세우다가 나중에 왕의 시기(猜忌)를 받아 인간세상으로 다시 돌아온다는 이야기다.

동평 사람인 순우분은 오초 지방의 유협이다. 술을 좋아하고 다혈질인데다 작은 예절에 억매이지 않았으며, 많은 재산으로 호방한 문객들을 돌봐주었다. 그는 무예로 회남군의 부장을 맡기도 했으나 술을 먹고 상사에게 대들어 직책을 박탈당하고 의지할 데가 없어 방탕한 생활로 술만 마시며 시간을 보내고 있었다. 그의 집은 광릉군 동쪽 10리에 있었는데 그 남쪽에는 오래된 느티나무가 한 그루 있었다. 가지가 우람하고 무성하였으며 몇 묘나 되는 그늘을 드리우고 있었다. 순우분은 매일 호방한 사내들과 더불어 나무 아래서 술을 마셨다.

정원 7년 9월에 그는 술에 크게 취하여 병을 얻었다. 당시 그의 곁에 있던 두 친구는 그를 부축하여 집으로 데려가 마루 동쪽의 복도에다 눕히며 말했다.

"좀 주무십시오! 우리는 가서 말을 먹이고 말을 좀 씻고 와서 어르신이 좀 좋아지면 돌아가겠소이다."

순우분은 두건을 벗고 잠이 들었는데 정신이 혼미한 가운데 아마도 꿈을 꾼 듯하였다. 꿈속에서 자주색 옷을 입은 두 사자가 나타나 그에게 무릎을 꿇고 말했다.

"괴안국왕께서 소인들을 보내 서신과 함께 요청하게 하였사옵니다."

순우분은 자신도 모르게 침상에서 내려와 의복을 정제하여 두 사신을 따라 문 입구까지 나왔다. 거기에는 푸른색의 작은 수레가 있었는데 4필의 말이 끄는 것이었다. 좌우의 시종 7,8명이 그를 부축하여 수레를 타게 하였으며 수레는 대문을 나와 그 늙은 느티나무에 있는 구멍 속으로 향했다. 사신들은 수레를 그 구멍 속으로 밀어 넣었는데, 그는 속으로 매우 기이하게 여겼지만 감히 물어보지는 못했다. 그때 홀연히 산과 강이 보였고, 초목과 길은 물론 기후와 풍속도 속세와 크게 다른 세상이 나타났다. 앞으로 몇 십리를 나아가니 외성과 성벽, 그리고 수레와 사람들이 길거리에서 부단히 돌아다니고 있었다. 그의 곁에서 수레를 모는 사람이 크고 엄하게 소리치니 행인들은 다급히 길가 양옆으로 몸을 피해주었다. 그리고 큰 성으로 들어가자 붉은 문의 높은 누각이 보이고 누각 위에는 금색 글씨의 편액이 있었는데, "대괴안국"이란 4글자가 적혀 있었다. 문을 지키던 사람들은 급히 나와 절하고 기다렸는데 잠시 후에 말을 탄 한 사람이 소리쳤다.

"대왕께서 부마가 먼 곳에서 오시기에 잠시 동화관에서 쉬시라고 하였소!"

말을 마치자 그 사람은 앞에서 길을 인도하였다. (하략)

(東平淳于棼, 吳楚遊俠之士。嗜酒使氣[241], 不守細行。累巨産, 養豪客。曾以武藝補淮南軍裨將, 因使酒忤帥, 斥逐落魄, 縱誕飲酒爲事。家住廣陵郡東十裏。所居宅南有大古槐一株, 枝幹修密, 淸陰數畝。淳于生日與群豪大飲其下。貞元七年九月, 因沉醉致疾。時二友人於坐扶生歸家, 臥於堂東廡之下。二友謂生曰 : "子其寢矣。餘將抹馬濯足, 俟子小愈而去。"生解巾就枕, 昏然忽忽, 仿佛若夢。見二紫衣使者, 跪拜生曰 : "槐安國王遣小臣致命奉邀。"生不覺下榻整衣, 隨二使至門。見靑油小車, 駕以四牡, 左右從者七八, 扶生上車, 出大戶, 指古槐穴而去。使者卽驅入穴中。生意頗甚異之, 不敢致問。忽見山川風候, 草木道路, 與人世甚殊。前行數十裏, 有郛郭城堞, 車輿人物, 不絶於路。生左右傳車者傳呼甚嚴, 行者亦爭辟於左右。又入大城, 朱門重樓, 樓上有金書, 題曰 : "大槐安國"。執門者趨拜奔走。旋有一騎傳呼曰 : "王以駙馬遠降, 令且息東華館。"因前導而去。(하략))

___

241) 여기서 사기란 말은 충동적인 성격에 앞뒤를 분간하지 않고 감정을 표출하는 것을 말한다.

감상요령

이 작품은 당대 중엽의 부패한 정치와 번진들의 할거로 인한 혼란한 국면, 그리고 관료들간의 중상모략 등과 같은 현실사회의 암울함과 그런 사회에서 공명(功名)과 이록(利祿)에 혈안이 돼있는 당시 선비들을 경계하는 내용 등을 담고 있다. 따라서 이 작품에서는 부귀공명을 추구하는 당시 고관이나 선비들에 대한 풍자와 멸시는 물론, 도교와 불교사상에 입각하여 부생(浮生)을 한바탕 꿈으로 보는 허무주의적 색채도 나타나고 있다. 남가일몽(南柯一夢)이라는 성어도 바로 이 작품에서 유래된 것이다.

〈이장무전(李章武傳)〉

인귀상련(人鬼相戀)의 감동적인 내용을 담고 있는 이경량(李景亮)이 지은 〈이장무전〉의 이야기는 다음과 같다. 문장이 뛰어나고 품행이 바르며 또한 성정이 매우 온화한 젊은이 이장무는 청하 지방의 최신이라는 친구와 화주(華州)의 거리를 걷다가 매우 아름다운 여인을 만난다. 그는 최신에게 친구를 만나러 성밖으로 가야겠다고 속여 그와 작별하고, 그녀를 뒤쫓아 마침내 그 여인이 살고 있는 집에 세를 들어 산다. 그 집의 주인은 왕씨였고, 그 여인은 그의 부인이었다. 이장무와 그 부인은 서로 만나자마자 마음이 통해 마침내 사통을 하게 된다. 한달여 만에 그는 삼만냥이 넘는 돈을 썼고, 그 부인이 쓴 돈은 그것보다 더욱 많았다. 그들의 사랑이 나날이 깊어지는 가운데 이장무는 공무로 장안으로 돌아가야만 했다. 두 사람은 매우 슬퍼하며 서로 시와 정표를 주고받았으며, 또 장무의 하인인 양과(楊果)에게도 그 부인은 노고의 대가로 천냥을 주었다. 두 사람이 헤어진 후 어느 듯 팔구 년의 세월이 흘렀고, 장무는 장안에 거주하였기에 그동안 그들은 서로 연락을 취할 수가 없었다. 그러든 어느 해 장무는 장안을 떠나 하규현에 볼일이 있어 가다가 홀연히 화주에 있는 옛 애인을 생각하게 되었고, 그는 곧 행선지를 돌려 위수를 건너 화주로 갔다. 날이 어두워 그는 그 곳에 도착했고, 오늘 밤을 그녀의 집에서 묵고 갈 생각이었다. 그런데 그 집의 대문 앞까지 도착했지만 인기척도 사람의 그림자도 없었으며, 문 앞에는 단지 의자 하나만 놓여 있었다. 그는 잠시 그 의자에 앉아 있다가 막 일어나려 할 때, 마침 이웃집의 한 부인이 있는 것을 보았고, 그는 그 부인에게 그 상황을 물어보기로 하였다. 그런데 그 이웃 부인의 말에 의하면, 왕씨 집은 이미 이 곳을 떠나 다른 곳에서 장사를 하러 갔으며, 그 왕씨 부인도 이년 전에 이미 죽었다고 한다. 그리고 그 부인은 이장무의 성을 물어보았고, 장무는 과거 왕씨 부인과의 일들을 얘기하였다. 그러자 그 이웃 여인은 장무에게 혹시 옛날에 양과라고 불리는 종이 있지 않았느냐고 물었고, 장무가 그렇다고 하자 그녀는 울면서 말하길, 자신은 여기에 시집온 지 이미 오년이 되었으며, 왕씨 부인과는 아주 친했다한다. 그리고 그녀는 왕씨가 그동안 보아온 수많은 남자 가운데 유독 이장무만을 사랑하였고, 그가 떠난 후 왕씨는 상사의 괴로움으로 침식을 잊고 지내다가 죽기 전에 다시 그녀를 불러 이장무가 만일 이곳에 오게 되면 자신의 마음을 전해주고, 또 그를 이곳에 잠시 머무르게 하여 꿈속에서라도 상봉할 수 있도록 그녀에게 누차 부탁하였던 사실들을 모두 이야기했다. 그날 장무가 행낭과 잠자리를 준비하고 있었을 때, 홀연히 옆집의 부인도 모르는 한 여인이 나타나 빗자루를 들고 방을 청소하고 나갔으며, 장무가 그녀의 신분을 묻자 그녀는, 왕씨가 평소 자신을 못 잊어 오늘 밤 나타나 정회를 나누고자 하지만 자신이 놀랄 것을 염려하여 먼저 그녀를 보내 안심시키려 한 것이라고 하였다. 그날 밤 장무는 음식을 차려놓고 제사를 지내고, 자신도 배불리 먹은 후 일찍 잠자리에 들었다. 이경 무렵 방 동남쪽 모서리의 등이 갑자기 여러 번 어두워졌다 밝아졌다하면서 방 북쪽 모서리로부터 이상한 소리가 들리며 누군가가 천천히 걸어오는 듯 했다. 장무는 침상에서 내려와 예전과 변함없는 왕씨 부인을 붙잡고 두 사람은 옛날과 같이 운우지정을 마음껏 즐겼다. 이윽고 오경이 되자 그녀는 하늘을 보며 흐느껴 울다가 그에게 옥으로 된 물건을 선물하며 자신을 절대 잊지 말라는 말을 남긴 체 몇 보 걷다 돌아보고 눈물지으며 서북쪽으로 가다가 홀연 사라졌고, 빈 방에는 쇠잔한 등불만 남아있었다.

이장무는 음식을 준비하여 먼저 제사를 한번 치르고, 자신도 밥을 먹고 난 후에 일찌감치 잠자리에 들었다. 이경이 되자 침상 동남쪽의 등불이 갑자기 어두워졌다 밝아지기를 연이어 되풀이했다. 이장무는 마음속으로 느끼는 바가 있어 하인을 시켜 등불을 방 모서리 동남 벽 쪽으로 옮기게 하였다. 이어 방의 북쪽 모서리에서 '스르륵'하는 소리와 함께 마치 누군가가 천천히 걸어오는 듯하였다. 침상에서 5,6보쯤의 거리까지 다가오자 그 모습을 알 수가 있었다. 그 의복을 보자 바로 그 집주인의 부인이었다. 그 모습이 예전과 같은데 다만 그 행동이 약간 조급해하였으며, 목소리도 비교적 가볍고 맑을 뿐이었다. 이장무는 침상에서 내려와 그 부인을 맞이하면서 예전과 같이 엉겨 즐거운 시간을 보냈다. 그 부인은 말하길, "세상을 뜬 이후로 친척들은 모두 잊었지만 오직 당신을 그리워하는 마음만은 남겨두었으니 옛날과 다름없어요."하였다. 이장무는 더욱 힘껏 그녀를 안았고, 부인의 느낌이 생전과 다름없었다. 다만 부인은 재차 이장무에게 사람을 보내 날이 샜는지를 알아보게 하였으며, 계명성이 나타나기만 하면 자신은 필히 떠나야 하며 남아있을 수가 없다고 하였다. 운우 중에도 부인은 늘 옆집 부인 양씨의 은혜를 얘기하였고 이장무가 그녀를 돌봐주기를 바랬다. 그러면서 "그 여자가 없었다면 우리들 사이의 상사의 정을 그 누가 전해줄 수 있었겠어요!"하였다. 오경이 되자 날을 지켜보던 사람이 와서 지금 떠나야 함을 재촉하였다. 부인은 울면서 침상을 내려와 이장무와 손을 맞잡고 문밖까지 걸어와서는 머리를 들어 하늘을 쳐다보았는데, 어느 듯 비통함을 견디지 못해 흐느껴 울기 시작했다. 그녀는 방 안으로 돌아와 치마 띠에서 금낭을 풀어 그 안에서 물건을 하나 꺼내 이장무에게 주었다. 그 물건은 색깔이 푸른 녹색으로 질감이 매우 부드러웠으며, 옥과 같이 질감이 차가왔다. 그 모양은 마치 한 조각의 작은 나뭇잎 같았다. 이장무는 그것이 무언 지를 알 수가 없었다. 그녀는 "이것이 바로 말갈보라는 것이에요. 곤륜의 현포에서 난답니다. 본래 저도 그것을 구하지 못했지만 제가 머무는 곳이 서악과 가까워 늘 옥경부인과 함께 놀았는데 한번은 방안의 대들보 위에서 그것을 보고 기뻐 그녀에게 무슨 물건인지를 물으니 옥경부인은 그것을 꺼내어 제게 주었어요. 그리고 선계에서 이런 물건을 얻는 것은 매우 영예로운 일이라고 하였답니다. 당신이 선도를 믿고 견식이 높기에 그것을 선사하는 거예요. 이 물건은 인간세상에는 없답니다. 잘 간직하시길 바랍니다."라며 말했다. 그리고 시를 지어 바치길, "은하수는 이미 기울어 날이 밝아오니, 이별을 당해 정신이 혼미해지네. 바라나니 그대여 다시 꼭 안아주세요. 이제 떠나면 영원히 보지 못할 텐데." 하였다. 이장무도 백옥 비녀를 부인에게 선물하면서 답시를 지어 바쳤다. "음양의 길로 막혀있을 줄 알았는데, 이런 아름다운 만남이 있을 줄 어찌 알았으리. 거듭 이별을 고함은 무방하지만 안타까운 것은 당신은 그 어디를 가시는가!" 그리하여 두 사람은 오래 동안 울었다. 부인은 시를 다시 지어 바쳤다. "옛날 이별할 때에 훗날 만날 것을 생각하였는데, 오늘 이별함에 영원한 결별이네. 새로운 슬픔과 묵은 한을 천고토록 저승에서 간직하리."

이장무도 답하길, "훗날의 기약은 묘연한데 새로운 한이 우리를 찾아드네. 이별의 길에 연락도 할 수 없는데, 당신에 대한 내 마음을 그 어디에다 부쳐보리오!"하였다. 두 사람이 마음속의 말들을 다 얘기하고 서로 이별을 고하자 부인은 방의 서북쪽 모서리 방향으로 걸어갔다. 몇 걸음 걷자 여전히 돌아다보면서 눈물을 닦으며 말했다. "이 공자님! 저를 잊지 마세요." 말을 마치자 또 걸음을 멈추고 울었다. 날이 거의 밝아지려고 하자 부인은 서북 모서리로 빠른 걸음으로 걸어가다가 갑자기 사라져버렸다. 다만 텅 빈 방은 적막한데 촛불이 막 꺼지려고 하였다. (절록)

(乃具飲饌, 呼祭。自食飲畢, 安寢。至二更許, 燈在床之東南, 忽爾稍暗, 如此再三。章武心知有變, 因命移燭背牆, 置室東南隅。旋聞室北角悉窣有聲, 如有人形, 冉冉242)而至。五六步, 卽可辨其狀。視衣服, 乃主人子婦也。與昔見不異, 但擧止浮急, 音調輕淸耳。章武下床, 迎擁攜手, 款243)若平生之歡。自云: "在冥錄244)以來, 都忘親戚。但思君子之心, 如平昔耳。"章武倍與狎昵, 亦無他異。但數請令人視明星, 若出, 當須還, 不可久住。每交歡之暇, 卽懇托在鄰婦楊氏, 云: "非此人, 誰達幽恨？"至五更, 有人告可還。子婦泣下床, 與章武連臂出門, 仰望天漢245), 逾鳴咽悲怨。卻入室, 自於裙帶上解錦囊, 囊中取一物以贈之。其色紺碧！", 質又堅密, 似玉而冷, 狀如小葉。章武不之識也。子婦曰: "此所謂'靺鞨寶246)', 出昆侖玄圃247)中。彼亦不可得。妾近於西嶽248)與玉京夫人249)戲, 見此物在衆寶璫250)上, 愛而訪之。"夫人逾假251)以相授, 云: "洞天252)群仙, 每得此一寶, 皆爲光榮。以郎奉玄道, 有精識, 故以

---

242) 천천히 걸어가는 모양이다.

243) 款曲의 뜻으로 비슷한 말에 纏綿이나 繾綣 등도 있다. 즉 남녀간의 끈끈한 정과 사랑을 말한다.

244) 저승의 인명부를 말한다. 죽었음을 의미한다.

245) 천한은 은하를 말한다. 아래의 하한도 같은 말이다.

246) 말갈은 중국 동북의 소수민족 이름이다. 7부로 나눠지는데 그 가운데 흑수(黑水)의 말갈이 나중에 여진족이 된다. 말갈보는 거기서 산출되던 보석의 이름이다.

247) 곤륜은 아시아에서 가장 큰 산맥으로 동과 서, 그리고 중의 3부로 나뉜다. 중국 고대 때 말하는 곤륜은 중곤륜의 남쪽을 지칭하는데, 지금의 감숙성과 신강성 경내에 있었다. 중국의 신화와 전설에 의하면 곤륜산의 꼭대기 봉오리는 현보인데, 그 위에는 5개의 성과 12개의 누각이 있으며, 신선이 살고 있는 곳이라고 한다.

248) 서악은 화산(華山)을 말한다.

249) 옥경부인은 신화와 전설 속의 여신선이다.

250) 보당은 보석으로 장식한 서까래를 말한다.

251) 가는 取의 의미이다.

252) 동천은 도가에서 말하는 명산의 동굴로 신선이 사는 곳을 말한다. 10대동천이나 36소동천 등의 이름들이 있다.

投獻。常願寶之。此非人間之有。"遂贈詩曰："河漢已傾斜，神魂欲超越。願
郎更回抱，終天從此訣。"章武取白玉寶答一以酬之，並答詩曰："分從幽顯
隔，豈謂有佳期。寧辭重重別，所歎去何之。"因相持泣，良久。子婦又贈
詩曰："昔辭懷後會，今別便終天。新悲與舊恨，千古閉窮泉。"章武答曰：
"後期杳無約，前恨已相尋。別路無行信，何因得寄心？"款曲敍別訖，遂
卻赴西北隅。行數步，猶回頭拭淚。云："李郎無舍，念此泉下人。"複哽咽
佇立，視天欲明，急趨至角，卽不複見。但空室窅然253)，寒燈半滅而已。
(절록))

〈이장무전〉 속의 주인공 이장무는 비록 본문에서는 "문장이 뛰어나고 품행이
바르며 또한 성정이 매우 온화한 젊은이"라고 말하고 있지만 유부녀인 왕씨와
맺은 뜨거운 사랑은 오늘날 우리의 관점에서 보면 다소 방탕함과 불륜적인 면이
없지 않다. 당대 애정류 소설에 나타난 중국문인들의 여성들에 대한 애정과 그
구애행각을 보면 오늘날 우리들이 보아도 너무 개방적이고 자유분방하며, 대담하
고도 열정적이다. 뿐 아니라 당시 여성들의 성의식도 매우 개방적임을 알 수
있다. 〈이장무전〉은 당대 이러한 남녀간의 풍속도를 생생하고도 여실히 잘 드러
내고 있다.

〈곽소옥전(霍小玉傳)〉

장방(蔣防)이 지은 〈곽소옥전〉은 청루의 여자인 곽소옥과 그 당시의
명사인 이익(李益)이라고 하는 실재 인물간의 실재 발생한 연애의 비극을
다룬 작품이다. 그 내용은 다음과 같다. 곽소옥은 원래 당의 종실(宗室)
곽왕(霍王)의 하녀가 낳은 딸로서, 그녀의 신분이 천민이기에 곽왕이 죽
은 다음에 그 어머니와 함께 왕부(王府)에서 쫓겨나고, 정씨(鄭氏)로 개
명한 연후에 기녀로 윤락해버린다. 진사 이익은 곽소옥의 미모에 끌려 그

---

253) 窅然(요연)은 깊고 어두운 모양을 말한다.

녀에게 열광적으로 접근하게 되고, 순진한 곽소옥은 이익의 재기에 반해 소녀의 순결한 애정을 그에게 모두 바치게 된다. 그들 모녀는 이익의 돈과 재물보다는 단지 소옥이 한 평생 의탁할 사람을 만나는 것만 바랄 뿐이었다. 이익도 그녀의 미색에 빠져 죽을 때까지 소옥과 함께 지낼 것을 맹세했다. 그러나 이익은 소옥을 떠나 정현(鄭縣)의 관리로 부임하면서 마음이 변해 그의 어머니의 뜻에 따라 당시의 거족인 노씨(盧氏) 처녀와 약혼을 하고, 속임수로써 소옥을 따돌린다. 순진한 소옥은 그에 대한 애정이 변치 않은 채 그를 찾느라 아끼던 장식품까지 팔며 슬픔과 한이 맺혀 결국 분사(憤死)하고 만다. 한편 그 전에 소옥이 임종시에 협사 황삼객(黃衫客)이 이익을 끌고 소옥의 집에 나타나는데, 이때 소옥은 배신한 이익을 크게 꾸짖고 죽어 원귀가 되어 복수할 것을 알렸다. 과연 그 후 이익은 노씨와 결혼한 후에 의처증 증세를 보여 늘 그녀를 의심하며 집안이 가정불화로 조용할 날이 없었다. 심지어는 아내를 고소하기도 하다 끝내 노씨를 차버린다. 그 후 그는 여러 번 결혼하지만 그 의처증은 없어지지 않아 불행한 결혼생활을 했다는 내용이다.

　　곽소옥은 사무치는 병으로 누운 지 오래라 평시에 몸을 뒤척이는 것조차도 남의 도움이 필요하였다. 이때 이익이 왔다는 소리를 듣고는 단번에 혼자서 일어나 앉았는데 마치 신의 도움이라도 얻은 듯하였다. 그리고 나가 이익과 마주하였는데, 한을 품은 체 눈동자도 움직이지 않고 그를 주시하였으며, 한마디의 말도 하지 않았다. 나약한 몸은 힘이 없어 흔들렸고 불시에 옷소매를 들어 눈물을 닦으며 또 애모의 정으로 이익을 쳐다보았다. 주위의 사람들은 이런 가슴 아픈 장면을 보고는 모두 눈물을 흘렸다. 잠시 후 밖에서 몇 십 쟁반이나 되는 안주요리가 들어와 사람들은 놀랬는데, 물어 보니 다름 아닌 그 누런 적삼의 호방한 사내가 주점에 연락해 시켜 온 것이었다. 그리하여 그것들을 차려놓고 사람들이 모두 자리에 앉았다. 곽소옥은 몸을 옆으로 하여 앉아 얼굴을 반쯤 돌리고서 이익을 한참이나 곁눈질하였다. 그리고는 술을 한잔 바닥에 뿌리며 말했다.

"저는 여자로서 박명함이 이 지경에 이르렀고, 당신은 남자로서 이렇게도 여자를 배신하였군요. 저의 귀중한 청춘이 이렇게 한을 머금고 죽어가네요. 제 어머님이 아직 살아계시지만 끝까지 봉양해드리지 못합니다. 번화스러운 생활도 모두 재가 되어 버렸어요. 이런 죽음의 고통은 모두 당신이 야기한 거예요. 이도령님, 이도령님! 이제 우리는 영원히 결별합니다. 제가 죽은 이후에 기필코 원귀가 되어 당신의 처첩들이 영원히 편하지 못하게 할 겁니다!"

그녀는 왼손을 펴 이익의 팔을 잡고 술잔을 땅바닥에 내동댕이쳐 깨고는 몇 번 방성통곡을 한 후에 숨을 거두었다. 그녀의 모친은 그 시신을 안아 이익의 가슴에 놓고 그녀를 불러보게 하였지만 이미 때가 늦은 것이었다.

이익은 곽소옥을 위해 상복을 입고 아침저녁으로 울며 매우 애통해하였다. 관을 묻는 전날 밤에 홀연히 곽소옥의 그림자가 빈소 안에서 드러났다. 그녀는 붉은 치마를 입고 자주색의 비단 적삼에다 붉고 푸른색의 목도리를 어깨에 걸쳤는데 용모가 농염함은 평상시와 같았다. 그녀는 비스듬히 휘장에 기대어 손에는 비단 띠를 당기며 이익에게 말했다.

"당신이 저를 위해 장사를 치러줄 줄은 몰랐네요. 그래도 정은 있군요. 제가 비록 몸은 저승에 있지만 어찌 감동하지 않겠어요!"

말을 마치자 바로 사라졌다. 이튿날, 장사는 장안의 어숙원에서 치러졌다. 이익은 무덤에 묻힐 때까지 곁을 지키며 슬프게 곡을 한 후에 돌아왔다.

1달여가 지난 후에 이익은 노씨 성의 처녀와 결혼을 하였다. 그러나 예전에 곽소옥과 같이 지내던 정경을 생각하곤 마음이 슬퍼져 언제나 우울한 생활을 하였다. 여름 5월이 되자 그는 노씨와 같이 정현으로 돌아갔다. 현에 도착한 열흘 여 이후의 어느 날 밤, 노씨와 같이 잠자리에 들려고 하는데 홀연히 휘장 밖에서 무슨 소리가 들렸다. 이익은 놀라 급히 살펴보니 다름 아닌 20 여세의 잘생긴 남자가 휘장 뒤에 숨어 노씨에게 손을 흔드는 것이었다. 이익은 급히 일어나 휘장을 돌아 몇 번이나 그를 쫓아갔으나 갑자기 또 그는 사라져버렸다. 이로부터 그는 노씨가 외도를 하는 것으로 의심해 언제나 시기하며 부부지간도 평화로울 수 없었다. 친지들이 그들에게 충고하며 타일러서야 그녀에 대한 이익의 질투심이 약간 수그러졌다.

또 십여 일이 지나 이익이 바깥에서 돌아왔을 때 노씨는 마침 침상 앞에서 금을 타고 있었다. 그런데 홀연히 문밖에서 여러 가지 색이 어우러진 소뿔로 조각되고 금무늬가 들어간 방원(方圓) 한 촌 남짓한 상자가 들어왔다. 상자 중간에는 가는 비단의 띠로 동심결의 형상을 만들었는데, 노씨의 가슴 속으로 떨어졌다. 이익이 그것을 열어보니 그 안에는 팥과 미약(媚藥)이 들어있었다. 그는 즉시 분노하여 고함치면서 그 소리가 마치 범과 같았다. 동시에 금을 집어 노씨를 때리면서 사실을 추궁하였다. 노씨는 자신도 영문을 몰라 했다. 그 후로도 이익은 걸핏하면 그녀를 심하게 때리니 그녀는 그 시달림으로 초죽음이 되었고, 결국에는 소송까지 벌이며 그녀와 이혼을 해버렸다.

노씨와 이혼한 이후로 이익의 첩과 시비(侍婢)들도 그와 관계를 맺은 후로는 즉시 그로부터 시기를 당했으며 심지어 그로 인해 죽임을 당하기도 하였다. 그가 한번은 광릉에 놀러갔다가 영11낭을 아내로 맞이했는데 그녀의 미모가 뛰어나 이익의 사랑을 받았다. 그러나 그의 해묵은 의처증은 변하지 못해 매번 고의로 그녀를 놀래주며 다음과 같이 말했다.

"나는 일찍이 어느 곳에서 어느 여자를 아내로 맞이했는데 나중에 그녀가 무슨 일을 저질러 내가 어떤 방법으로 그녀를 죽였다."

그는 매일 이런 말을 하면서 겁을 주어 그녀가 그 어떠한 부정한 행위도 감히 하지 못하게 하였다. 집을 나설 때에도 목욕하는 나무 욕조로 여자를 침대 위에다 덮어두고 그 주위를 봉해두었다가 돌아와서는 반드시 자세히 검사를 한 연후에 비로소 그 봉한 것을 열어주었다. 또 그는 예리한 단검을 간직하면서 언제나 고의로 꺼내어 시비들에게 보여주면서 말했다.

"이것은 신주의 갈계 철공소에서 단조한 보검인데 나쁜 일을 한 사람의 목만을 자르는 것이야!"

그는 자신이 가까이한 거의 모든 여자들을 함부로 시기하였고, 심지어 3번이나 여자들을 맞이하였지만 모두 처음과 같았다. (절록)

(玉沈綿日久, 轉側須人。忽聞生來, 欻然自起, 更衣而出, 恍若有神。遂與生相見, 含怒凝視, 不復有言。羸質嬌姿, 如不勝致, 時復掩袂, 返顧李生。感物傷人, 坐皆欷歔。頃之, 有酒肴數十盤, 自外而來。一坐驚視, 遽問其故, 悉是豪士之所致也。因遂陳設, 相就而坐。玉乃側身轉面, 斜視生良久遂擧杯酒酬地曰:「我爲女子, 薄命如斯!君是丈夫負心若此!韶顔稚齒, 飮恨而終。慈母在堂, 不能供養。綺羅弦管, 從此永休。徵痛黃泉, 皆君所致。李君李君, 今當永訣!我死之後, 必爲厲鬼, 使君妻妾, 終日不安!」乃引左手握生臂, 擲杯於地, 長慟號哭數聲而絶。母乃擧屍, 置於生懷, 令喚之, 遂不復蘇矣。生爲之縞素, 旦夕哭泣甚哀。將葬之夕。生忽見玉穗帷之中, 容貌姸麗, 宛若平生。著石榴裙254), 紫襠襦, 紅綠帔子。斜身倚帷, 手引繡帶, 顧謂生曰:「媿君相送, 尙有餘情。幽冥之中, 能不感歎。」言畢, 遂不復見。明日, 葬於長安禦宿原255)。生至墓所, 盡哀而返。

後月餘, 就禮於盧氏。傷情感物, 鬱鬱不樂。夏五月, 與盧氏偕行, 歸

---

254) 석류군은 붉은 치마를 말한다.
255) 어숙원은 장안성 남쪽에 위치한 죽은 자를 매장하던 곳이었다.

於鄭縣。至縣旬日, 生方與盧氏寢, 忽帳外叱叱作聲。生驚視之, 則見一男子, 年可二十餘, 姿狀溫美, 藏身映幔, 連招盧氏。生惶遽走起, 繞幔數匝, 倏然不見。生自此心懷疑惡, 猜忌萬端, 夫妻之間, 無聊生矣。或有親情, 曲相勸喻。生意稍解。後旬日, 生復自外歸, 盧氏方鼓琴於床, 忽見自門抛一斑犀鈿花合子, 方圓一寸餘, 中有輕綃, 作同心結, 墜於盧氏懷中。生開而視之, 見相思子[256]二, 叩頭蟲一, 發殺觜一, 驢駒媚少許。生當時憤怒叫吼, 聲如豺虎, 引琴撞擊其妻, 詰令實告。盧氏亦終不自明。爾後往往暴加捶楚, 備諸毒虐, 竟訟於公庭而遣之。盧氏既出, 生或侍婢媵妾之屬, 暫同枕席, 便加妒忌。或有因而殺之者。生嘗遊廣陵, 得名姬曰營十一娘者, 容態潤媚, 生甚悅之。每相對坐, 嘗謂營曰:「我嘗於某處得某姬, 犯某事, 我以某法殺之。」日日陳說, 欲令懼己, 以肅淸閨門。出則以浴斛復營於床, 週迴封署, 歸必詳視, 然後乃開。又畜一短劍, 甚利, 顧謂侍婢曰:「此信州葛溪鐵, 唯斷作罪過頭!」大凡生所見婦人, 輒加猜忌, 至於三娶, 率皆如初焉。(절록))

　　이 작품은 문벌제도를 중시하던 당대에서 출신성분의 차이로 인해 빚어진 남녀간의 사랑의 비극을 반영하고 있다. 이익은 비록 몰락한 사대부이지만 곽소옥은 하녀의 딸에다가 창기로 윤락한 여성이었기에 두 사람의 만남은 사실상 당시로선 이미 정해진 결과를 암시하고 있었던 것이다. 그러나 작가는 작품을 통해 모욕당하고 착취당하던 당시 하층 부녀자들의 모습과 진정한 사랑도 없이 여성을 농락하는 당시 남성들의 무책임한 애정행각도 잘 반영하고 있다. 작가는 이 작품을 통해 곽소옥을 동정하고 이익을 견책하고 있다. 명대 탕현조의 전기인 〈자소기(紫簫記)〉와 〈자차기(紫釵記)〉도 여기에 근거하고 있다.

---

256) 상사자는 홍두 즉 팥을 의미한다. 예부터 상사의 정을 전하는 것으로 간주되었다.

〈이왜전(李娃傳)〉

이 작품은 백거이의 동생인 백행간(白行簡)의 작품이다. 그 내용은 다음과 같다. 상주자사(常州刺史) 영양공(榮陽公)의 아들 정생이 서울에 과거보러 갔다가 장안의 명기 이왜에게 빠져 일여년간의 세월 동안 가지고 온 모든 학비를 탕진하고 만다. 이왜는 보모에게 이끌려 그만 그를 차버렸고, 돈 한푼 없던 그는 길거리를 헤매다가 결국 상여꾼의 신세로 연명을 해나간다. 그 후 이 사실이 그의 부친에 의해 알려지자 부친은 노한 나머지 그와 부자지연을 끊고 또 죽도록 매질하여 내쫓았다. 그 후 그는 길거리를 휘젓고 다니는 거지신세가 된다. 어느 날 눈보라가 휘날리는 추운 겨울 날 그가 골목을 돌며 구걸하고 있을 때, 배고픔과 추위에 견디지 못해 울부짖는 그의 구걸소리를 이왜(李娃)가 알아차리고 결국 그를 불러들인다. 추위와 기아 그리고 병의 상처로 만신창이가 된 그를 보고 그녀는 크게 후회를 하며, 보모로부터 종량(從良)을 허가받고 나와 집을 구해 그와 동거하면서 적극적으로 그를 간호한다. 그녀의 극진한 정성으로 정생의 병은 완쾌되고, 또 그녀의 권고로 그는 열심히 공부하며 과거준비를 한다. 이윽고 학문이 성취되어 그는 과거에 합격했으며, 이제 막 부임길에 오르던 전날 밤, 이왜는 그에게 명망 있는 가문의 규수와 혼인하도록 권유하면서 자신은 남은 세월을 다시 그녀의 보모와 함께 보낼 것임을 토로한다. 이에 정생은 극력 반대하면서도 결국은 이왜에게 못 이겨 그 뜻에 승복하고 만다. 그리하여 이왜는 생과 작별을 고하려하는데, 우연히 그곳을 지나던 부친을 만나게 되고, 부친은 통곡하면서 아들과의 부자지연을 다시 회복시키며, 그 동안의 일을 물어본다. 그는 자초지종을 얘기하였고, 부친은 그런 이왜의 공을 크게 여겨 그녀를 찾아 그와 결혼을 시킨다는 얘기다.

어느 날 큰 눈이 내리던 날, 정생은 춥고 배고파 눈을 무릅쓰고 밖으로 나왔다. 먹을 것을 구걸하는 그 외침소리가 너무 처량하였다. 그 소리를 듣고 그를 본 사람들은 그 누구도 그를 불쌍히 여기지 않는 자가 없었다. 당시 마침 눈이 크게 내려 인가들도 거의 대문을 열지 않았다. 안읍의 동문에 이르러 담을 따라 북으로 돌아 7,8 채의 집을 지나자 왼편의 문 한쪽을 연 집이 있었으니 여기가 바로 이왜가 사는 주택이었다. 그러나 정생은 그것도 모르고 계속해 큰 소리로 부르짖었다.

"배가 고프오! 추워 죽겠소!"

그 소리의 처참함은 차마 들을 수가 없었다. 이왜는 방안에서 그 소리를 듣고 하녀에게 말했다.

"이 소리는 분명 정도령의 목소리야. 내가 그 음성을 기억하거든."

그녀가 급한 걸음으로 나와 보니 정생은 마르고 여위었으며 온 몸이 부스럼으로 이미 사람의 모습이 아니었다. 이왜는 마음이 몹시 고통스러웠다.

"당신은 정도령님이 아니세요?"

그는 이왜를 보자마자 화가 치밀어 기절하여 말을 하지 못한 체 머리만 꺼떡일 분이었다. 그녀는 달려가 그의 목을 안고는 꽃이 수놓아진 저고리를 그에게 덮어주면서 서상으로 부축하였다. 그리고는 크게 울며 말했다.

"당신을 오늘 이 지경으로 만든 것은 저의 죄입니다!"

그녀는 울다가 혼절한 후에 다시 깨어났다. 보모는 그 소식을 듣고 크게 놀라 달려와 물었다.

"무슨 일이야?"

이왜는 정도령이 왔다고 얘기했다. 보모는 "어서 쫓아버려! 왜 그 사람을 불러들여!"라며 핀잔했다. 이왜는 정색하여 보모를 향해 고개를 돌려 얘기했다.

"그러면 안돼요! 그 사람은 양반가의 자제예요. 당초 그가 높은 수레에 금을 차고 행장을 저의 집에 풀은 후로 얼마 지나지도 않아 그 돈을 다 써버렸어요. 그런 후에 우리가 계략을 써서 그를 쫓았으니 이는 사람이 할 짓이 아니에요. 그로부터 그는 뜻을 잃고 남에게 사람취급도 받지 못했어요. 게다가 부자지간에도 감정이 단절되어 부친에게 죽도록 맞아 버림도 받았어요. 그가 이렇게도 몰락하여 곤궁에 빠진 것은 천하의 사람들도 모두 저의 책임인 것을 알거예요. 그의 친척 가운데는 조정에서 관직을 맡은 사람이 적지 않으니 어느 날 권력가가 이 일의 시말을 조사하게 되면 화가 우리에게 미칠 겁니다. 거기다 하늘을 속이고 사람에게 죄를 지으면 귀신도 우리를 돕지 않을 것이니 스스로 화를 부르지 마세요! 어머니의 딸로서 이미 20년이 지났으니 제가 번 돈을 계산하면 천금도 넘을 것입니다. 현재 어머니도 60이 넘었고, 제가 20 년간의 먹고 입고 한 비용을 계산하여 어머니께 몸값을 치르겠어요. 저는 그와 다른 곳에서 집을 얻어 살겠어요. 여기서 그리 멀지 않을 테니 아침저녁으로 와서 어머님을 모실 수만 있으면 제 바람은 끝이에요."

보모는 그녀의 의지가 변하지 않을 것을 보고는 승낙할 수밖에 없었다. 보모에게 양로금(養老金)을 준 후에도 여전히 100 금이 남아 북쪽으로 5 집을 건너 빈 집을 하나 세를 들었다. 이왜는 그에게 머리를 빗기고 목욕을 시키며, 또 옷을 갈아입혔으며, 탕과 죽을 끓여 먹여 위와 장을 소통시켜주었다. 그 다음에는 유제품을 먹여 내장을 다독였다. 또 10여일이 지난 후로는 산해진미를 먹이고, 두건과 양말도 가장 진귀한 것으로 구해 입혔다. 그러자 몇 달이 지나지도 않아 살이 찌고 1년이 지나니 예전과 같이 변했다. (절록)

(一旦大雪, 生爲凍餒所驅。冒雪而出, 乞食之聲甚苦, 聞見者莫不凄惻。時雪方甚, 人家外戶多不發。至安邑東門, 循裏垣, 北轉第七八, 有一門獨啓左扉, 卽娃之第也。生不知之, 遂連聲疾呼 : "饑凍之甚。"音響凄切, 所不忍聽。娃自閤中聞之, 謂侍兒曰 : "此必生也, 我辨其音矣。"連

步[257])而出。見生枯瘠疥癘，殆非人狀。娃意感焉，乃謂曰："豈非某郎也？"生憤懑絶倒，口不能言，頷頤[258])而已。娃前抱其頸，以繡襦擁而歸於西廂。失聲長慟曰："令子一朝及此，我之罪也。"絶而複蘇。姥大駭奔至，曰："何也？"娃曰："某郎。"姥遽曰："當逐之，奈何令至此。"娃斂容却睇[259])曰："不然，此良家子[260])也。當昔驅高車，持金裝，至某之室，不逾期[261])而蕩盡。且互設詭計，舍而逐之，殆非人行。令其失志，不得齒於人倫[262])。父子之道，天性也。使其情絶，殺而棄之，又困躓若此。天下之人，盡知爲某也。生親戚滿朝，一旦當權者熟察其本末，禍將及矣。況欺天負人，鬼神不佑，無自貽其殃也。某爲姥子，迨今有二十歲矣。計其貲，不啻[263])直千金。今姥年六十餘，願計二十年衣食之用以贖身，當與此子別卜所詣[264])。所詣非遙，晨昏得以溫凊，某願足矣。"姥度其志不可奪，因許之。給姥之餘，有百金。北隅四五家，稅一隙院。乃與生沐浴，易其衣服，爲湯粥通其腸，次以酥乳潤其髒。旬餘，方薦水陸之饌。頭巾履襪，皆取珍異者衣之。未數月，肌膚稍腴。卒歲，平愈如初。(절록))

　　이 걸출한 작품은 작가가 당시 민간에서 유행하던 "일지화(一枝花)"라는 전설을 예술적으로 가공하여 만든 작품이다. 완벽한 구성은 물론 주요인물들에 대한 묘사가 매우 뛰어나다. 특히 이 작품에서 이왜가 기녀의 신분임에도 불구하고 고관의 정식 부인이 되는 것은 당시로선 상상할 수도 없는 사실이다. 그러나 작가는 의도적으로 이렇게 만듦으로써 당시 문벌제도에 대한 풍자와 반항심리를 반영하였다고 볼 수가 있다.

---

257) 급히 걸어가다는 뜻이다.
258) 묵인 또는 승낙하다는 뜻이다.
259) 얼굴빛을 바로하고 돌아보다.
260) 옛날에는 상인과 수공업자, 그리고 의원 등을 양가의 범주에 두지 않았다. 양가자는 양가집의 자식을 말한다.
261) 얼마 지나지 않아
262) 사람에 속하지 못하다. 즉 남에게 멸시당하다는 뜻이다.
263) 不只와 같다.
264) 다른 거처를 찾다.

〈사소아전(謝小娥傳)〉

이공좌(李公佐)의 〈사소아전〉은 부친과 남편을 죽이고 자신을 불구로 만든 원수에게 복수를 하는 강인한 의지와 담력을 갖춘 어느 한 여인의 이야기를 적은 것인데, 그 내용은 다음과 같다. 상인의 딸 사소아는 일찍 모친을 사별하고, 역양(歷陽) 땅의 어느 협사(俠士)에게 시집을 갔다. 그런데 소아가 열네 살이 되던 해에 그녀가 부친과 남편 그리고 많은 일행들과 함께 배를 타고 장삿길을 떠났을 때, 마침 도적을 만나 일행 모두가 죽음을 당하고, 사소아도 큰 상처를 입게 된다. 그녀는 다행히도 물위에 떠다니다 다른 배에 구조되었다. 그 후 그녀는 유랑걸식을 하며 지내다 묘과사(妙果寺)란 절에 기거하게 되었다. 하루는 꿈에 부친이 나타나 말하길 자신을 죽인 자는 "車中猴, 門東草"라고 했으며, 또 며칠 후에는 남편이 꿈에 나타나 자신을 죽인 사람은 "禾中走, 一日夫"라고 하였다. 소아는 그 뜻을 풀기 위해 여러 지혜로운 자들을 찾아다니지만 결국 그 의미를 알아내지 못하다가 어느 날 이 일인칭 소설의 나레이터인 "나"라는 사람을 와관사(瓦官寺)라는 절에서 만나 그 수수께끼의 비밀이 바로 "申蘭"과 "申春"이라는 것을 알게 되며, 그 원수를 갚을 결심을 한다. 그 후 그녀는 남장으로 갈아입고 강호를 떠다니며 남의 머슴으로 일하다 심양(潯陽)이란 곳을 지나는데, 거기서 일꾼을 구한다는 어느 집 대문에 써 붙인 방을 보고 그 집에 들어가게 된다. 그런데 그 집 주인이 바로 신란이었다. 소아는 분한 마음을 억누르고 그 집에서 이년 넘게 생활하면서 신란의 신임까지 받게 되지만 언제나 눈물을 흘리며 복수의 칼날을 갈고 있었다. 그러던 어느 날, 그 두 도적이 부하들과 술에 취해 있을 때, 소아는 먼저 신춘을 자고 있던 방에 감금시키고, 다음엔 신란의 목을 베었다. 그리고 나머지 잔당들은 이웃사람들의 도움을 받아 관가에 넘긴다. 소아는 비록 살인죄를 지었으나 그 정상과 공을 생각하여 결국 면죄된다. 그 후 작자(즉 "나"라는 이 소설의 주인공)는 장안의 어느 절에서 소아를 우연히 만나는데, 그때 그녀는 비구니가 되어 있었다. 그녀는 작자를 알아보고 절을 하며 그 은혜에 감사했다고 하는데, 그녀는 불도에 귀의한 이래로 항시 스스로 고행하며 법률을 고수하며 살았다고 한다.

사소아는 성이 사씨이고, 예장 사람으로 운반(運搬) 상인의 딸이다. 8세 때에 모친이 죽고 역양의 협사인 단거정에게 시집갔다. 단거정은 신의를 중시하는 호쾌한 사내로 호방한 협사들을 사귀기를 좋아했다. 사소아의 부친은 자못 자산이 풍부하였으며, 상인들 사이에서 이름을 감춘 체인제나 사위와 함께 배를 타고 장사를 하면서 강호를 떠나녔다. 당시 사소아는 14세로 막 성인이 되던 나이였는데, 부친과 남편이 모두 강도들에게 죽임을 당하고 재물도 모두 깨끗이 약탈당하고 말았다. 단거정의 형제들과 사씨 집안의 일꾼들과 아들조카, 그리고 어린 노복들을 포함한 몇 십 명의 사람들도 모두 강물에 빠져 죽었다. 사소아는 가슴에 상처를 입고 다리도 부러져 물 속에서 표류하다가 다른 배에 의해 구조되어 하루 밤이 지난 후에 비로소 살아났다. 그 후 그녀는 상원현에서 유랑걸식을 하다가 묘과사라는 절에 몸을 의탁하여 정오라는 비구니에게 의지하였다.

처음에 사소아의 부친이 죽은 지 얼마 되지 않아 그녀는 꿈에 부친이 나타나 다음과 같이 말했다.

"나를 죽인 자는 수레 안의 원숭이이고, 문 동쪽의 풀이다."

며칠이 지나 남편도 꿈에 나타나 얘기하였다.

"나를 죽인 사람은 벼 가운데 걷고, 하루의 남편이다."

사소아는 이런 꿈을 꾸었지만 그 속의 의미를 이해하지 못하고 이 두 구절을 적어 지혜로운 사람을 백방으로 찾아다니며 그 뜻을 알려고 하였지만 해가 지나도 아무도 그 뜻을 풀어내지 못했다.

당헌종 원화 8년의 봄, 내가 강서에서 임무를 마치고 돌아오면서 배를 사서 동쪽으로 내려오다 건업에서 잠시 머물며 와관사에 올라 노닐었다. 그 절에는 제물이라는 스님이 있었는데, 배우는 것을 좋아하고 어진 이들을 중히 여겨 나와 교분이 좋았다. 그는 내게 다음과 같이 말하였다.

　　"소아라는 과부가 늘 우리 절에 오는데, 제게 12자의 수수께끼를 보여주지만 제가 아무리 봐도 그것을 풀 수가 없습니다."

　　나는 제물 스님에게 그 수수께끼를 써서 보여 달라고 청하였다. 스님은 문지방에 기대어 허공에다 손으로 그 글자를 써서 보였는데, 나는 한번 정신을 모아 그것을 묵묵히 생각해보니 주위의 사람들이 싫증을 내기 전에 벌써 그 의미를 알아낼 수가 있었다. 그리하여 절 안에 있는 동자를 보내어 빨리 사소아를 찾아오게 해 그 연유를 물어보게 하였다. 사소아는 슬퍼 한없이 흐느껴 운 다음 입을 열었다.

　　"저의 부친과 남편이 모두 강도에게 살해당했습니다. 그런 후에 저는 꿈 속에서 부친이 나타나 말하길 '나를 죽인 자는 수레 안의 원숭이이고, 문 동쪽의 풀이다.'라고 하였습니다. 또 남편도 꿈에서 말하길, '나를 죽인 사람은 벼 가운데 걷고, 하루의 남편이다.'라고 하였사옵니다. 하지만 오랜 세월이 흘러도 이 수수께끼의 비밀을 알아내질 못하였어요."

　　그 말에 나는

　　"만약 그렇다면 제가 이미 알아냈습니다. 당신의 부친을 죽인 자는 신란이고, 당신의 남편을 죽인 자는 신춘이오. 수레 속의 원숭이에서 수레란 글자에서 위와 아래의 각각 1획을 없애면 신자가 됩니다. 또 신자는 원숭이에 속하므로 수레 속의 원숭이라고 합니다. 풀(草) 아래에 문이 있고, 문 가운데 동이 있으면 이는 바로 난자입니다. 또 벼 가운데 걷는다는 것은 밭을 지나 걷는다는 것이고, 이는 바로 신자인 것입니다. 하루의 지아비란 것은 부 위에 1획을 더한 것이고, 아래에 일(日)자가 있으니 이는 춘자인 것입니다. 따라서 당신의 부친을 죽인 자는 신란이고, 당신의 남편을 죽인 자는 신춘이오. 이건 분명합니다."

사소아는 통곡하면서 나에게 두 번 절을 하였으며, 신란과 신춘 네 글자를 옷에다 적었다. 그리고는 이 두 사람을 찾아가 죽여 부친과 남편의 원수를 갚을 것을 맹세하였다. 그녀는 또 나의 이름과 관직을 묻고는 눈물을 흘리며 떠났다. (하략)

(小娥姓謝氏，豫章265)人，估客266)女也。生八歲喪母，嫁曆陽267)俠士段居貞。居貞負氣重義，交遊豪俊。小娥父畜巨産，隱名商賈間，常與段婿同舟貨，往來江湖。時小娥年十四，始及笄268)，父與夫俱爲盜所殺，盡掠金帛。段之弟兄，謝之生侄，與僮仆輩數十悉沉於江。小娥亦傷胸折足，漂流水中，爲他船所獲。經夕而活。因流轉乞食至上元縣，依妙果寺尼淨悟之室。初父之死也，小娥夢父謂曰："殺我者，車中猴，門東草。"又數日，複夢其夫謂曰："殺我者，禾中走，一日夫。"小娥不自解悟，常書此語，廣求智者辨之，曆年不能得。至元和八年春，余罷江西從事，扁舟東下，淹泊建業269)。登瓦官寺270)閣，有僧齊物者，重賢好學，與余善，因告余曰："有孀婦名小娥者，每來寺中，示我十二字謎語，某不能辨。"余遂請齊公書於紙，乃憑檻書空271)，凝思默慮，坐客未倦，了悟其文。令寺童疾召小娥前至，詢訪其由。小娥嗚咽良久，乃曰："我父及夫，皆爲賊所殺。邇後嘗夢父告曰："殺我者車中猴，門東草。'又夢夫告曰：'殺我者，禾中走，一

---

265) 당나라의 군명으로 홍주(洪州)라고도 불렀으며, 지금의 강서성 남창(南昌) 부근이었다.
266) 운반하며 판매하는 상인이다.
267) 역양은 화주(和州)라고도 하였는데, 지금의 안휘성 화현(和縣) 부근이었다.
268) 옛날 여자가 15세가 되는 것을 급계(及笄)라고 불렀다. 계는 비녀를 말하는데, 이 때가 되면 머리를 빗어 올려 비녀를 꼽았다. 이는 이미 성인이 되어 언제든지 시집갈 날을 기다리는 것을 의미하였다. 상환(上鬟)이라고도 불렀다.
269) 건업은 고지명으로 지금의 강소성 남경시이다.
270) 와관사는 승원각(升元閣)이라고도 하는데, 육조 때 양대(梁代)에 지은 유명한 절의 이름이다.
271) 서공은 허공에다 글을 쓴다는 뜻이다.

日夫.'歲久無人悟之。"余曰："若然272)者，吾審詳矣273)，殺汝父是申蘭，殺汝夫是申春。且"車中猴"，"車"字，去上下各一畫，是"申"字，又申屬猴，故曰"車中猴"；"草"下有"門"，"門"中有"東"，乃"蘭"字也；又"禾中走"，是穿田過，亦是"申"字也。"一日夫"者，"夫"上更一畫，下有日，是"春"字也。殺汝父是申蘭，殺汝夫是申春，足可明矣。"小娥慟哭再拜，書"申蘭、申春"四字於衣中，誓將訪殺二賊，以複其冤。娥因問余姓氏官族，垂涕而去。(하략))

감상요령

　사소아는 여성임에도 불구하고 용감하고 침착하며 또 담력이 있어 결국 부친과 남편의 원수를 몸소 갚게 된다. 당찬 사소아는 약한 여자로서의 이미지가 아닌 복수의 화신으로 그려져 훗날 《요재지이》 속의 〈협녀〉와 같은 작품들이 생겨나는데 그 기반을 마련했다고 할 수 있다. 그러나 작가는 사소아의 복수를 신도(神道)가 밝혀지는 것이라고 보았으며, 그로 인해 사소아의 절개와 정조와 같은 도덕성을 찬양한 것 등은 당대라는 당시의 시대적 한계를 벗어나지 못한 결과라고 하겠다. 명대 능몽초의 《박안경기》에서도 이 고사가 등장하고 있다.

〈앵앵전(鶯鶯傳)〉

　원진(元稹)이 지은 〈앵앵전〉은 재색을 겸비한 미녀 최앵앵과 수려하고 재기가 넘치는 선비 장생과의 이루어지지 않은 연애사건이 그 내용으로 당 전기 가운데 가장 유명한 작품이라고 할 수 있다.

　그 내용은 다음과 같다. 당나라 덕종(德宗) 정원(貞元) 연간, 아름다운 외모에 성품이 온화한 장생(張生)이란 젊은 선비가 포주(蒲州)를 여행할 때, 잠시 보구사(普救寺)란 절에 묵게 된다. 마침 과부 최씨(崔氏) 부인이 장안으로 가는 도중 역시 그 절에 묵게 되었고, 서로 얘기를 나눈 후에 그

---

272) 만약 그러하다면
273) 내가 명백히 알고 있다.

최씨부인은 자신의 고종이모뻘인 정씨(鄭氏)인 것을 알게 된다. 한편 당시 포주에는 병란이 발생하였는데, 장생은 다행히 그곳에 주둔하고 있던 친구의 도움을 빌어 최씨부인의 일행들을 보호하게 되고, 그 결과 최씨부인 일가족의 생명과 재산은 안전하게 된다. 정씨는 장생의 은혜에 감사하며 연회를 베풀어 초청하여 자신의 아들 환랑(歡郎)과 딸 앵앵(鶯鶯)을 불러 인사시킨다. 그때 앵앵을 본 장생은 그녀의 미모에 반해 버리고, 연정시 두 수를 지어 앵앵의 계집종 홍낭(紅娘)에게 부탁하여 전달하게 한다. 이에 앵앵도 화답시 〈명월삼오야(明月三五夜)〉를 지어 홍낭을 시켜 보냈고, 이는 보름날 밤 서로 만나자고 하는 내용의 시였다. 장생은 설레는 마음으로 그 약속장소로 나갔지만, 얻은 것은 앵앵의 쌀쌀한 충고뿐이었고, 장생은 크게 실망한다. 그러나 며칠 후 어느 날 밤 의외로 앵앵이 홍낭을 앞세우고 그의 침소로 찾아온다. 그로부터 둘은 밤에 몰래 밀애하고, 아침이면 몰래 빠져나가는 식으로 근 한 달을 같이 지냈다. 그러나 그 후 장생은 과거를 보러 장안으로 갈 것을 제시했고, 앵앵은 크게 슬퍼한다. 그러나 장생은 과거에서 순조롭지 못해 여전히 서울에 머물게 되는데, 그 동안 그는 앵앵에게 편지를 쓴 적이 있으며, 또 서로 기념될 정표도 보내주고 받았다. 그러나 시간이 흐른 후 장생은 결국 변심을 하게 되었고, 또한 친구들에게 앵앵의 이야기를 하며, 그녀는 남자를 해치는 요물이기에 결국 그녀와 헤어지게 되었다고 소문을 퍼트렸다. 그로부터 또 일년 후 앵앵은 결국 다른 남자에게 시집을 가게 되고, 장생도 다른 여자와 결혼했다. 그 후 그가 앵앵의 거처를 지날 때 이종남매의 신분으로 서로 한 번 만나보길 원했지만, 앵앵의 냉정한 사절을 당하게 된다는 이야기이다.

장생은 망연자실하여 혼자 오랫동안 우두커니 서 있다가 다시 담을 넘어 나갔으며, 그로써 절망에 빠져 있었다. 며칠이 지난 어느 저녁, 장생이 창문에 기대어 홀로 자다가 갑자기 사람소리에 의해 잠이 깨었다. 놀라서 일어나 보니 다름 아닌 홍낭이 이불과 베게를 갖고 와서는 장생을 흔들며... "왔어요! 왔어요! 왜 아직 자고 있어요!" 한다. 그리고는 베게를 나란히 펴고 금침을 장생의 요 위에다 깔고는 나갔다. 장생은 눈을 닦고 오랫동안 단정히 앉아 있었다. 그리고는 마음속으로 지금 꿈을 꾸고 있지는 않은가 하고 의심했다. 그러면서도 계속 조심스럽게 그녀를 기다리고 있었다. 잠시 지난 후 과연 홍낭이 아씨를 부축하고 들어왔다. 오고 있는 그녀의 모습은 교태를 띄면서도 수줍어하고, 귀여우면서도 요염했는데, 그 유약한 모습은 자신의 몸조차 지탱하기 어려운 듯 했으며, 지난날의 단정하고 엄숙한 모양과는 너무도 달랐다. 이날 저녁, 보름하고도 삼일이 지났는데, 비스듬한 달빛은 수정같이 맑았으며, 그 그윽한 월광은 침상 반쯤을 비춰주고 있었다. 장생은 마치 하늘을 나는 듯한 기분이었고, 그녀가 신선이나 선녀의 무리가 아닌지 의심하였으며 결코 인간세상에서 온 사람은 아니라고 생각했다. 약간의 시간이 지난 후, 절의 종소리가 울리고, 하늘이 장차 밝아오는데, 홍낭은 집으로 돌아갈 것을 재촉했다. 최씨는 조용히 눈물을 흘리며 홍낭에 의해 부축되어 나갔으며, 지난밤엔 한 마디의 말도 하지 않았던 것이다. 장생은 한 가닥 서광에 의해 몸을 일으키며, 여전히 의심하길.. "이게 꿈이 아닐까?" 이윽고 하늘이 밝았을 때, 자신의 팔을 보니 화장이 묻어 있었으며, 옷에는 향내가 베어 있었고, 또한 점점이 빛나는 눈물방울이 아직도 담요 위에 남아 있었다. 그 후 십여일 간이나 서로 소식이 없었는데, 장생은 〈회진시(會眞詩)〉 30 운(韻)을 지었고, 그것을 다 짓기도 전에 홍낭이 마침 찾아와서 그것을 그녀에게 주며 최씨 아씨께 전하도록 했다. 이로부터 다시 그녀와 만날 수 있었으니, 아침에 몰래 나오고, 저녁에 몰래 들어가 앞에서 얘기한 서상이란 곳에서 거의 한 달간을 같이 무사히 지냈다. (절록)

(張自失者久之。復踰而出, 於是絶望。數夕, 張生臨軒獨寢, 忽有人覺之274)。驚駭而起, 則紅娘斂衾携枕而至, 撫張曰: "至矣! 至矣! 睡何爲哉!"

---

274) 여기서의 각은 깨우다의 뜻이다.

並枕重衾而去。張生拭目危坐久之，猶疑夢寐。，然而修謹以俟。俄而紅娘捧崔氏而至。至，則嬌羞融冶275)，力不能運支體，曩時端莊，不復同矣。是夕，旬有八日也。斜月晶瑩，幽輝半床。張生飄飄然，且疑神仙之徒，不謂從人間至矣。有頃，寺鐘鳴，天將曉。紅娘促去。崔氏嬌啼宛轉，紅娘又捧之而去，終夕無一言。張生辨色而興，自疑曰：“豈其夢邪？”及明，睹妝在臂，香在衣，淚光熒熒然，猶瑩於茵席而已。是後又十餘日，杳不復知。張生賦會眞276)詩三十韻277)，未畢，而紅娘適至，因授之，以貽崔氏。自是復容之。朝隱而出，暮隱而入，同安於曩所謂西廂者，幾一月矣。(절록))

우리는 이러한 당나라 상류계층의 사랑 이야기를 통해 당시 귀족 젊은이들의 결혼과 애정관을 엿볼 수가 있다. 최앵앵은 봉건시대 규수이면서도 내심 사랑하는 남자를 받아들여 주동적으로 그를 찾아가는 대담성과 개방성을 지닌 여성이다. 그리고 나중에 상대방이 변심한 것을 알고는 슬퍼하면서도 절망하지 않고 다시 자신의 행복을 찾아 살아가는 모습에서 현대여성의 당찬 모습까지도 찾아볼 수 있는데, 이는 당대(唐代)의 개방적인 문화의 한 단면이다. 반면 장생은 자신의 과거(科擧)를 위해 앵앵을 버리고, 또 그녀와 헤어진 이유에 대해 "요물인 여자로부터 자신을 보호하기 위해 결국 헤어졌다"라며 친구들에게 얘기하는데, 봉건시대 남성위주의 편협적인 사상이 엿보인다.

앵앵이 장생에 대한 호감과 사랑이 있었음에도 불구하고 처음엔 단호하게 장생을 거절하며 그에게 한바탕 질책을 가한 것은 고대 여성들의 기본적인 최소한의 자존심이었을 것이다. 그리고 얼마 지나지 않아 그녀가 마음속으로 사랑하고 있는 남자 장생을 스스로 찾아간 것은 그녀의 당차고 열정적인 모습을 잘 보여주고 있다. 또 이 소설 마지막 부분에서 앵앵에 대해 보인 장생의 경박한 배신행위도 사실 당시 당나라 귀족 남성들의 보편적인 처세관이나 관념적 입장에서 본다면 일방적으로 그를 성토할 수만도 없을 듯하다.

---

275) 융야는 요염하다는 뜻이다.
276) 회진은 신선을 만나다는 뜻이다.
277) 30운은 60구를 말한다.

〈규염객전(虯髯客傳)〉

당대 말기의 인물인 두광정(杜光庭)의 작품이다. 호방강개한 주인공 규염객이 "부여"라는 나라를 세워 그 곳의 임금이 되기 전에 홍불(紅拂)이라는 총명한 여자와 이정(李靖)이라는 위인을 도와 영웅 이세민이 새 나라를 건립하는 것을 돕는다는 내용의 이야기이다. 비록 그 내용은 역사적 사실과 부합되지 않고 많이 어긋난 부분이 있지만, 아마도 고려를 세운 태조 왕건의 이야기를 틀로 한 것 같아 우리들의 관심을 끌기에 족하다. 규염객과 홍불녀의 생동감 있는 인물묘사가 압권으로 평가되며, 소설작품으로서 완벽한 구성을 갖추고 있는 전기 작품 중의 걸작으로 평가된다.

령석이란 곳에 이르러서는 여관을 잡아 짐을 풀고는 불을 피워 고기를 삶는데, 다 익어가는 참이었다. 장씨는 머리가 길어 땅에 닿았고, 침상 앞에 서서는 머리를 빗고 있었으며, 이정은 마침 문 밖에서 말을 닦아주고 있었다. 그때 마침 한 사람이 나타났는데, 중키에 붉은 빛의 구렛나룻에다 다리를 저는 당나귀를 타고 이쪽으로 오고 있었다. 그는 가죽 배낭을 난로 앞쪽으로 던지고는 베게를 쥐고 옆으로 누워 장씨가 머리 빗는 모습을 보고 있었다. 이정은 그때 매우 화가 났지만, 아직 어찌할 바를 몰라 여전히 말을 씻어주고 있었다. 장씨는 이 낯선 나그네를 유심히 본 다음 한 손으로는 머리를 쥐고, 또 한 손은 몸 뒤쪽으로 하여 멀리 있는 이정에게 화를 내지 말라는 눈치를 보냈다. 그리고는 얼른 빗기를 마치고, 옷깃을 여민 다음 앞으로가 그의 존성(尊姓)을 물었다. 누워있던 그 나그네는, "장씨요." 라고 했고, 그녀도 답하길, "첩 또한 장씨이니 응당 여동생 뻘이겠네요."라고 하며 급히 절을 올렸다. 그리고 또 항렬을 물으니, "셋째요." 라고 했으며, 동생은 몇째냐고 물었고, 그녀는 "장녀예요."라고 답했다. 그는 곧 기뻐하며 말하길, "오늘 참 재수가 좋소, 이렇게 여동생을 만나니."라고 했다. 장씨가 멀리 있는 이랑(李郎)을 불렀다. "이랑, 어서 와서 셋째 오빠에게 인사드려요!" 이정은 급히 와서 절을 했다. 그리하여 세 사람이 둘러앉았는데, 그 나그네는 물었다. "삶고 있는 것이 무슨 고기요?" 정은 "양고긴데, 아마 거의 익었을 거요."라고 했다. 나그네는 "몹씨 배가 고프오."라고 했다. 이정은 나가서 호병(胡餠)을 좀 사가지고 왔다. 객(客)은 차고 있던 비수를 뽑아 고기를 썰어 세 사람이 함께 먹었다. 먹은 후 그는 남은 고기를 잘게 썰어 당나귀에게 다가가 그것을 먹이는데, 눈 깜짝할 새에 먹어치운다. 객은 "이랑(李郎)의 모습을 보아하니 가난한 선비인데, 어찌 이같은 선녀를 얻었소?" 했다. 이정은 "정은 비록 지금 곤궁하지만 그래도 큰 뜻을 품고 있는 사람이오. 다른 사람이 이렇게 물으면 나는 대답을 해주지 않소만, 노형이 물으니 내 숨기지 않고 말하리다."라며 그 자초지종을 얘기했다. 객은 또 말하길, "그런데 어디를 가시오?" 했고, 정은 "장차 태원으로 피신을 할 생각이오."라고 했다. 나그네는 "그렇다면 나는 당연히 당신이 피신해 의탁할 사람이 아니오."라고 했다. 그리고는 "술이 있오?" 라고 물었다. 정은 "여관 주인이 있는 서쪽에 바로 주점이 있소."라고 말하며, 나가서는 술을 한 말 사가지고 돌아왔다. 술이 한 번 돌자, 나그네가 말했다. "나 여기 안주꺼리가 좀 있는데, 이랑(李郎)은 나와 함께 하시겠오?" 이랑(李郎)은 "아무렴요."라며 예의를 표했다. 그리하여 가죽 배낭을 열고는 사람의 머리와 간을 꺼내었다. 그런데 머리는 도로 배낭에 넣고 비수로 간을 썰어서 그것을 함께 나눠 먹었다. 그는 "이 자는 천하에 양심이 없는 놈인데, 내 10년간 벼루고 있다가 오늘에야 비로소 해치웠다오. 나의 원한을 갚은 셈이오."라고 했다. (절록)

(行次靈石278)旅舍, 旣設床279), 爐中烹肉且熟。張氏以髮長委地, 立梳牀前。靖方刷馬。忽有一人, 中形280), 赤髥而虯, 乘蹇驢281)而來。投革囊於爐

---

278) 령석은 태원(太原)현 부근에 있는 지명이다.
279) 황정감(黃廷鑑)의 《상고(床考)》에 의하면 당대의 상(床)은 안석(几,궤)와 같아서 앉거나 눕는 두 가지 용도로 동시에 사용되었다고 한다. 따라서 앉을 때에는 거기다 돗자리를 깔았고, 누울 때에는 위에다 담요를 깔았다.

前, 取枕欹臥[282], 看張梳頭。靖怒甚, 未決[283], 猶刷馬. 張熟觀其面, 一手握髮, 一手映身[284]搖示, 令勿怒。急急梳頭畢, 斂袂前問其姓。臥客答曰: "姓張。" 對曰: "妾亦姓張, 合是妹。" 遽拜之. 問第幾。曰: "第三。" 因問妹第幾。曰: "最長。" 遂喜曰: "今日多幸, 遇一妹。" 張氏遙呼: "李郎且來拜三兄!" 靖驟拜。遂環坐, 曰: "煮者何肉?" 曰: "羊肉, 計已熟矣。" 客曰: "饑甚。" 靖出市買胡餅[285], 客抽匕首, 切肉共食。食竟, 餘肉亂切送驢前食之, 甚速。客曰: "觀李郎之行, 貧士也, 何以致斯異人?" 曰: "靖雖貧, 亦有心者焉。他人見問, 固不言。兄之問, 則無隱矣。" 具言其由。曰: "然則何之?" 曰: "將避地太原耳。" 客曰: "然吾故謂非君所能致也。" 曰: "有酒乎?" 靖曰: "主人西[286]則酒肆也。" 靖取酒一斗。酒旣巡, 客曰: "吾有少下酒物, 李郎能同之乎?" 曰: "不敢。" 於是開革囊, 取出一人頭幷心肝。却收頭囊中, 以匕首切心肝共食之。曰: "此人乃天下負心者心也, 銜[287]之十年, 今始獲。吾憾釋矣。" (절록))

감상요령 　이 작품은 규염객과 홍불의 언행을 통해 인물의 성격을 잘 반영하는 작가의 소설기교에 주목할 필요가 있다. 우선 간접묘사인 간단한 행동묘사를 통해 인물의 내면적 특성을 잘 반영한 묘사기법이나 성격화의 대화를 통해 인물의 개성을 표현한 점 등이 매우 걸출한 작품이다. 뿐 아니라 인물묘사에 있어서 이른바 친탁(襯托[288])– 또는 홍탁(烘托)이라고도 함–의 수법이 뛰어난 작품이다. 즉 이정과 홍불의 영웅적인 면을 묘사함으로써 규염객이라는 위인을 더욱 빛나게 만들었고, 또 그로인해 이세민의 신성함을 더욱 부각시키는 방법이다.

---

280) 중등(中等)의 신체를 말한다.
281) 다리를 저는 행동이 불편한 나귀를 말한다.
282) 옆으로 눕다.
283) 아직 화를 내지 않았다.
284) 몸 뒤에 감추다. 영은 폐(蔽)로 "덮다"는 의미이다.
285) 호병은 구운 빵을 말하며, 위에다 깨를 뿌린 것이다.
286) 여관의 서쪽.
287) 회한(懷恨) 즉 한을 품다는 의미이다.
288) 〈삼국연의〉 편에 나타난 "친탁수법"에 대한 설명을 참조.

〈곤륜노전(崑崙奴傳)〉

　〈곤륜노전〉은 만당시기 배형(裴鉶)이 지은 《전기(傳奇)》라는 책에 수록된 작품이다. 그 내용은 대략 다음과 같다.

　대력(大歷) 연간 최생이라는 젊은 선비가 부친의 심부름으로 당대 제일의 정승을 찾아뵙게 되고, 그때 그 대관의 집에 있던 아름다운 가기(歌妓) 홍초는 젊고 잘생긴 최생에게 반한 나머지 그에게 손짓으로 무슨 사연을 전한다. 집에 돌아온 그는 그 뜻을 풀어내지 못해 고민하고 있을 때, 집의 노복 곤륜노가 그 뜻을 풀어주고, 십오일 보름날 달이 밝은 밤에 주인을 등에 업고 대관의 집 높은 담을 뛰어넘어 주인이 홍초와 만나도록 해 준다. 홍초는 원래 노비의 신분이 아닌 부잣집의 딸이었지만 그 지방 절도사의 요구로 부득이 그의 가기(家妓)가 된 경우였다. 이에 곤륜노(마륵)는 홍초의 불행한 처지를 동정하여 그녀를 구출하기로 마음먹었으며, 또한 최생과 더불어 부부의 인연을 맺도록 도와주었다. 그 후 그 일이 알려지고, 정승은 사람을 풀어 마륵을 잡아오도록 한다. 마륵이 비수를 차고 열 길이 넘는 담을 뛰어넘을 때, 화살이 빗발쳤지만 그는 조금도 다치지 않고, 눈 깜짝할 사이에 자취를 감추었다. 그 후 그를 본 사람은 없었고, 십 수년이 지나 최생의 집에 있던 사람 가운데 하나가 멀리 낙양(洛陽)에서 약을 팔고 있는 마륵을 본 적이 있다고 하는데, 그의 모습은 예나 하나 다르지 않았다고 한다.

　이날 삼경 무렵, 마륵은 최생을 위해 몸에 붙는 푸른 색 옷을 입고 최생을 등에 업은 채 10여 개의 담을 넘은 후에야 비로소 가기(歌妓)들이 머무는 곳에 들어갔고, 세 번째의 문 입구에서 멈췄다. 최생이 보니 규방의 문은 잠겨있지 않았고, 방 안의 불빛이 밖으로 스며 나오고 있었으며,

붉은 옷의 가기는 탄식을 하며 앉아있었는데, 마치 누군가를 기다리는 듯 하였다. 당시 그녀는 막 귀걸이를 풀고 화장을 지운 채 맨 얼굴을 드러내고 있었다. 두 눈에는 구슬 같은 눈물이 한 방울 한 방울 흘러내렸다. 또 그녀는 낮은 소리로 읊조리길,

"깊은 규방에서 최생을 원망하나니, 당신은 나의 마음을 빼앗아 가버렸네. 그대로부터 소식이 끊어지니, 소사와 농옥처럼 봉을 타고 가지도 못해 근심하네."

이때, 일품대신 집의 하인과 기사들이 모두 잠이 들어 주변은 온통 적막이었다. 그는 조용히 발을 들치고 들어갔다. 한참이 지난 후에라야 가기는 최생이 온 것을 알아차리고는 갑자기 기뻐 놀라 침상에서 내려와 그의 두 손을 잡고 말했다.

"저는 낭군님이 총명해 제 마음을 이해할 줄 알았어요. 그래서 손짓으로 제 뜻을 드러낸 거예요. 그런데 낭군께서 무슨 기발한 방법으로 도대체 이 깊은 곳까지 들어오신 지가 궁금합니다."

최생은 이 모두가 마륵의 지모에 의지한 것임과 자신도 마륵이 등에 업고 온 것임을 얘기했다. 가기는 "마륵이 지금 어디 있어요?"라고 물었고, 최생은 "바로 문 밖에서 기다리고 있소."라고 대답하였다. 그녀는 최생에게 부탁해 그를 들어오게 하였고, 또 금잔에다 좋은 술을 부어 마시게 하면서 사의를 표했다. 그런 다음에 최생에게 말했다.

"저는 본래 부유한 집안 출신으로 집은 북방이랍니다. 당시 주인님이 군대를 거느리고 거기에 주둔하였을 적에 저를 점찍어 강제로 첩이 되게 했어요. 저는 원하지 않았지만 자살할 용기는 없어 오직 구차하게 삶을 이어갔답니다. 얼굴에는 비록 분을 바르고 남 앞에선 억지로 웃음을 띠었어도 마음속으로는 언제나 우울했답니다. 비록 사치를 향유하여 옥 젓가락으로 좋은 음식을 먹고, 금향로에다 향을 피우며, 운모로 된 병풍에다 비단옷, 저녁엔 꽃 이불과 몸에는 그 모든 옥과 구슬로 치장을 하였지만

이 모든 것은 제가 바라는 바가 아니에요. 감옥 속에 갇힌 것과 같아 그 어떤 자유도 없답니다. 도련님의 부하가 그런 신출귀몰한 재주가 있으니 부탁하옵건대 제가 이 감옥에서 탈출할 수 있게 구해주세요! 저의 이 바람을 이룰 수만 있다면 죽어도 후회하지 않을 겁니다. 저 또한 도련님의 하인이 되어 죽을 때까지 당신을 모시겠어요. 도련님이 승낙해 주실지 모르겠어요."

최생은 오직 근심어린 표정으로 말을 하지 못했다. 이에 마륵은 "아가씨가 이러하길 결심하셨다면 그건 쉬운 일입니다."라고 말하였다. 가기는 매우 기뻐하면서 황급히 사의를 표하였다. 그리하여 마륵은 우선 그녀의 옷과 패물 등부터 시작하여 연이어 3차례나 왕복하며 운반하였다. 그리고 는 "날이 밝아지려고 합니다. 우린 여기서 헤어져야겠습니다."라며 최생과 가기를 업은 채 또 10여 겹의 높은 담을 날아올라 나갔다. 일품 대신 집의 수위들은 그 누구도 그들을 발견하지 못했고, 이리하여 순조롭게 최생의 서재로 돌아와 가기를 그 곳에 숨겨두었다.(절록)

(是夜三更, 與生衣青衣, 遂負而逾十重垣, 乃入歌妓院內, 止第三門。繡戶不扃, 金缸微明, 惟聞妓長歎而坐, 若有所俟。翠環初墜, 紅臉才舒, 玉恨無妍, 珠愁轉瑩。但吟詩曰：“深洞鶯啼恨阮郎[289], 偸來花下解珠璫。碧雲飄斷音書絶, 空倚玉簫愁鳳凰[290]。”侍衛皆寝, 鄰近闃然。生遂緩搴簾而入。良久, 驗是生。姬躍下榻, 執生手曰：“知郎君穎悟, 必能黙識, 所以手語耳。又不知郎君有何神術, 而能至此？”生具告磨勒之謀, 負荷而至。姬曰：“磨勒何在？”曰：“簾外耳。”遂召入, 以金甌酌酒而飲之。姬白生曰：“某家本富, 居在朔方[291]。主人擁旄[292], 逼爲姬仆。不能自死, 尙且偸生。臉雖鉛華, 心頗鬱結。縱玉箸擧饌, 金爐泛香, 雲屏而每進綺羅, 繡被

289) 완랑은 완조(阮肇)를 말하는데, 유신(劉晨)과 더불어 《유명록(幽明錄)》의 고사에 나온다. 여기서는 최생을 뜻한다.
290) 소사와 농옥의 이야기를 인용하고 있다.
291) 삭방은 북방을 말한다.
292) 융모는 군대를 통솔하다는 뜻이다.

而常眠珠翠；皆非所願，如在桎梏。賢爪牙旣有神術，何妨爲脫狴牢。所願旣申，雖死不悔。請爲僕隷，願待光容，又不知郎高意如何？”生愀然不語。磨勒曰：“娘子旣堅確如是，此亦小事耳。”姬甚喜。磨勒請先爲姬負其橐妝奩，如此三複焉。然後曰：恐遲明，遂負生與姬，而飛出峻垣十餘重。一品家之守禦，無有警省，遂歸學院而匿之。(절록))

감상요령 이 작품에서는 마륵이라는 외국의 노예가 펼치는 용감무쌍하고 정의로운 행동과 절륜한 무공에 대한 생동감 있는 묘사가 압권이다. 또 마지막 부분에서는 마륵에 대한 신비로움까지 더해져 독자들에게 무한한 여운을 남기고 있다. 무엇보다도 이 작품에서 드러난 통치계급의 부패상과 잔혹함에 대한 비판의식 내지 반항정신은 이 작품의 예술성과 사상성을 한층 높여주고 있다.

《당척언(唐摭言)》

당(唐) 오대(五代)의 왕정보(王定保)가 지은 《당척언》은 당대의 과거제도 특히 진사과의 기원과 연혁에 대해 소상히 기록하고 있는 필기류 작품이다. 일반적으로 당대 과거제도에 대한 기록으로 우리는 신구(新舊) 《당서(唐書)》나 《통전(通典)》·《당회요(唐會要)》·《당육전(唐六典)》 등과 같은 방대한 자료들을 얘기하지만 이런 류의 서적들은 관방의 정식적인 문서에 해당하고 이 외에도 “사료필기(史料筆記)”에 해당하는 서적들이 있으니 《당척언》·《당어림(唐語林)》·《봉씨문견기(封氏聞見記)》·《수당가화(隋唐嘉話)》·《대당신어(大唐新語)》·《유빈객가화록(劉賓客嘉話錄)》·《인화록(因話錄)》·《극담록(劇談錄)》 등이 그 대표적인 저서들이다. 이러한 저서들은 그 당시의 사람들에 의한 생생한 기록이기에 그 신빙성이 매우 높다고 할 수 있다. 그 중에서도 《당척언》은 가장 대표적인 저서로 손꼽히고 있다. 과거제도는 당나라 사람들에게 있어 새로운 문물제도에 해당하였고, 당시 지식인들의 출세와 직접적인 연관이 있었던 관계로 많은 필기류 소설류의 작가들이 이러한 과거제도에 대해 흥미를 느끼 나머지 소상히 소개하고 있다.

> 장안에 있는 선자사(宣慈寺)의 문지기는 그 이름은 알 수 없으나 그 행동을 보면 분명 협객과 같은 인물이다. 함통 14년, 선배 위소범(韋昭範)이 진사에 급제하였는데 그는 도지시랑(度支侍郞) 양엄(楊嚴)의 가까운 친척이다. 연회를 준비하는 기간에 휘장이며 그릇과 같은 물품들을 모두 계사(計司)에서 빌렸으며, 양엄은 또 사람을 보내 창고 내의 물품들을 꺼내 진사들이 연회에서 사용하도록 도와주었다.
>
> 그 해 3월, 곡강에서 연회가 벌어졌는데 그 규모의 성대함은 평상시와 비교할 수 없을 정도였다. 당시 여러 진사들의 주흥이 한창 무르익었을 때, 어느 젊은이 하나가 나귀를 타고 진사들 앞에 나타나 미친 듯한 태도로 난리를 피웠다. 그는 당나귀 위에서 두 눈을 부릅뜨고 목을 쭉 편 채 연회석의 사람들을 노려보면서, 길다란 채찍으로는 담장을 내리 치고 또 한편으로는 술병을 입에 들이대며 떠들어댔는데, 그 희롱하는 방자스러운 언사는 차마 귀에 담지 못할 정도였다.
>
> 좌중의 여러 진사들이 너무 놀라 두려워하고 있을 때, 갑자기 사람들 틈에서 주먹이 하나 날아와 그 젊은이의 얼굴을 내리쳤고, 그 젊은이는 곧 나귀에서 떨어져버렸다. 정체불명의 사나이는 연이어 떨어진 자를 구타하였으며, 젊은이의 채찍을 뺏어 그것으로 한 100여 차례나 내리쳤다. 당시 군중들도 그 젊은이의 소행에 격분하여 돌맹이를 내던졌고, 그 젊은이는 맞아죽을 판이었다.
>
> 바로 그때, 자운루(紫雲樓)의 문이 밀쳐져 열리면서 자주색 저고리를 입은 자가 나타나 "멈추어라! 멈추어라!"라며 크게 고함쳤는데, 그 뒤에는 여러 명의 말을 탄 사람들도 따라 들어왔고, 그 고함치는 소리는 계속하여 들려왔다. 연이어 또 한 명의 궁중내시가 나타났고 앞뒤의 호위병들

이 황급히 말을 타고 그 젊은이를 구하려고 하였다. 그러나 그 사나이는 채찍을 들어 그들을 향해 올려쳤고, 그들은 모두 채찍을 맞고 말에서 떨어졌다. 황제의 사자까지도 채찍에 얻어맞았다. 얼마 지나지 않아 그들은 말을 타고 사라졌고 좌우의 시종들도 함께 그 자리를 떠났으며 자운루의 문도 닫혀졌다.

좌중의 군자들은 모두 한편으론 기뻐하면서도 한편으로는 창피스러운 일로 여겼다. 하지만 그 무리들의 정체에 대해선 알 길이 없었다. 또 만약 이 사건이 궁내에까지 연관이 된다면 화가 곧 내릴 것임을 걱정했다. 그리하여 돈과 예물들을 꺼내 그 젊은이를 혼내 준 사나이를 불러오게 하여 그에게 물었다.

"댁은 누구시오? 신진 진사들 가운데 친한 사람이 있으신지요?"

"저는 선자사의 문지기입니다. 신진 진사분 들과는 전혀 교분이 없습니다. 저는 다만 정의의 입장에서 그 방자한 자를 혼냈을 뿐입니다."

그 문지기의 대답에 여러 진사들은 감탄을 금치 못하며, 준비한 돈과 예물들을 전부 그에게 건네주었다. 그리고는 서로들 "저 문지기는 반드시 달아나야 돼. 그렇지 않으면 바로 붙잡힐거야." 라며 걱정들을 하였다.

그 후 열흘이나 한달 정도의 기간이 지나 당시 연회에 참석한 진사와 빈객들 중에 적지 않은 사람들이 선자사를 지나치다가 그 문지기를 만났다. 그는 당시의 사람들을 알아보고는 그들에게 각별히 공손하게 대했으며, 당시 젊은이를 호되게 팬 일에 대해 추궁하는 일도 없었다.

(宣慈寺門子, 不記姓氏, 酌其人, 義俠之徒也。鹹通十四年[293], 韋昭範[294]先輩登第, 昭範乃度支侍郎楊嚴[295]懿親。宴度間, 帟幕、器皿之類

---

293) 서기 873년의 일이다.
294) 건부(乾符) 2년(875)에 굉사과(宏詞科)에 등제했다. 사적은 미상이다.
295) 자는 늠지(凜之)로 당나라 풍익(馮翊)(지금의 섬서성 대여(大荔)) 사람이었다. 회창 4년에 진사에 합격하여 공부시랑과 한림학사를 역임했다. 절동(浙東)감찰사에 나간 적이 있고, 소주자사(邵州刺史)로 좌천된 적도 있다. 건부

皆假於計司296), 楊公複遣以使庫供借。其年三月中, 宴於曲江亭, 供帳之盛, 罕有倫擬。時飲興方酣, 俄睹一少年, 跨驢而至, 驕悖之狀, 旁若無人。於是俯逼筵席, 張目, 引頸及肩, 複以巨箠振築佐酒, 謔浪之詞, 所不忍聆。諸君子駭愕之際, 忽有於眾中批其頰者, 隨手而墜; 於是連加毆擊, 複奪所執箠, 箠之百餘, 眾皆致怒, 瓦礫亂下, 殆將斃矣。當此之際, 紫雲樓門軋開, 有紫衣從人數輩馳告曰: "莫打! 莫打!"傳呼之聲相續。又一中貴, 驅殿甚盛, 馳馬來救; 門子乃操箠迎擊, 中者無不面仆於地, 敕使亦爲所箠。既而奔馬而返, 左右從而俱入, 門亦隨閉而已。座內甚欣, 愧然不測其來, 仍慮事連宮禁, 禍不旋踵; 乃以緡錢、束素, 召行毆者訊之曰: "爾何人與諸郎君誰素, 而能相爲如此。"對曰: "某是宣慈寺門子, 亦與諸郎君無素; 第不平其下人無禮耳。"眾皆嘉歎, 悉以錢帛遺之。複相謂曰: "此人必須亡去, 不則當爲擒矣。"後旬朔, 座中賓客多有假途宣慈寺門者, 門子皆能識之, 靡不加敬, 竟不聞有追問之者。)

《당척언》은 당대 과거제도만을 소개한 무미건조한 서적이 아니다. 과거에 얽힌 사풍습속(士風習俗)이나 시인묵객들의 유문일사(遺聞佚事), 그리고 여러 유명한 시인들의 저명한 싯구들도 소개하여 중국 당대(唐代) 문학사를 이해하는 중요한 원시자료로서 중요할 뿐 아니라 그 가운데의 흥미로운 이야기는 소설같이 재미있다. 위의 이야기 외에도 이를테면 권5 〈以其人不稱才試而後驚(재주가 없다고 여기다가 그 재기를 시험해 보고는 놀라게 되다.)〉라는 제목의 글에는 약관의 왕발(王勃)이 당시 남창(南昌)의 염도독의 연회에 참가했다가 소년의 객기로 인해 염공의 노기를 사게 되었다가 당시 그가 지은 〈등왕각서(滕王閣序)〉 문장으로 인해 염공이 크게 놀라 그를 반가이 맞이했다는 일화도 소개하고 있다. 또 권7 〈지기(知己)〉에는 백거이(白居易)가 처음 서울에 과거를 보러 입성하여 고황(顧況)을 만났을 때 고황은 백거이를 보고 "장안의 물가가 모두 비싼데 여기서 居(거)하는 것이 쉽지(易) 않을 것이네."라며 놀렸다가 그가 지은 〈賦得原上草送

연간 중에 병부시랑 판도지(判度支)로 졸했다.

296) 계사는 옛날 재정과 부세, 그리고 무역 등을 맡아보던 관서의 통칭이다. 여기서는 도지사(度支司)를 가리킨다.

友人〉이라는 시의 "野火燒不盡, 春風吹又生(들불은 타올라 꺼지지 않고, 봄바람이 부니 또 타오르네.)"라는 구절을 읽고는 찬탄하며 말하길, "이런 훌륭한 시를 짓는데 천하 어디에 居하여도 무슨 어려움이 있겠소. 늙은이가 전에 한 말은 농담이었소."라고 했다고 한다. 당시 문인들의 격조 있는 농담에 관한 일화라고 할 수 있다. 그 중 가장 재미있는 이야기는 권12 〈주실(酒失)〉에 기록된 당대의 시성 두보의 주사에 관한 일화일 것이다. 근엄한 시성 두보의 세인들에게 알려지지 않은 또 다른 면을 소개한 것이라 흥미롭다고 하겠다.

《몽계필담(夢溪筆談)》

사실 엄격히 말해《몽계필담》은《삼국지》나《수호전》과 같은 진정한 의미의 소설은 아니다. 그렇다고 이 책이《논어》·《맹자》와 같은 경전은 더욱 아니다. 대개 이 작품을《본초강목》이나《황제내경》과 같은 중국의 자연과학서적에 포함시키기도 한다. 저자인 심괄은 서(序)에서 이 책에 대해 "산야의 나무그늘 아래서 마음대로 담소하며 꺼낼 수 있는 화제"로서 "실로 비천한 것이 아닐 수 없다"라고 겸손하게 평하였다. 그런 까닭에 스스로 책명을 붓이 가는 대로 기록한 "수필(隨筆)"과 같은 의미를 담은 "필담"으로 지었다. 하지만 실제 이 책을 읽게 되면 그렇지 않음을 알 수 있다. 나무그늘에서 쉬면서 부담 없이 담소하며 꺼낼 수 있는 얘기보다도 국가대사나 이론적 사실에 입각한 이야기가 더욱 많고, 특히 산술이나 수치에 대한 이야기나 지명에 대한 언급은 보고서나 논문과 같이 한 치의 오차도 없이 상세하다. 그러나 그렇다고 이 책이 완전한 자연과학서와 같이 무미건조하고 딱딱한 것은 결코 아니다. 스물여섯 권의《몽계필담》과 세 권의《보필담》, 그리고 한 권의《속필담》으로 이뤄져 모두 삼십 권으로 구성된 이 서적은 그 내용이 소설 못지않게 흥미롭고 다채로우며 재미가 있다. 그런 연유로 대체로 이 책을 중국 송대의 문언소설의 범주에 넣기도 한다.

예부(禮部)가 공원(貢院)에서 진사과(進士科) 과거를 보는 날에는 계단 앞에 향로와 책상을 설치하였으며, 과거를 진행하는 관원과 과거생이 서로 마주보며 읍을 하였는데, 이는 당대(唐代)의 관례였다. 그리고 과거생들이 앉는 자리는 매우 성대하게 꾸며져 있었고, 유관부서에서 차와 같은 음료도 제공하였다. 그러나 경전(經典)을 시험 보는 학구과(學究科)의 시간이 되면, 장막과 방석류의 물건들이 모두 거두어졌으며, 음료수도 제공되지 않았다. 따라서 과거생들은 목이 마르면 먹을 갈기 위해 떠다 놓은 물을 마셔야 했으며, 사람들마다 입술에 먹이 묻곤 했다. 이것은 일부러 그들을 괴롭히기 위한 것이 아니고, 방석류와 차를 제공하는 관원들이 과거생들에게 몰래 시험답안을 알려주는 일을 방지하기 위함이었다. 실재로 이러한 일이 일찍이 발각된 적이 있었으며, 재발을 막기 위한 조처였던 것이다. 구양수(歐陽修)의 시에서도, "향을 피워 진사를 예로써 맞이하며, 장막을 철수하고 학구과 과거생을 기다리네."라고 읊으며 진사과와 학구과의 과거생들을 대하는 예의가 너무도 차이 남을 지적하였는데, 이는 그럴만한 이유가 있는 것이었다.

(禮部貢院297)試進士日, 設香案於階前, 主司與舉人對拜, 此唐故事也。所坐設位供張甚盛, 有司具茶湯飲漿。至試學究, 則悉徹帳幕氈席之類, 亦無茶湯, 渴則飲硯水, 人人皆黔其吻。非故欲困之, 乃防氈幕及供應人私傳所試經義。蓋嘗有敗者, 故事爲之防。歐文忠有詩： "焚香禮進士, 徹幕待經生。"以爲禮數重輕如此, 其實自有謂也。)

> **감상요령** 《몽계필담》에는 당시 역사서에서 언급되지 않은 관례나 제도들에 대한 상세한 이야기나 재미있는 뒷얘기나 일화들을 소개하는 부분이 많아 사료로서 중요한 역할을 지니고 있다. 위의 내용도 그러한 영역에 속한다.

---

297) 예부에서 과거시험을 치렀던 장소를 말한다. 북송 때에는 주로 불교 사원을 빌려 시험장소로 사용하였다.

왕안석은 천식이 있었는데, 자단산(紫團山)의 인삼으로 약을 지어 먹어야 했지만, 구할 수가 없었다. 이 때, 설사정(薛師政)이 하동(河東)에서 돌아왔는데, 마침 이 인삼을 가져와 그에게 몇 냥을 주었다. 그러나 그는 받지 않았다. 누군가가 그를 타일렀다. "당신의 병은 이 약을 먹지 않으면, 고칠 수가 없오. 당신의 질병이 사람들을 걱정스럽게 만드니 거절하지 마시고 받으시오."그 말에 왕안석은 "내 평생에 자단산의 인삼을 먹지 않고도 오늘까지 살았오."라며 결국 받지 않았다. 왕안석의 얼굴색은 너무 검어, 그의 제자들은 이를 걱정하여 의원에게 물어보았다. 그 의원은 말하길, "그것은 때이지, 병이 아니요."라고 하였다. 그리고 의원은 조두를 주며, 왕안석에게 세수를 하도록 하였다. 그러자 왕안석은 다음과 같이 말하였다.

"하늘이 나의 얼굴을 검게 만들었는데, 그 조두가 나를 어찌 하겠는가?"

(王荊公病喘, 藥用紫團山[298]人參, 不可得。時薛師政[299]自河東[300]還, 適有之, 贈公數兩, 不受。人有勸公曰 : "公之疾非此藥不可治, 疾可憂, 藥不足辭。"公曰 : "平生無紫團參, 亦活到今日。"竟不受。公面黧黑, 門人憂之, 以問醫。醫曰 : "此垢汗, 非疾也。"進澡豆令公頮面。公曰 : "天生黑于予, 澡豆[301]其如予何 !")

---

298) 자단삼(紫團蔘)이라고도 하는데, 옛사람들은 이것을 최고의 인삼으로 알았다.
299) 설향(薛向)을 말하며, 지금의 산서성 포주(蒲州)일대의 사람이었다. 여러 번이나 동지추밀원사(同知樞密院事)를 역임하였다. 당시 왕안석을 쫓아 변법에 참여하였다.
300) 하동은 북송의 열 다섯 로(路) 중의 하나로, 지금의 산서성 일대에 속하였다.
301) 옛날 사람들이 얼굴이나 손 등을 씻기 위해 사용했던 세척제로, 콩가루를 주원료로 하여 제조된 것으로 그것으로 씻으면 광택이 났다고 한다.

《몽계필담》에는 마치 《세설신어》와 같이 명사들에 대한 일화가 심심찮게 등장해 정사에서 알지 못한 여러 사실들을 많이 접하게 되는데, 위의 내용도 그 가운데의 하나이다. 완고하고 꼬장꼬장한 왕안석의 성격을 재미있는 일화를 통해 간결하고 생동적으로 잘 묘사하고 있다.

《전등신화(剪燈新話)》

《전등신화》는 중국에서보다도 오히려 한국、일본、월남 등지에서 큰 영향을 끼친 작품이다. 특히 한국에서는 이미 15 세기 중엽에 《전등신화》의 영향 아래 김시습의 모방작인 《금오신화(金鰲新話)》가 출현하여 한국소설의 선구가 되기도 하였다. 시(詩)로써 당시 유명했던 작자 구우(瞿佑)는 이 소설작품을 통해 신선이나 귀괴에 대한 얘기 외에 당시 원말명초의 암울했던 사회현실을 비교적 잘 반영하고 있다.

그러나 《전등신화》의 가치는 그 자체의 예술성보다는 당의 전기소설과 청의 《요재지이》를 이어주는 교량역할에 있다고 할 수 있다. 즉 중국의 전기소설은 당대에 크게 발전하였다가 당 이후부터는 쇠퇴하여 송대에 이르러 비록 적지 않은 소설류가 등장하였지만 당대의 소설과 같은 생동감과 현실성이 결여된 것이 사실이었다. 그러나 명초 《전등신화》가 출현하면서부터 중국의 필기류 소설이 다시 부활하였다고 할 수 있다. 그만큼 이 작품은 후대의 영향력에 있어 괄목할 만한 역할을 끼친 서적으로 평가되고 있다. 이 작품이 출현한 이래로 중국에서도 많은 모방작들이 등장하였는데, 그 대표적인 작품이 바로 이정(李禎)의 《전등여화(剪燈餘話)》이다.

《전등신화》에 수록된 대표적인 작품으로는 〈금봉채기(金鳳釵記)〉、〈취취전(翠翠傳)〉、〈녹의인전(綠衣人傳)〉、〈모란등롱(牡丹燈籠)〉、〈애경전(愛卿傳)〉 등이 있다.

〈녹의인(綠衣人)〉

　　감숙성 천수 사람인 조원은 일찍이 부모를 여의고 처도 없이 살고 있었다. 원대 연우 연간에 전당으로 유학을 갔다가 서호의 북쪽에 있는 갈령에 집을 빌려 살았다. 그런데 그 옆에는 송대의 재상이었던 가사도의 고택과 서로 붙어있었다.

　　어느 날, 조원이 홀로 무료하게 지내다 저녁에 문밖을 배회하는데 홀연히 한 여자가 동쪽으로부터 오고 있었다. 그녀는 녹색 저고리에 머리는 양쪽으로 쪽을 틀었는데 나이는 15,6세로 비록 짙게 화장은 하진 않았지만 그 자태가 비범하여 조원은 오랫동안 그녀를 쳐다보고 있었다. 그런데 다음 날 문을 나서자 또 만났고, 이렇게 여러 차례 만나자 조원은 어느 날 저녁에 그녀에게 말을 걸었다.

　　"어디에 사시는지요? 저녁마다 여기에 나오시네요?"

　　"저의 집은 당신과 이웃이에요. 모르셨군요,"

　　여자는 웃으며 답했다. 조원이 그녀를 유혹할 생각으로 말을 걸자 여자도 흔쾌히 응하였다. 그리하여 조원의 집에 유숙하게 되었고, 두 사람은 매우 친밀한 사이가 되었다. 아침이 되면 떠났다가 저녁이 되면 다시 찾아오길 한 달여가 지나자 두 사람의 사랑은 매우 돈독해졌다. 조원이 그녀의 성씨와 주소를 물으면 그녀는 "당신이 이미 미인을 얻었으면 됐지 왜 굳이 아시려고 해요?"하였고, 계속해서 묻게 되면 "저는 언제나 녹색 저고리를 입으니 그냥 저를 녹색 저고리라고 부르시면 되요."라고 대답하며 끝내 사는 곳을 애기하지 않았다.

　　조원은 마음속으로 그녀가 부귀한 집의 시녀라고 생각하였고, 밤에 몰래 나와 외간 남자와 정을 통하는 일이 혹시라도 밝혀질까 두려워 애기하지 않는 것으로 생각하였다. 따라서 그녀를 믿어 의심하지 않았고, 그 사랑이 더욱 깊어갔다.

어느 날 저녁, 조원은 술에 취해 그녀에게 말하길, "이게 어찌 녹색 저고리야! 녹색 저고리에 누런 색 치마니 하녀의 복장이잖아!"라고 빈정거렸다. 여자는 부끄러워하는 표정을 지었고, 며칠간이나 나타나지 않았다. 이윽고 다시 찾아 왔을 때, 조원이 그녀에게 다그치자 그녀는 다음과 같이 답하였다.

"본시 당신과 부부로 평생 같이 살려고 하였는데 저를 시녀로 대하셔서 너무 부끄러워 며칠간이나 당신의 곁에 나타나지 않았습니다. 하지만 당신도 이미 아시는 바라 오늘 다시 속이지 않고 자세히 얘기해 드리겠어요. 저와 당신은 옛날부터 알고 있던 사이랍니다. 당신에 대한 지극한 사랑과 정이 없었다면 여기에 오지도 않았을 거예요!" 조원이 그 사연을 묻자 그녀는 흐느끼며 말했다. (하략)

(天水[302]) 趙源, 早喪父母, 未有妻室。 延祐間, 游學至於錢塘, 僑居西湖葛岭之上, 其側卽宋賈秋壑舊宅也。 源獨居無聊, 嘗日晩徙倚門外, 見一女子, 從東來, 綠衣雙鬟, 年可十五六, 雖不盛妝濃飾, 而姿色過人, 源注目久之。 明日出門, 又見, 如此凡數度, 日晩輒來。 源戲問之曰 : "家居何處, 暮暮來此?" 女笑而拜曰 : "兒家與君爲鄰, 君自不識耳。" 源試挑之, 女欣然而應, 因遂留宿, 甚相親昵。 明旦, 辭去, 夜則復來。 如此凡月餘, 情愛甚至。 源問其姓氏居址, 女曰 : "君但得美婦而已, 何用强知。" 問之不已, 則曰 : "兒常衣綠, 但呼我爲綠衣人可矣。" 終不告以居址所在。 源意其爲巨室妾媵, 夜出私奔, 或恐事迹彰聞, 故不肯言耳, 信之不疑, 寵念轉密。 一夕, 源被酒, 戲指其衣曰 : "此眞可謂'綠兮衣兮, 綠衣黃裳者也[303]。" 女有慚色, 數夕不至。 及再來, 源叩之, 乃曰 : "本欲相與偕老, 奈何以婢妾待之, 令人怏怏而不安, 故數日不敢侍君之側。 然君已知矣, 今不復隱, 請得備言之。 兒與君, 舊相識也, 今非至情相感, 莫能及此。" 源問其故, 女慘然曰:) (하략)

---

302) 감숙성에 있다.
303) 녹색 저고리에다 황색 치마를 입은 모습은 당시 전형적인 하녀의 복장이었던 모양이다. 따라서 그 의미는 그녀를 하녀로 취급한 것이다.

이 작품은 전생의 연인이었다가 억울하게 죽은 두 남녀가 각각 사람과 귀신의 모습으로 다시 만나 전생에서 나누지 못한 정을 나누는 것을 묘사하고 있다. 여귀인 녹의는 권세가였던 가사도라는 재상의 시녀였는데, 당시 그 집의 노복으로 있던 조원과 눈이 맞아 서로 사랑하게 되었고, 이를 알게 된 주인 가사도는 두 사람을 잔혹하게 처형시켜버리게 된다. 다행히 조원은 사람으로 환생하였지만 녹의는 구천을 떠도는 귀신이 되었다. 그러나 그녀는 조원을 못 잊어 그를 찾아와 3년 동안 조원의 사랑을 받고 살다가 다시 기꺼이 죽었고, 조원은 그녀를 장사지내고 자신은 스님이 되어 여생을 보냈다는 이야기이다. 작자는 두 남녀의 사랑을 통해 봉건관료 귀족들이 얼마나 청춘남녀들의 사랑과 자유를 냉혹하게 억압하였고, 또 그들이 얼마나 하층민들의 인권을 잔인하게 짓밟았는지를 말해주고 있다.

《요재지이(聊齋誌異)》

중국의 "아라비안나이트(천일야화)"로도 불리는 이 작품은 중국문언소설의 최고봉임은 물론, 중국소설 중의 기서(奇書)로 꼽히는 너무도 유명한 걸작이다. 작자 포송령(蒲松齡)은 이 작품을 통해 허황된 "여우귀신"의 이야기도 한 작가의 탁월한 예술적 수법을 거쳐 당시 사회문화와 정치적 현실에 대해 그 어느 현실주의 소설보다도 더욱 심각하고 신랄하게 그것들을 반영하는 매체로 작용될 수 있다는 것을 보여주고 있다. 뿐 아니라 이 소설을 통해 중국의 문언체 즉 고문소설도 그 어느 백화소설 못지 않은 풍부한 표현력과 문학성을 지님도 목격할 수가 있을 것이다. 작가인 포송령은 뛰어난 문재를 지녔음에도 불구하고 과거운이 없어 일생을 곤궁하게 보낸 사람이라 이 작품 속에서는 세상에서 무시당하며 살아가는 착하고 불쌍한 영혼들에 대한 동정이 특히 눈에 많이 띈다. 대표적인 작품은 너무 많아 일일이 거론하기 어렵지만 아래에 소개한 작품 외에도 〈육판(陸判)〉, 〈엽생(葉生)〉, 〈화피(畵皮)〉, 〈소취(小翠)〉, 〈소사(小謝)〉, 〈영녕(嬰寧)〉 등이 유명하다.

〈섭소천(聶小倩)〉

(섭소천은) 영채신의 서재에 들어오려고 하면서도 들어오지 못하고 문 밖에서 배회하였다. 무슨 두려움이 있는 듯 했다. 채신이 부르자 그녀는 "방안에 있는 칼기운이 무서워요. 저번에 길에서 당신에게 가까이 가지 못한 것도 바로 그 때문이에요." 한다. 영은 그 칼 주머니 때문인 것을 짐 작하고 그것을 다른 방에다 걸어 두었다. 그래서야 여자는 들어와서는 촛 불 아래에 앉았다. 시간이 지나도 한 마디도 하지 않는다. 한참 후에야 그 녀는 "밤에 글을 읽어요? 저도 어릴 때 능엄경을 읽었지만 지금은 모두 잊어 버렸어요. 제게 한 권만 빌려 주세요. 그리고 밤에 한가하면 저에게 좀 가르쳐 주세요." 라고 했다. 영은 승낙했다. 말없는 가운데 앉아서 이 경이 흘렀다. 그녀는 갈 생각을 않는다. 영이 재촉하자 그녀는 슬퍼하며 "저는 타지에서 온 외로운 귀신이랍니다. 황량한 들판의 무덤으로 가기 정말 싫어요." 라고 말했다. "서재에 침상이 하나뿐인데다 오누이 사이인 데 행동을 삼가 해야죠." 라며 영이 말하자 소천은 억지로 일어섰다. 그 얼굴을 보니 무척 괴로워하여 곧 울어버릴 것 같다. 떨어지지 않는 두 다 리를 움직이며 겨우 문을 나서다가 섬돌 앞에서 사라졌다. 영은 속으로 그녀를 가련하게 여겼다. 다른 침상에다 자도록 하고도 싶었지만 어머니 가 노할까 두려웠던 것이다. (절록)

(過齋欲入, 却退徘徊戶外, 似有所懼, 生呼之, 女曰: "室中劍氣畏人, 向 道途之不奉見者, 良以此故." 寧已悟爲革囊, 取懸他室, 女乃入, 就燭下坐, 移時, 殊不一語. 久之, 問: "夜讀否？妾少誦楞嚴經, 今强半遺亡, 浼求一卷, 夜暇, 就兄正之." 寧諾, 又坐, 默然, 二更向盡, 不言去, 寧促之, 愀然曰: "異域孤魂, 殊怯荒墓." 寧曰: "齋中別無牀寢, 且兄弟亦宜遠嫌." 女起, 容 鼕蹙而欲啼, 足俀儴而懶步, 從容出門, 涉階而沒. 寧竊憐之, 欲留宿別榻, 又懼母嗔. (절록))

《천녀유혼》이라는 영화로도 잘 알려진 이 작품은 마음씨 착하고 가련한 처녀 귀신 섭소선과 선량한 서생 영채신 간의 인귀상련의 이야기를 다루고 있다. 그러나 여귀신 섭소천의 청순가련하고도 귀여운 모습은 그 어느 살아있는 여자보다도 더 귀엽고 측은하여 독자들로 하여금 동정을 느끼게 한다. 《요재지이》 속의 다른 작품들과도 같이 이 작품에서도 섭소천과 영채신이라는 선량한 젊은 영혼에 대한 찬미와 동정이라는 주제성이 돋보인다. 비록 귀신일지라도 착한 본성을 지닌 섭소천에 대해 작자는 무한한 동정과 연민의 정을 보이고 있다.

〈협녀(俠女)〉

(그녀가) 급히 윗 저고리를 올리니, 가죽 주머니가 하나 드러났다. 그 속에 손을 넣어 빼는데, 나오는 것은 한 척쯤 되는 빛나는 비수였다. 젊은이는 그것을 보고 놀라 달아났다. 쫓아 문 밖으로 나갔지만, 돌아보아도 자취가 묘연했다. 여자는 비수를 들어 공중을 향해 투척했다. 갑자기 "쨍"하는 소리가 나며 찬란한 무지개가 길게 뻗었다. 순식간 물건 하나가 소리를 내며 땅에 떨어졌다. 生이 급히 가서 그것을 비춰보니, 한 마리의 흰 여우였다. 몸에서 머리가 이미 떨어져나갔는데, (生은) 너무도 놀랐다. (절록)

(急翻上衣, 露一革囊, 應手而出, 則尺許晶瑩匕首也。少年見之, 駭卻而走。追出戶外, 回顧眇然。女以匕首望空抛鄭, 戛然有聲, 燦若長虹。俄一物墮地作響。生急燭之, 則一白狐, 身首異處矣, 大駭。(절록))

〈협녀〉의 이야기는 자신과 어머니를 도와준 청년을 위해 그 남자의 아기를 낳아주고, 자신은 죽은 부친의 원수를 갚아 사람을 죽이고 홀홀히 떠나는 여 협객의 호방하고도 의리 넘치는 장렬한 삶을 묘사한 작품이다. 남녀의 정을 초월한 여협객의 비수 같이 냉정한 마음의 묘사가 매우 인상적이다. 특히 작자는 짤막한 70여 글자로 협녀의 신속한 동작은 물론 쫓고 쫓기는 긴장된 상황의 분위기를 매우 생동적으로 묘사하여 마치 무협영화의 한 장면을 보고 있는 듯한 느낌을 갖게 하는 작품이다. 간결한 고문체이지만 《요재지이》의 작자는 정적이고도 동적인 형상을 생동적이고도 효과적으로 잘 구현하였으며, 층층으로 이어지는 사건과 구성에서 느껴지는 절제된 간결함과 표현의 근엄함은 바로 《요재지이》의 문장에서 느껴지는 또 다른 묘미이기도 하다.

〈아보(阿寶)〉

광서지역에 사는 손자초는 그 지역의 유명한 인물이다. 그는 태어나면서 손가락이 여섯 개가 달려있었고, 성격도 우둔한데다 말수가 적었다. 사람들이 그에게 거짓말을 하면 그는 늘상 그것들을 진짜로 받아들였다. 간혹 연회석상에서 기녀들이라도 만나게 되면 언제나 멀리 피하곤 하였다. 이런 사실을 아는 사람들이 그를 유인하여 오게 해서 기녀들을 그에게 접근시키면 그는 당황하여 얼굴과 목이 온통 붉어지면서 이마에서는 땀이 줄줄 흐르곤 하였다. 사람들은 모두 그것을 비웃었다. 그리하여 그들은 손자초의 바보같은 모습을 서로 알리게 되었고, 그를 폄하하여 "손바보"라고 불렀다. (하략)

(粵西304) 孫子楚 名士也. 生305)有枝指306)性迂訥307), 人誑之輒信爲眞。或値308)座有歌妓, 則必遙望却走。或知其然, 誘之來, 使妓狎逼之, 則頳顔徹頸, 汗珠珠下滴, 因共爲笑。遂貌其呆狀相郵傳, 作丑語而名之"孫痴309)"。(하략))

감상요령 이 작품은 세상사람들에게 조롱당하는 한 순수하고도 깨끗한 손자초라는 청년이 결국 하늘과 땅, 그리고 사람과 미물까지도 감동시켜 죽도록 사랑하던 여성의 마음을 얻게 됨은 물론 과거에서도 급제하게 되는 낭만적이고도 따뜻한 사연을 얘기하고 있다. 《요재지이》의 작자 포송령은 세상으로부터 버림받은 불쌍하고 가련한 사람들의 착하고 순진한 인성을 잘 발견하여 그들이 결국 천지신명의 도움을 얻어 나중에는 좋은 보답을 받게 되는 감동적인 사연을 많이 다루고 있는 것이 특징이다.

---

304) 광서성 지역을 말한다.
305) 태어나면서
306) 枝指(지지)는 손가락에 가지를 친 육손이를 뜻한다.
307) 迂訥(우눌)은 우둔하고 어눌한 것을 말한다.
308) 値(치)는 만나다는 의미이다.
309) 癡(치)는 바보같이 어리석고 순진한 사람을 뜻하는 다소 부정적이고 폄하하는 말인데, 위진시대부터 사람을 평할 때 즐겨 사용하던 말이다. 특히 위진명사들의 기괴하고 탈속적인 언행거지를 형용할 때에 많이 쓰인 말이다. 사실이 용어는 단순한 부정적인 의미가 아니라 그 속에 의미심장한 함의를 지닌 말로 해석할 수가 있다.

《열미초당필기(閱微草堂筆記)》

《사고전서(四庫全書)》의 편찬에 중심적 역할을 한 것으로 잘 알려진 청대의 대학자 기윤(紀昀)이 만년에 지은 작품이다. 작품의 내용은 주로 정계와 사회에 대한 풍자나 귀신 등의 일을 빌어 인정과 세태를 잘 표현하고 있다. 그러나 풍부한 내용에 비해 작품의 주제들이 권선징악과 같은 교훈이나 의론들을 지나치게 중시하여 예술적인 면이 다소 취약하다는 평을 받고 있다.

〈이생(李生)〉

이태백의 시에 "배회하며 노래하는 부채가 비치면 마치 달이 구름 속에서 드러나는 듯하네. 서로 만나 어여뻐하지 못한다면 서로 만나지 못하는 것만 못하도다."라는 구절이 있는데, 이는 기녀와의 정사를 노래한 것이다. 보통 부부간에 있어서는 서로 떨어져 헤어져있을 수도 있고, 또 매일 서로 보고 지낼 수도 있는데, 이는 무슨 인과(因果)인지 알 수가 없다.

곽석주는 말하였다. 하남성에 이선생이 있었는데 결혼한 지 10여일 만에 모친이 병을 얻었다. 부부는 돌아가며 모친을 돌보느라 옷도 벗지 못한 채 7,8 개월이 훌쩍 지났다. 결국 모친은 죽었고, 예법을 삼가 지켜 3년간을 부부가 같지 자지를 않았다. 부부는 나중에 너무나 빈곤하여 장인의 집에 의지하였다. 하지만 장인댁도 겨우 밥만 먹고 지내는 형편이라 방칸도 많지 않은데 방을 하나 청소하여 그들이 살도록 해주었다. 그런지 1달이 되지 않아 장모의 동생이 남의 문객으로 멀리 길을 떠나야하는 관계로 그 모친을 자신의 누이에게 의탁하게 되었는데, 방이 부족한 나머지 그 모친을 딸과 같은 방을 쓰게 하였다. 그리하여 이선생은 별도로 서재에서 묵게 되었고, 다만 아침저녁으로 같이 식탁에서 식사를 함께 할 뿐이었다. 2년이 흘러 이선생은 서울로 일을 찾아 떠났고, 장인도 가족을 거느리고 강서로 가서 남의 막객(幕客)이 되었다. 그런데 나중에 이선생은 "자네의 처가 이미 죽었네."라는 서신을 하나 받게 되었다. 그는 괴롭고 기운이 빠져 더욱 주저앉게 되어 거의 일을 할 수 없는 지경이 되었다. 그는 결국 배를 빌어 타고 남쪽으로 장인을 찾아 나섰다. 그런데 장인은 이미 그 주인을 바꾸어 또 다른 곳으로 떠난 후였다. 그는 몸을 붙일 곳이 없어 단지 잠시 동안 글과 그림을 팔아 호구를 연명하며 지냈다.

그러던 어느 날, 그는 시장에서 덩치가 좋은 남자 하나를 만나게 되었는데, 그는 자신의 서화 작품을 보고는 "글씨가 아주 좋소이다. 1년에 은자 40냥을 받는 서기 노릇을 할 수 있겠소?"라며 물었다. 이선생은 뜻밖의 좋은 일로 즉시 그를 따라 배를 탔다. 강에는 안개도 자욱하고 물길도 넓어 도대체 어디에 도착한 지도 몰랐다. 도달한 곳은 점포가 많았는데, 나중에 그에게 서신을 쓰도록 분부한 사람을 만난 다음에 그들은 다름 아닌 도적임을 알았다. 그는 도리가 없어 당분간 그곳에 머물게 되었다. 그러나 후환이 두려워 거짓으로 자신의 본적과 성명을 얘기하였다.

주인은 성정이 호화롭고 사치스러워 가기(歌妓)가 언제나 자리에 넘쳐 그 주위를 맴돌았으며, 손님들을 만나는 것도 피하지 않았다. 그리고 매번 술을 마시며 노는 자리에서 언제나 이선생을 불렀다. 한번은 우연히 가기 한 여자가 자신의 처와 너무나 닮은 것을 발견했고, 그는 귀신이 아닌가하고 의심을 하였다. 그 가기도 때때로 그를 주시하였으며, 마치 서로 아는 사이인 듯하였다. 그러나 감히 서로 말을 하지는 못했다. 사실은 그의 장인이 배를 타고 길을 떠날 적에 마침 이 도적이 그들을 습격하게 되었고, 그의 처가 인물이 반반한 것을 보곤 그녀도 함께 약탈해 간 것이었다. 장인은 이 일을 큰 치욕으로 여겨 급히 관을 하나 준비하고 거짓으로 딸이 상처를 입어 죽었다고 이야기하였다. 그리고는 거짓으로 곡을 하고 울면서 시구(屍柩)를 거두어 고향으로 돌아간 것이었다. 이선생의 처는 죽음을 두려워한 나머지 도적에게 몸을 더럽히고 결국 그의 시첩이 되어 이렇게 서로 만난 것이었다. 하지만 그는 이미 자신의 처가 죽었다는 것을 믿었고, 그의 처도 남편이 이름을 바꾼 사실을 몰랐기에 두 사람은 모습이 닮은 사람으로 의심하면서 그냥 서로 비껴간 것이다. 그리고 사나흘 만에는 꼭 한번 만나곤 하여 서로 이젠 그러려니 하게 되어 다시는 의심을 하며 서로 바라보지를 않게 되었다. (하략)

(太白詩曰 : "徘徊映歌扇, 似月雲中見 ; 想見不相親, 不如不想見." 此爲冶游310)言也. 人家夫婦有睽离阻隔而日日相見者, 則不知是何因果矣. 郭石洲言 : 中州311)有李生者, 娶婦旬餘而母病, 夫婦更番守侍, 衣不解結者七八月. 母歿后, 謹礼法法, 三載不內宿. 后貧甚, 同依外家. 外家亦僅僅溫飽, 屋宇無多, 掃一室留居. 未匝月, 外姑之弟遠就館, 送母來依姊. 無室可容, 乃以母與女共一室, 而李生別榻書齋, 僅早晩同案食耳. 閱兩載, 李生入京規進取, 外舅亦携家就幕江西. 後得信, 云婦已卒. 李生意氣懊喪, 益落拓不自存, 仍附舟南下覓外舅. 外舅已別易主人, 隨往他所. 無所栖托, 姑賣字糊口. 一日, 市中遇雄偉丈夫, 取視其字曰 : "君書大好, 能一歲三四十金, 爲人書記乎?"李生喜出望外, 卽同登舟. 烟水渺茫, 不知何處. 至家, 供張亦甚盛. 及觀所屬筆札, 則綠林312)豪客也. 無可如何, 姑且依止. 慮有后患, 因詭易里籍姓名. 主人性豪侈, 聲伎滿前, 不甚避客. 每張樂, 必召李生. 偶見一姬, 酷肖其婦, 疑爲鬼. 姬亦時時目李生, 似曾相識, 然彼此不敢通一語. 盖其外舅江行, 适爲此盜所劫, 見婦有姿首, 幷掠以去. 外舅以爲大辱, 急市薄椑313), 詭言女中傷死, 僞爲哭殮, 載以歸. 婦憚死失身, 已充盜后房, 故于是相遇. 然李生信婦已死, 婦又不知李生改姓名, 疑爲貌似, 故兩相失. 大抵三五日必一見, 見慣亦不復想目矣. (하략))

---

310) 야유는 압기(狎妓)의 의미로 기생과 노는 것을 말한다.
311) 하남성을 세칭 일컫는 말한다.
312) 녹림은 도적을 일컫는 말이다.
313) 혜는 관 가운데 작은 것을 말한다.

　이 작품은 《열미초당필기》 가운데 가장 뛰어난 명작 가운데의 하나라고 할 수 있다. 그 내용은 이생과 그 부인간의 비참한 이별의 한과 비극을 담담하고 간결하게 그려내고 있지만 독자로 하여금 무한한 슬픔과 여운을 갖게 하고 있다. 나중에 그 부인은 도적인 남편이 체포되면서 함께 벌거벗은 채로 끌려가는 처참한 모습으로 묘사되어 더욱 독자의 마음을 가련하게 만든다. 뛰어난 비극성으로 청대의 유명한 역사극인 《도화선(桃花扇)》과 비교되기도 하는 작품이다.

Chapter

12

중국백화소설의
분류와 감상법

가. 중국백화소설의 분류

▸ 송원대 화본소설: 《경본통속소설(京本通俗小說)》, 《청평산당화본(淸
平山堂話本)》

▸ 명대 사대기서와 백화소설: 《삼국연의(三國演義)》, 《수호전(水滸傳)》,
《서유기(西遊記)》, 《금병매(金瓶梅)》,
《삼언(三言)》, 《이박(二拍)》

▸ 청대 백화소설: 《유림외사(儒林外史)》, 《홍루몽(紅樓夢)》

나. 중국백화소설의 감상

《경본통속소설(京本通俗小說)》

중국 남송(南宋) 때의 구어(口語) 단편소설집으로 편자와 성립연대에 대해서는 아직 미상이나 대개 명인(明人)에 의해 편찬된 것으로 남송(南宋)시대 화본(話本)의 원형을 간직한, 중국에서 가장 오래된 구어소설이라고 할 수가 있다. 그 내용은 도시에서 유행한 강담(講談)의 대본 즉 화본(話本)을 모은 것이다. 본래의 권수는 알 수 없지만 현재 전하고 있는 것은 제10권에서 제16권까지, 즉 〈연옥관음(碾玉觀音)〉, 〈보살만(菩薩蠻)〉, 〈서산일굴귀(西山一窟鬼)〉, 〈지성장주관(志誠張主管)〉, 〈요상공(拗相公)〉, 〈착참최녕(錯斬崔寧)〉, 〈풍옥매단원(馮玉梅團圓)〉 등의 7권이다.

〈착참최녕(錯斬崔寧)〉

한편 유씨는 돈을 짊어지고는 한 걸음 한 걸음 걸어서 겨우 집에 다다라 문을 두드렸다. 때는 이미 어두워 등불을 켜야 할 시간이었는데, 작은 부인 이저(二姐)는 혼자 집을 지키다가 할일이 없어 날이 어둡도록 문을 잠그고 있다가 등불 아래서 깜빡 잠이 들었다. 유씨는 문을 두드렸지만 그녀는 전혀 듣지를 못했다. 한참을 두드리고 나서야 비로소 소리를 듣고서는 소리치며 일어나 문을 열어주었다. 유씨가 들어와 방안으로 오자 이저는 그의 돈 보자기를 받아 탁자 위에 놓으며 물었다. "어디서 이렇게 돈을 구해 오셨나요? 어디다 쓰시게요?" 그때 유씨는 한편으로는 술이 좀 취하였고, 또 한편으로는 문을 늦게 열어준 것을 탓한 나머지 농담으로 그녀를 놀래줄 생각이 들었다. "말을 하면 당신이 나를 탓할까 두렵고, 말을 하지 않으려고 해도 당신이 꼭 알아야 할 것 같소. 내가 지금 형편으로는 어찌할 수가 없고, 다른 방도를 쓸 수도 없어서 할 수 없이 당신을 한 남자에게 팔아서 전당잡았소. 허나 당신을 버리기가 아쉬워 15관(貫)의 돈만 전당잡아 왔소. 만약 내 사정이 좋아지면 이자까지 붙여서 당신을 찾아오고, 그렇지 못하여 이전처럼 사정이 딱하게 되면 맡긴 돈을 다 찾을 작정이네." (절록)

(卻說劉官人馱[1]了錢。 一步一步捱到家中。敲門已是點燈時分, 小娘子二姐獨自在家 沒一些事做 守得天黑, 閉了門, 在燈下打瞌睡[2]。劉官人打門, 他那裏便聽見。敲了半晌, 方才知覺, 答應一聲來了, 起身開了門。劉官人進去, 到了房中, 二姐替劉官人接了錢, 放在卓上, 便問："官人何處那移這項錢來 卻是甚用？"那劉官人一來有了幾分酒, 二來怪他開得門遲了, 且戲言嚇他一嚇, 便道："說出來 又恐你見怪；不說時, 又須通你得知。只是我一時無奈, 沒計可施[3], 只得把你典與一個客人, 又因舍不得你, 只典得十五貫錢。若是我有些好處, 加利贖[4]你回來。若是照前這般不順溜, 只索罷了。" (절록))

송(宋) 화본소설에 속하는 위 작품은 〈십오관희언성교화(十五貫戲言成巧禍)〉라는 제목으로 풍몽룡의 소설인 《삼언》 중의 하나인 《성세항언(醒世恒言)》에서도 보인다. 작품의 줄거리는 유귀(劉貴)라는 사람이 장사 밑천으로 장인에게 15관의 돈을 빌렸지만 작은 부인인 진이저에게 농담으로 그녀를 전당잡혀 15관의 돈을 얻었다고 하여 결국 그녀는 밤에 몰래 달아나게 되고, 공교롭게도 그날 남편은 도적에게 그 돈과 목숨을 뺏기게 되어 혐의가 자연히 진이저에게 가게 되었으며, 게다가 진이저가 달아나는 과정에서 우연히 최녕이라는 청년을 만나 동행하는데, 그가 마침 15관의 돈을 갖고 있어 두 사람은 살인범으로 몰리게 되어 결국 판관의 무모하고 잔혹한 고문 하에 두 사람은 거짓으로 시인하면서 죽게 되는 억울한 사연을 서술하고 있다.

---

1) 등으로 물건을 짊어지다.
2) 졸다.
3) 시행할 계책이 없다.
4) 이자를 보태어 찾다.

〈착참최녕(錯斬崔寧)〉은 그 내용으로 보면 소위 공안소설(公案小說)에 속하지만 사건의 해결과정에 대한 서술이 많지 않아 일반적인 공안소설과는 차이가 있다. 소설의 내용이 비교적 간단하고 문체도 질박하여 초기 화본의 특성을 지니고 있다. 시종일관 우연성(巧)으로 이루어진 작품이지만, 비극성과 현실성이 돋보이는 유명한 작품이다. 이 작품은 당시 사회현상을 잘 반영하여 주로 상상에 의해 지어진 후대의 의화본(擬話本) 작품들보다 문학성이 높다고 평가되어진다.

《청평산당화본(淸平山堂話本)》

《청평산당화본(淸平山堂話本)》의 원래 이름은 《육십가소설(六十家小說)》이다. 송원명 시대의 화본을 기록한 책으로 현존하는 화본집 가운데 가장 일찍 출간된 것이다. "청평산당(淸平山堂)"이란 명대(明代) 가정(嘉靖) 연간의 전당(錢塘) 사람인 홍편(洪楩)의 당명(堂名)이었다. 《청평산당화본》은 송원명 화본의 원래모습을 가장 잘 반영하고 있다. 그 속의 작품들은 비록 사상성이나 품격은 물론 문장에 있어서도 다소 비속한 편이지만 당시 시정소민들의 눈으로 본 범인들의 속사(俗事)들을 진실하게 잘 반영하고 있어 시문과 같은 아문화(雅文化)와 반대되는 민간의 속문화(俗文化)의 예술적 경지를 잘 보여주고 있다. 그 가운데 대표적인 걸작이 바로 〈간첩화상(簡帖和尙)〉이라고 하겠다.

〈간첩화상(簡帖和尙)〉

그날, 금방 밥을 먹기를 마치자 밖에서 한 남자가 큰 목소리로 부르는 소리가 들렸다. "할멈, 내 물건을 가져다 팔았으면 돈을 갚아야지 왜 아직 갚지 않고 있소?"그 할멈은 그 소리를 듣고는 어쩔 줄 몰라 하면서 나가 그 고함친 남자를 맞이하였다. "어서 들어와 앉으세요!" 새댁이 그 들어온 남자를 자세히 보니 시꺼먼 눈썹에 부리부리한 눈, 우뚝 솟은 코에다 머리에는 높은 두건을 쓰고, 넓은 옷깃의 검은 겹저고리에다 아래에는 깨끗한 양말에 높은 통의 신을 신고 있었다. 새댁은 이를 보자 그를 바로 알아차렸다. "그때 그 중이 말하던 편지 쪽지를 건네준 남자야!" 그때 그 남자는 들어와 의자에 앉고는 흥분하며 말했다. "할멈, 내 삼백 관 어치 물건을 팔고서 한달이 지났는데도 왜 돈을 갚지 않소?" 그 말에 할멈은 "물건은 물론 사람에게 팔았지만 아직 돈은 받지 못했다오. 돈을 지불하면 바로 돌려 드리지요."하였다. 그러자 그 남자는 "늘상 돈을 바로 가져오더니 왜 이번은 질질 끌고 있소! 돈을 받게 되면 꼭 가져오시오!"라며 곧장 나가버렸다. (절록)

(當日, 方才吃罷飯. 則聽得外面一個官人高聲大氣叫道："婆子, 你把我物事去賣了, 如何不把錢來還？"那婆子聽得叫, 失張失志, 出去迎接來叫的官人："請入來坐地."小娘子著眼看時, 見入來的人：

粗眉毛, 大眼睛, 蹶5)鼻子, 略綽6)口, 抹眉裹頂高裝大帶頭巾, 闊上領皂褶兒. 下面蛞鞋淨襪7). 小娘子見了, 口喻心, 心喻口, 道："好似那僧兒說的寄簡帖兒官人."只見官人入來, 便坐在凳子上, 大驚小怪道："婆子, 你把我三百貫錢物事去賣了, 經一個月日, 不把錢來還."婆子道："物事自賣在人頭, 未得錢. 支得時, 卽便付還官人."官人道："尋常交關錢物東西, 何嘗推許多日？討得時, 千萬送來！"官人說了自去. (절록))

---

5) 蹶은 噘의 뜻이다. 噘은 원래 입이 툭 불어져 나온 것을 뜻하는데 예를 들어 "噘嘴"는 툭 튀어나온 입을 뜻한다. 그러나 여기서는 코가 앞으로 불어져 나온 것을 의미한다.
6) "寬闊" 즉 "넓다"는 뜻이다.
7) 여기서는 깨끗한 장화와 양말을 의미한다.

이 작품은 풍몽룡의 《삼언》에도 〈간첩승교편황보처(簡帖僧巧騙皇甫妻)〉라는 제목으로 수록되어 있다. 이 작품은 공안(公案) 소설로서 그 내용은 개봉의 한 화상이 황보송이라는 관리의 젊은 처 양씨에게 눈독을 들여 편지쪽지에다 정을 통하는 내용을 적어 결국 황보송이 그녀를 내쫓게 만들고 또 계략을 꾸며 양씨를 취하게 되지만 악행이 결국 들통 나 처형을 당하게 되는 이야기이다. 이 소설은 그 구성이 뛰어나다. 작자는 악인인 "간첩화상"을 묘사함에 그의 진면 목을 바로 드러내지 않고 "짙은 눈썹에 큰 눈……"이라는 외형만을 소개하면서 독자들로 하여금 그의 신비스러운 행동에 대해 의심과 호기심을 자아내게 만들고, 이 인물의 행동의 베일이 점차 밝혀지면서 독자들의 의구심은 풀어짐과 동시에 소설은 끝이 난다. 초기의 화본에 속하는 이 작품은 비록 인물성격이나 구성에 있어서의 지나친 단순함으로 인한 결점이 보이지만, 이간계(離間計)를 통해 음모를 달성시키는 수법은 중국소설사에 있어 가히 독창적이라고 할 수 있으며, 이 점에 있어 후대의 소설에 끼친 영향도 크다고 하겠다. 거기다가 주인공인 "간첩 화상"은 물론이거니와 그 외에도 황보송(皇甫松)과 그의 부인 양씨(楊氏) 등의 선명한 인물묘사는 매우 인상적이고도 효과적이어서 이 작품의 압권으로 손꼽히고 있다.

《삼국연의(三國演義)》

역사연의소설에 해당하는 나관중(羅貫中)의 《삼국연의》는 동한말년 위촉오 삼국의 역사를 근거로 하여 예술적으로 윤색가공하여 만든 화본에서 발전된 것이며, 중국장회소설 최초의 작품으로 중국역사연의류 중의 으뜸이 되는 작품이다. 특히 이 소설은 과장과 대비, 그리고 홍탁(烘托8))

---

8) 친탁(襯托)이라고도 부르는데, 주변상황 묘사 등을 통해 인물을 부각시키는 기법이다. 다시 말해 다른 사물의 묘사를 통해 주제나 목표를 더욱 선명하고 강렬하게 부각시키는 수사의 기교이다. 이를테면 《삼국연의》에서 제갈공명의 등장을 묘사한 "삼고초려"의 경우가 그 대표적인 예이다. 즉 작가는 제갈공명의 비범함과 신비성을 부각시키고 강조하기 위한 홍탁(烘托)의 수법으로 그의 출현에 앞서 서서(徐庶)가 유비에게 그를 추천하는 부분을 넣었고, 유비가 제갈공명을 찾아가는 도중에 최주평 등을 비롯한 다른 사람을 제갈공명으로 여러 번이

등의 예술기교를 사용하여 박진감 나는 전쟁묘사와 생동감 있는 인물묘사로 호평을 받고 있다. 그러나 노신(魯迅)도 지적하였듯이 지나친 과장으로 묘사의 진실성이 결여된 점이 흠으로 지적되기도 한다. 특히 인물형상묘사에 나타난 평면적 묘사는 이 소설이 초창기의 장회소설임을 보여주는 증거이기도 하다. 그러나 이 작품이 지니고 있는 묘사의 생동감이나 널리 알려진 인기도는 이 소설이 지니고 있는, 논리적으로써 설명할 수 없는 소설작품으로서의 매력을 입증해주고 있다.

계단아래에서 한 사람이 크게 소리치고 나오며 말하길, "소장이 가서 화웅의 목을 베서 바치겠소!"한다. 사람들이 쳐다보니, 그 사람은 키는 구척 오촌, 수염은 한척 팔촌이나 되었으며, 꼬리가 올라간 가는 눈에 눈썹은 누에가 누워있는 듯하였고, 얼굴은 잘 익은 대추 빛인데, 그 목소리는 큰 종소리와도 같은 대한(大漢)이 막사 앞에 우뚝 서있다. 원소는 묻길, "누군가?" 공손찬 왈, "그는 유현덕의 아우 관우라는 잡니다." 원소가 묻길, "지금 무슨 직을 맡고 있소?" 공손찬이 말하길, "현덕을 따라다니며 마궁수 노릇을 하고 있소." 막사 안에 있던 원술이 크게 고함치며 말하길, "우리 제후들에게 대장군이 없다고 희롱하는 건가? 알량한 일개 궁수가 감히 날뛰다니, 마구 매질하여 쫓아버려라!" 조조가 급히 그를 말리며 말하길.. "공노는 화를 거두시오. 저 자가 큰소리를 친걸 보면 필히 무슨 계책이 있나 보오. 시험 삼아 내보내 만약 이기지 못하면 죽여도 늦지 않소." 원소는 말하길, "그렇지 않소. 일개 궁수를 출전시키면 필히 화웅의 웃음꺼리가 될텐데, 우리들의 체면이 말이 아니오." 조조 왈, "이 사람의 겉모습이 속되지 않는데, 화웅이 어찌 그를 궁수로 알아보겠소?" 그때 관우가 말했다. "이기지 못하면 내 목을 베시오."

나 오인하는 것이라든지 또 누차의 방문 끝에 비로소 그를 만나게 되는 것들이 바로 그러하다.

조조는 사람을 시켜 더운 술을 한잔 따라서 관우에게 마시게 한 후 출전토록 하였다. 관우는 말하길, "술을 따라 놓으시오. 내 곧 갔다 오겠소." 한다. 휘장을 나서서는 칼을 들더니, 몸을 날려 말을 탔다. 여러 제후들이 듣자니, 막사 밖에는 북소리가 크게 울리고, 함성이 치솟는데, 마치 하늘이 꺼지고 땅이 내려앉으며, 산이 흔들리며 무너지는 듯 하였다. 주위의 사람들은 모두 놀라 넋을 잃었고, 그 결과를 알리려고 하자 바로 방울소리가 울리며 말이 이미 막사 앞에 와 있었다. 운장은 화웅의 머리를 들고는 그것을 땅위에 던지는데, 그 술은 아직도 따뜻했다.

(階下一人大呼出曰: 小將願往, 斬華雄頭獻於帳下! 衆視之, 見其人身長九尺五寸, 髥長一尺八寸, 丹鳳眼9), 臥蠶眉, 面如重棗, 聲似巨鐘, 立於帳前。紹問: 何人？公孫瓚曰: 此劉玄德之弟關某也。紹問: 見居何職？瓚曰: 跟隨玄德充馬弓手。帳上袁術大喝曰: 汝欺吾衆諸侯無大將耶？量一弓手, 安敢亂言, 與我亂棒打出! 曹操急止之, 曰: 公路息怒。此人旣出大言, 必有廣學。試教出馬, 如其不勝, 誅亦未遲。袁紹曰: 不然。使一弓手出戰, 必被華雄恥笑。吾等10)如何見人？曹操曰: 據此人儀表非俗, 華雄安知他是弓手？關某曰: 如不勝, 請斬我頭。操教釃熱酒一杯, 與關某飲了上馬。關某曰: 酒且酌下, 某去便來。出帳提刀, 飛身上馬。衆諸侯聽得寨外鼓聲大震, 喊聲大擧, 如天摧地塌, 岳撼山崩。衆皆失驚, 卻欲探聽, 鸞鈴響處, 馬到中軍, 雲長提華雄之頭, 擲11)於地上。其酒尙12)溫。)

---

9) 가늘게 올라간 외꺼풀의 눈을 말한다.
10) 我們의 뜻이다.
11) 던지다.
12) "尙"은 "여전히(還)"의 의미이다.

위 단락은 관운장의 담력과 그 무공을 묘사한 그 유명한 "온주참화웅(溫酒斬華雄)"이라는 대목이다. 제후군들의 17개 사단 몇 십만 병사가 모여 동탁(董卓)을 토벌하는 과정에서, 원소는 맹주가 되고, 손견이 선봉장이 되어 적과 대치하는데, 적의 병력이 만만찮아 동탁의 부장인 화웅과의 일대일 결투에서 손견은 비록 목숨은 건졌으나, 그의 투구와 모자가 벗겨져 적의 전리품이 된다. 그리하여 제후군의 사기가 다소 떨어졌을 때 유섭(俞涉)이 자원하여 출전하나 三合도 못하고 그만 화웅의 칼 아래의 귀신이 되어 버렸고, 그 다음 반봉(潘鳳)이 명을 받고 나가지만 그 역시 바로 화웅에게 목이 달아났다. 화웅의 연전연승으로 적의 기세는 하늘을 찌르고, 아군의 진지가 조용할 때, 맹주 원소는 탄식을 하길, "아, 아깝도다! 나의 상장(上將) 안양(顔良)과 문추(文醜)가 아직 도착하지 못한 것이. 그 중에 한 사람이라도 있었으면 어찌 화웅이 두렵겠는가?" 라고 하였는데, 그 말이 채 떨어지기도 전에 계단 아래에서 관우가 소리치며 나온 것이다. 여기서 작자는 관우의 비범하고 용맹스러운 기세를 독자들에게 말하려고 함에 있어 그가 출전하여 성공적으로 적을 무찌르는 것을 묘사하기 전에 작자는 앞에서 수많은 장수들이 출전했다가 힘없이 적에게 당하는 상황과 원술에 의해 경시당하는 장면등과 같은 많은 필묵을 사용하여 그의 출현을 암시하는데, 이것이 모두 관우의 등장을 위해 흥을 돋우는 것이자 바로 관우의 출전을 부각시키는 "홍탁(烘托)"의 수법이다. 그리고 막상 관우가 출전하여 화웅을 물리치는 장면은 너무도 간략하다. 작자는 관우가 화웅을 어떻게 하여 어떤 식으로 그의 목을 베는가하는 그의 구체적인 결투장면에 대하여는 거의 묘사를 하지 않았다. 그러나 관우의 용맹성은 우리들의 상상력을 부추기어 결과적으로 더욱 깊은 인상을 심어주었다. 또 위의 인용문에서 알 수 있는 것이 바로 작자의 인물묘사언어의 정확성이다. 원술과 원소가 관우의 비천한 신분을 의식하여 그를 비웃을 때, 조조는 그들을 저지하며 운장을 예우하였는데, 바로 사람을 볼 줄 아는 영웅 조조의 총명함을 간접적으로 묘사한 부분이다. 또 관운장이 보통사람들과 같이 술로써 담력을 키운 다음에 출전하는 것이 아니라, 받아 놓은 술을 바로 마시지 않고 사후에 그것을 마시겠다는 것도 그의 영웅적인 기개를 잘 묘사한 부분이다.

한편 문빙이 병사들을 이끌고 조운을 추격하며 장판교에 이르렀는데, 다리 위에는 장비가 범의 수염을 곤두세우고 고리눈을 부릅뜬 채 사모창을 끼고는 말에 높이 올라 앉아 있었다. 게다가 다리 동쪽 숲 뒤를 바라보니 먼지가 크게 일어나 복명이 있는 듯하여 말을 멈추고 감히 나아가지를 못한다. 잠시 후에 조인과 이전, 하후돈, 하후연, 악진, 장료, 장합, 허저 등이 모두 도달하였지만, 장비가 노한 눈을 뜨고 창을 비껴 쥐고는 다리 위에 있는 모습을 보고 제갈공명의 계략으로 알고 그 누구도 감히 접근을 못한다. 다만 대오를 정렬하여 다리 서쪽에서 일자로 늘어서 있기만 할 뿐이다. 그리고는 사람을 시켜 조조에게 급히 보고했다. 조조는 소식을 듣고는 급히 말을 타고는 진 뒤에서 쫓아왔다. 장비가 고리눈을 크게 떠서 보니 멀리 뒤에 희미하게 군대의 푸른 비단 일산과 깃발등이 다가오는 것으로 보아 조조가 의심을 품고 친히 살피기 위해 온 듯하다. 장비는 대갈일성 부르짖길: "내가 바로 연인 장익덕이다. 누가 감히 나와 더불어 한판 결사전을 벌이겠는가?" 그 소리가 마치 거대한 벼락과도 같다. 조조의 군사들은 그 소리를 듣고 모두가 전율을 떨었다. 조조는 급히 일산덮개를 걷기를 명한 후 좌우를 보며 말하길: "내 일찍이 운장의 말을 들은 적이 있는데 익덕은 백만 군사들 속에 있는 장수의 목도 마치 주머니 속의 물건을 취하듯 한다는데, 오늘 만나고 보니 그 말을 믿지 않을 수가 없겠네." 라고 한다. 그 말이 끝나기도 전에 장비는 눈을 부라리며 또 꾸짖길: "연인 장익덕이 여기에 있다. 누가 감히 나와 결사전을 벌이겠는가?" 한다. 조조는 장비가 이처럼 기개가 높은 것을 알고는 자못 물러설 마음이 일었다. 장비는 조조의 진영 뒤허리가 이동하는 것을 보고는 창을 치켜세우고는 또 외치길: "싸우는 것도 아니고, 물러나는 것도 아니고, 무슨 짓들이냐!" 라고 소리친다. 고함소리가 채 끝나기도 전에 조조 곁에 있던 하후걸이 놀라 간담이 찢어져 말 아래로 떨어졌다. 조조는 얼른 말을 타고 달아나니, 군사들과 여러 장수들이 일제히 서쪽으로 달아났다. 젖비린내 나는 아이가 어찌 우뢰소리를 들었으며, 병약한 초부한이 어찌 범의 포효를 견디겠는가? 순식간에 창을 버리고 투구를 떨어뜨리는 자들이 부지기수다. 그 달아나는 사람들은 거대한 파도와도 같았으며, 쓰러지는 말들은 산이 무너지는 듯, 서로 밟고 밟히며 난리다.

(却說文聘引軍追趙雲至長坂橋, 只見張飛倒豎虎鬚圓睜環眼, 手綽[13]蛇矛立馬橋上。又見橋東樹林之後，塵頭大起，疑有伏兵，便勒住馬不敢近前。俄[14]而曹仁李典夏侯惇夏侯淵樂進張遼張郃許褚等都至。見飛怒目橫矛，立馬於橋上，又恐是諸葛孔明之計，都不敢近前，紮住陣脚，一字兒擺在橋西，使人悲報曹操。操聞知，急上馬從陣後來。張飛圓睜環眼，隱隱見後軍青羅傘蓋，旄鉞旌旗來到，料[15]得是曹操心疑，親自來看。飛乃厲聲大喝曰：我乃燕人張翼德也！誰敢與我決一死戰？聲如巨雷。曹軍聞之，盡皆股栗。曹操急令去其傘蓋，回顧左右曰：我向曾聞雲長言，翼德於百萬軍中取上將之首，如探囊取物。今日相逢，不可輕敵。言未已，張飛睜目又喝曰：燕人張翼德在此！誰敢來決死戰？曹操見張飛如此氣槪，頗有退心。飛望見曹操後軍陣脚移動，乃挺矛又喝曰：戰又不戰，退又不退，却是何故！喊聲未絶，曹操身邊夏侯傑，驚得肝膽碎裂，倒撞於馬下。操便回馬而走，於是諸軍衆將一齊望西逃奔。正是黃口孺子，怎聞霹靂之聲，病體樵夫，難聽虎豹之吼。一時棄槍落盔者，不計其數。人如潮湧，馬似山崩，自相踐踏。)

위의 단락은 《삼국연의》 중의 명장면인 장비의 장판교(長坂橋) 싸움으로 당시의 분위기를 선명하게 생동미가 잘 반영되게 표현하여 독자들로 하여금 마치 그 현장에 임해 그 소리를 듣고 그 사람을 보고 있는 듯한 느낌을 갖도록 한다. 다소 과장스러운 표현이 출현하지만 오히려 그 상황의 기분을 독자들에게 더욱 잘 전달하는 효과를 가져다준다. 보통 《삼국연의》의 예술적 성공을 얘기할 때 빠질 수 없는 점이 바로 이 과장적 수법이다. 현실주의적 관점에서 보면 앞에서도 언급하였듯이 이 소설의 인물묘사는 비합리적이고 평면적인 그야말로 유치하기 짝이 없다. 그러나 《삼국연의》는 평화(評話)인 민간문예에서 나온 것이기에 과장적 수법이 필수적이고 또 이러한 과장적 수법이 바로 이 소설의 장점이자 매력인 셈이다. 이는 문학언어의 묘사가 생활논리 속의 진실성 즉 합리성이 결여되었다고 하더라도 예술논리 속의 진실성이 있으면 그 묘사는 성공적이 된다는 실례를 잘 보여주고 있는 부분이기도 하다. 예술논리 속의 진실성 즉 예술적 진실성이란 일상적 논리 개념으로 이해할 수 없는 것으로 반드시 예술적 상상과 미감경험(美感經驗)을 통해서만 이해되어질 수 있는 개념이다.

---

13) 綽(작)은 "잡다"의 뜻이다.
14) 잠시
15) 생각하다

《수호전(水滸傳)》

시내암(施耐庵)의 영웅전기소설 《수호전》은 《삼국연의》와 마찬가지로 역사상의 주요 인물들을 그 주인공으로 하여 만들어진 소설이지만 역사 연의가 역사적 사실에 비교적 의거하여 소설을 구성한데 비해 영웅전기 는 허구적 색채가 강한 의식적으로 지어진 창작물이다. 그리고 《삼국연 의》의 주제가 충의(忠義)를 바탕으로 한 전통적인 진부한 관념에서 크게 벗어나지 못했지만 《수호전》은 중국역사상 최초로 정부에 항거하는 농민 의거의 정당성을 주장한 소설작품이다. 따라서 여기에는 봉건주의 시대 에 더없이 고귀한 민주주의적 정신이 숨쉬고 있다. 또 이 작품은 중국역 사상 최초로 도적들을 주인공으로 하여 무지하고 거친 그들의 내면에 흐 르는 인간적인 아름다움을 노래한 작품이다. 그러므로 이 작품에 흐르는 반항적인 색채는 매우 깊은 것이며, 그것은 곧 봉건주의적 체제에 대한 정면적인 도전이라고 하겠다. 형식면에 있어서도 수호전의 예술성은 매 우 탁월한데, 특히 인물묘사의 기교가 두드러지다.

한 주먹이 코 중간을 때리니, 선혈이 낭자하면서 코는 한 쪽으로 비뚤 어졌다. 마치 간장가게를 연 것처럼 짜고, 시고, 매운 것이 한 번에 흘러 나왔다. 정도는 일어나지 못하고, 쥐었던 칼은 옆에 버려진 체, 입으로... "잘 때린다!" 라고만 부르짖었다. 노달은 욕하며 말하길, "망할 눔, 그래 도 대꾸하긴!" 그러면서 주먹을 들어 양미간(兩眉間)을 한 번 치니, 눈 가 장자리가 찢어지면서 검은 눈알이 튀어나오는데, 이 또한 채색의 비단 점 을 연 것처럼, 붉그스럼한 것, 검은 것, 그리고 선홍색의 것들이 한 번에 터져 나온다. 양쪽에서 보고 있는 사람들은 노제할을 두려워해 아무도 나 서서 말리지 못했다. 정도는 견디지 못해 용서를 빌었다. 노달은 대갈일성 꾸짖어 말하길, "이 눔! 깡패 같은 자식! 네 놈이 나와 죽을 때까지 붙는다면 내 너를 용서하겠지만, 지금 내게 사정을 하면 내 기어코 너를 봐주지 않겠다!" 또 한 주먹이 내려가는데, 관자놀이 정 중간에 떨어졌다. 역시 마치 수륙 양면의 도장(道場)을 연 것처럼, 경이다, 발이다, 요다 하는 악기소리가 일제히 울려나온다. 노달이 보아하니, 정도는 땅바닥에 축 늘어져 입에서는 나가는 기(氣)는 있어도 들어오는 기(氣)가 없이 꼼짝 않고 누워있다. 노제할은 거짓으로 말하길: "네 이 눔 죽은 체 하긴, 내 다시 때려 줄까보다!" 그러나 정도의 얼굴색은 점점 변하여갔다. 노달은 생각하길: "내 단지 저 놈을 한 번 크게 혼내줄 생각만 했는데, 의외로 세 주먹에 정말 놈을 때려 죽여 버렸군. 내 관가에 필히 잡혀갈 것이고 그러면 내게 밥을 지어 가져다주는 사람도 없을 텐데, 얼른 빨리 달아나는 것만 못하군." 하며 자리를 떠났다. 그러면서도 머리를 돌려 정도의 시체를 바라보며 "이 자식, 죽은 체 하긴. 내 너와 있다 다시 상대할거야!" 라고 말하며 욕을 하면서 큰 걸음으로 가버렸다. (절록)

(只一拳, 正打在鼻子上, 打得鮮血迸流, 鼻子歪在半邊, 却便似開了個油醬鋪: 鹹的, 酸的, 辣的, 一發都滾出來. 鄭屠掙不起來, 那把尖刀也丟在一邊, 口裏只叫: 打得好! 魯達罵道: 直娘賊, 還敢應口! 提起拳頭來就眼眶際眉梢只一拳, 打得眼稜縫裂, 烏珠迸出, 也似開了個彩帛鋪的: 紅的, 黑的, 絳16)的, 都綻將出來. 兩邊看的人懼怕魯提轄, 誰敢向前來勸? 鄭屠當不過17), 討饒. 魯達喝道: 咄! 你是個破落戶! 若只和俺硬到底, 洒家18)倒饒了你! 你如今對俺討饒, 洒家偏不饒你! 又只一拳, 太陽上正着, 却似作了一個全堂水陸的道場: 磬兒, 鈸兒, 鐃兒, 一齊響. 魯達看時, 只見鄭屠挺在地上, 口裏只有出的氣, 沒了入的氣, 動撣不得. 魯提轄假意道: 你這廝詐死, 洒家再打! 只見面皮漸漸的變了. 魯達尋思道: "俺只指望痛打這廝一頓, 不想三

---

16) 絳(강)은 진하게 붉은 색을 말한다.
17) 감당하지 못하다.
18) 자신을 스스로 칭하는 말이다.

拳眞個打死了他。酒家須吃官司，又沒人送飯，不如及早撤開。" 拔步便走。
回頭指着鄭屠屍道: "你詐死。 酒家和你慢慢理會!" 一頭罵，一頭大踏步去了。
(절록))

거칠고 불같은 성격의 소유자인 노지심을 통해 이 소설의 잔인한 폭력성이 드러난 문장이다. 그러나 그가 폭력을 행사한 동기가 다름 아닌 약자에 대한 동정과 불의에 대한 분개에서 비롯된 점을 알게 되면 그 행동의 잔인함보다는 선량함과 통쾌감을 더욱 느끼게 해주는 부분이다. 그리고 마지막 부분에서 노지심이 보인 일련의 행동들은 거칠지만 그 가운데 세심한 면도 동시에 지니고 있는 그의 입체적이고 개체화적인 성격을 잘 묘사하여 이 소설작가의 탁월한 인물묘사의 기교를 느끼게 해준다.

《서유기(西遊記)》

중국고대 신화고사의 전통을 계승하여 발전한 신마(神魔)소설이다. 전통적인 유교관념으로 인해 신화가 발달하지 못한 중국문학에서 낭만주의적 신화와 전설이 가미된 소설이 오승은(吳承恩)이라는 한 작가에 의해 창작된 것은 매우 경이로운 사실이라고 할 수 있다. 이 고사는 당나라 현장법사가 17년간 갖은 고생 끝에 인도로부터 불경을 구해오기까지의 전기적인 경험과 도중에서 겪게 되는 기상천외의 사실에서 비롯되었다. 그후 그의 이야기가 700여년간 민간에 유전되다가 결국 명대 한 문인에 의해 완성되었다. 따라서 삼국연의나 수호전 등의 명초 작품들에 비해 문인의 창작비중이 더욱 높아져 중국고대 장회소설이 문인의 "정리각색" 단계에서 "독립창작" 단계로 전환되는 과도기적 작품이라고 할 수 있다.

이번에도 그 원숭이 왕은 위아래를 가리지 않고 철봉을 휘두르며 이쪽저쪽의 적들을 무찌르는데 그를 막을 만한 신이 없었다. 그리하여 통명전 안과 영소전 밖까지 쳐들어왔는데 다행히도 우성진군의 좌사인 왕령관이 궁전을 지키고 있었다. 그는 손오공이 난동을 부리는 것을 보고는 쇠 회초리를 당겨다가 가까이 가서 막으며 말하길: "발칙한 원숭이가 어디를 가는가! 내가 여기 있으니 미친 듯 날뛰지 마라!" 그래도 손오공은 아랑곳 않고 봉을 들어 휘두르니 영관도 채찍을 들어 서로 맞섰다. (중략) 그때 여러 신들이 대성을 한 곳으로 몰아 넣었지만 도대체 근접을 할 수가 없어 어지럽게 고함만 치면서 난투전을 벌이자 옥황상제는 그 소란소리에 놀라고 말았다. 그리하여 전지(傳旨)를 내려 유혁령관과 익성진군으로 하여금 서방으로 가서 부처님을 모셔와 그를 항복시키도록 하였다. 두 성인은 명을 받들어 바로 영산 선경의 뇌음보찰 앞으로 달려가 네 분의 금강(金剛)과 여덟 분의 보살님들께 절을 하고는 전지를 전달해 줄 것을 부탁했다. 여러 신들이 보련대 아래에 모여서 석가여래에게 고해 아뢰니 두 성인을 불러오도록 하였다. 부처님께 세 번 절하고 누각 아래에 시립하니 여래는 묻길: "옥황상제께서 무슨 일로 두 성인을 번거로이 하림(下臨)하도록 하셨오?" 두 성인이 바로 아뢰길: "옛날 화과산에서 원숭이 하나가 태어났는데, 거기서 신통을 얻어 여러 원숭이들을 모아 세상을 교란시키고 있습니다. 옥제께서도 그를 회유하는 정책을 내려 "필마온"이라는 벼슬을 봉했지만 그는 관직이 작다고 여겨 돌아가 버렸습니다. 이천왕과 나부태자를 보내 그를 포획하도록 했지만 이루지 못하여 다시 그를 불러들여 "제천대성"의 벼슬을 주었으며 먼저 관직을 주고 녹은 없었습니다. 그로 하여금 반도원을 관리하도록 하였지만 복숭아를 몰래 먹었으며, 또 요지로 가서는 그 안주와 술을 훔쳐 먹으며 대회를 교란시켰습니다. 술김에 또 두술궁에 몰래 들어가 노군선단을 훔쳐 천궁을 빠져나갔습니다. 옥제께서 다시 십만이나 되는 천병(天兵)을 파견하였지만 역시 잡지를 못했습니다. 그 후 관세음께서 이랑진군과 그의 의형제들을 거느리고 잡으러 갔지만 그가 워낙 변화무쌍하여 노군께서 금강탁을 휘둘러 심히 두들기자 비로소 그를 포획할 수 있었습니다. 어전까지 압송하여 목을 치도록 명했지만 칼로 자르고 도끼로 찍으며 불로 지지고 번개로 때려도 도대체 그의 몸을 상하게 할 수 없었습니다. 노군께서는 그를 데려가 불로써 달구도록 명하였고, 49일이 지나 솥을 열어보니 그는 그 팔괘 가마에서 튀어나와 하늘의 장정들을 물리치고 통명전 속 영소전 밖으로 들어가 버리고 말았습니다. (하략)

(這一番, 那猴王不分上下, 使鐵棒東打西敵, 更無一神可攩19)。只打到通明殿裡, 靈霄殿外。幸有佑聖眞君的佐使王靈官執殿。他見大聖縱橫, 掣金鞭近前攩住道: 潑猴何往, 有吾在此, 切莫猖狂! 這大聖不由分說20), 舉棒就打。那靈官鞭起相迎。兩個在靈霄殿前廝渾一處。(중략) 當時衆神把大聖攢在一處, 却不能近身, 亂嚷亂鬪, 早驚動玉帝。遂傳旨著遊弈靈官同翊聖眞君上西方請佛老降伏。那二聖得了旨, 徑到靈山勝境, 雷音寶刹之前, 對四金剛, 八菩薩禮畢, 卽煩轉達。衆神隨至寶蓮臺下啓知如來, 召請二聖。禮佛三匝, 侍立臺下。如來問: 玉帝何事, 煩21)二聖下臨? 二聖卽啓道: 向時22)花果山産一猴, 在那裡弄神通, 聚衆猴攪亂世界。玉帝降招安旨, 封爲弼馬溫, 他嫌官小反去。當遣李天王, 哪吒太子擒拿未獲, 復招安他, 封做齊天大聖, 先有官無祿。著他代管蟠桃園, 他卽偸桃, 又走至搖池, 偸餚, 偸酒, 攪亂大會, 仗酒23)又暗入24)兜率宮, 偸老君仙丹, 反出天宮。玉帝復遣十萬天兵, 亦不能收伏。後觀世音擧二郎眞君同他義兄弟追殺, 他變化多端, 虧老君抛金剛琢打重, 二郎方得拿住。解赴御前, 卽命斬之。刀砍斧剁, 火燒雷打, 俱25)不能傷, 老君奏准領去, 以火煅煉。四十九日開鼎, 他卻又跳出八赴爐, 打退天丁, 徑入通明殿裡, 靈霄殿外。(하략))

---

19) 攩(당)은 "막다"는 뜻이다.
20) "不由分說"은 "다짜고짜로"의 뜻이다.
21) 수고스럽게
22) 옛날에
23) 술을 믿고
24) 몰래 들어가다.
25) 모두

《서유기(西遊記)》의 정신은 손오공을 중심으로 하여 벌어지는 기상천외의 신출귀몰한 법술이나 그 천변만화의 줄거리 자체에 있는 것이 아니라 손오공의 제반 행동을 통해 표현된 그 의미심장한 상징성과 혁신적인 사상성에 있다. 노신(魯迅)의 말대로 이 소설은 바로 당시의 세태를 상징과 환상, 그리고 과장 등의 예술적 방법을 동원하여 은유적으로 묘사한 것이었다.("取當時世態, 加以鋪張描寫"-《中國小說史略》) 따라서 손오공이 지니고 있는 그 사상내용의 골자는 바로 그의 천진난만한 자유와 반항정신, 그리고 강인한 의지와 불굴의 투쟁정신인 것이다. 위 단락은 《서유기》 소설의 가장 핵심적인 부분인 손오공이 천궁(天宮)에서 소란을 피우는 내용으로 그의 이러한 형상을 가장 잘 보여주고 있다.

《금병매(金瓶梅)》

사대기서 가운데 맨 마지막 작품으로 비록 수호전 가운데 한 부분인 "무송살수(武松殺嫂)"의 고사를 부연하여 만들어진 작품이지만 중국장회소설사상 화본형의 구전된 작품이 아니라 문인이 독립적으로 창작한 최초의 작품이다. 《금병매》는 또 그 제재에 있어 기존의 역사적인 사실이나 신괴성을 완전히 탈피하여 일상의 현실생활을 그 제재로 한 근대적 소설성을 지닌 최초의 장편소설이기도 하다. 따라서 《금병매》는 중국고대소설이 진정한 의미의 현실주의 소설로 발전하는 계기를 마련한 중요한 의미를 지닌 소설이라고 할 수 있다. 중국고대소설의 결정체로 인정되는 청대의 《홍루몽》이나 《유림외사》 등이 탄생한 것도 금병매의 현실주의적 전통에서 비롯된 것이다.

이 부인의 나이는 25,6세 이하로 보였는데, 생긴 것이 너무나 예쁘다. 눈썹은 초봄의 버들잎 같고, 언제나 아련한 우수를 머금고 있었다. 얼굴은 춘삼월의 복사꽃 같았고, 속 깊은 곳에서는 한없는 풍류와 낭만을 지닌 듯 하다. 가는 허리는 늘씬하고, 구속되어진 나태한 제비나 지루해 몸 부림치는 앵무새와도 같이 보였는데, 볼그레한 입은 작고 산뜻하여 수많은 벌과 나비들이 그녀에게 미친 듯이 빨려들 것만 같다. 옥같은 모습은 날렵하고 상큼하여 언제나 사람의 마음을 기쁘게 해줄 것 같고, 꽃같은 모습은 얌전하고 참하여 향기가 전해진다. 오월낭이 머리에서부터 발끝까지 훑어보며 내려가니, 그 풍류는 위에서 아래로 흘러나오고; 발끝에서 머리까지 보며 훑어 올라가니, 풍류는 또 아래에서 위로 올라갔다. 풍류를 논하자면, 수정(水晶)쟁반 안에서 맑은 구슬이 흐르는 것 같고; 그 태도를 말하면, 마치 붉은 살구가지 끝에 걸린 대바구니 밝은 해와 같다. 한 번 쳐다보고 할 말은 잊었지만, 마음속으로는 연신 생각하길, "젊은 남자 종들이 언제나 집에 을 때마다 무내의 아내가 어쩌고 하더니, 내 일찍이 그녀를 본적은 없지만, 오늘 보니 과연 예쁘게 생겼구나! 어쩐지 내 그 남자가 그렇게도 죽고 못 살더라!" (절록)

(這婦人年紀不上二十五六, 生的這樣標致26)。但見眉似初春柳葉, 常含着雨恨雲愁, 臉如三月桃花, 暗帶着風情月意27)。纖腰嬝娜28), 拘束的燕懶鸎慵, 檀口輕盈, 勾引得蜂狂蝶亂。玉貌妖嬈花解語, 芳容窈窕玉生香。吳月娘從頭看到脚, 風流29)往下跑; 從脚看到頭, 風流往上流。論風流, 如水晶盤內走明珠; 語態度, 似紅杏枝頭籠曉日。看了一回, 口中不言, 心內暗道, 小厮每家來, 只說武大怎樣一個老婆, 不曾看見。今日果然生的標致! 怪不的俺那强人愛他。(절록))

---

26) 標致(표치)는 "예쁘다"의 뜻이다.
27) 風月은 風流와 같은 뜻이다. 따라서 風情月意는 "풍류스러운 정취와 자태"를 말한다.
28) 嬝娜(뇨나)는 嫋娜(뇨나)라고도 쓴다. 여자의 몸매가 가늘고 날씬한 것을 일컫는 말이다.
29) 이 단락에서 자주 나오는 풍류의 의미는 여자의 몸매에서 풍겨 나오는 멋진 운치를 뜻한다.

금병매는 비록 색정적인 요소를 지닌 작품이지만 이 작품 속의 음탕한 여인 반금련(潘金蓮)은 결코 수호전 속의 그녀와 같이 봉건 전통사상의 정조관에 의거하여 주살(誅殺)을 당하는 대상이 아니라 위의 단락에서 보이는 것처럼 여성적인 매력이 물씬 풍기는 성적 매력이 풍부한 여인으로 묘사되고 있다. 이는 인간의 정욕을 긍정적인 시각으로 보려고 하던 명대 말기의 시대적 분위기의 소산일 것이다. 이런 현상은 명말의 통속소설들에서도 많이 나타나고 있다.

《삼언(三言)》

명말의 유명한 통속문학가인 풍몽룡(馮夢龍)의 작품이다. 그는 《성세항언(醒世恒言)》의 서문에서 자신이 《삼언》(즉 《성세항언》·《유세명언(喩世明言)》·《경세통언(警世通言)》의 세 편을 지칭.)을 편찬한 이유는 세인들을 권고하고, 경계시키고, 각성시키기 위한 것이라고 하며 그 교육적 작용을 강조하였다. 이런 교화의식 때문에 그의 작품집에는 봉건적인 설교(즉 효자절부나 인과응보 등)를 노골적으로 암시한 부분들이 있기도 하지만, 몇 작품들은 그 참신한 사상성은 물론 그 긴축적인 구성으로 수준 높은 예술성을 창조해 내기도 하였다. 무엇보다도 풍몽룡이 이 작품을 통해 역설하고자 한 것은 그 어떤 봉건적인 교화의식보다도 그가 지은 《정사(情史)》에서도 보여준 것처럼 사람이 지닌 자연적이고 순수한 정의 세계라고 할 수 있다. 대표작으로는 〈장흥가중회진주삼(蔣興哥重會珍珠衫)〉, 〈매유랑독점화괴(賣油郎獨占花魁)〉, 〈두십낭노침백보상(杜十娘怒沈百寶箱)〉 등이 있다.

〈장흥가중회진주삼(蔣興哥重會珍珠衫)〉

숙소로 돌아와서도 생각하면 또 화가 나고 화가 나도 또 생각하였다. 축지법이라도 배워서 얼른 집으로 돌아가지 못하는 것이 정말 한이었다.

밤을 이어 행장을 수습하고는 다음 날 아침에 배에 올라 길을 떠났다. 그때 뭍 위에서 한 사람이 헐레벌떡 뛰어오는데 바로 진대랑이었다. 그는 친히 서신 큰 보따리 하나를 홍가에게 내밀면서 반드시 부쳐달라고 부탁하였다. 이에 홍가는 화가 나 얼굴빛이 흙색으로 변했지만 입을 열 수도, 말할 수도, 죽일 수도, 살릴 수도 없는 상황이었다. 다만 진대랑이 떠난 이후에 그 편지를 열어보았는데 거기에는 "수고스럽지만 이 서신을 대시가 동항에 있는 설씨 아주머니에게 전해주십시오."라고 되어 있었다. 홍가는 성이 나서 한손으로 그것을 찢어 열어보니 바로 여덟 척이 넘는 도홍색의 주름 비단 손수건 하나가 들어 있었고, 또 종이 풀로 만든 긴 함 속에 봉황 머리 모양의 백옥 비녀도 하나 들어 있었다. 서신 위에는 "이 보잘것없는 두 물건을 수고스럽지만 양어머니께서 사랑하는 여인 삼교아가 친히 수령하여 기념하도록 하게 해 주십시오. 서로 만날 날은 반드시 다음 봄이니 그 동안 부디 옥체 보중하시오."라고 되어 있었다. 홍가는 크게 노하여 편지를 잘게 찢어버리고는 강물 안으로 던져버렸다. 또 옥비녀는 갑판에다 내던져 두 동강으로 내 버렸다. 그러나 한편으로는 "내가 참 어리석기도 하지. 이것들을 남겨 증거물로 삼으면 더 좋지."라고 생각하며 비녀와 손수건을 주워서는 하나로 담아 모으고 배를 재촉하였다. 그리고 급히 고향으로 돌아와서는 자기 집의 문 앞을 바라다보니 불현듯 눈물이 떨어졌다. 당초 부부간에 그 얼마나 금슬이 좋았는데 "자신이 파리 대가리 같이 보잘것없는 이익을 탐닉하여 부인으로 하여금 젊은 나이에 독수공방을 하게 만들어 결국 이런 추한 꼴이 발생하게 하였으니 지금 후회를 하여도 아무 소용이 없구나!"라고 생각하였다. 그는 집으로 향하는 도중에도 얼른 가고 싶어 안달이었다. 이윽고 집에 다다르자 마음속이 괴롭기도 하고 한스럽기도 하여 한걸음 나아가고 한걸음 뜸을 들였다. 자기 집의 문 안으로 들어가서는 화를 참지 않을 수가 없었고, 억지로 서로 얼굴을 마주하였다. 홍가는 말이 없었고, 삼교아는 스스로 마음속으로 찔리는 것이 있어 얼굴이 온통 부끄러워하는 빛이었고 감히 맞이하며 말을 걸지 못했다. 홍가는 짐을 옮긴 연후에 장인장모님을 좀 보러 간다고 하고 는 여전히 배로 돌아와 하루 밤을 보냈다.

(回到下處, 想了又惱, 惱了又想, 恨不得30)學个縮地法儿, 頃刻到家連 夜收拾, 次早便上船要行。只見岸上一个人气吁吁的赶來, 却是陳大郎。親 把書信一大包, 遞与興哥, 叮囑千万寄去。气得興哥面如土色, 說不得, 話 不得, 死不得, 活不得。只等陳大郎去后, 把書看時, 面上寫道: "此書煩 寄大市街東巷薛媽媽家。"興哥性起, 一手扯開, 却是八尺多長一條桃紅縐 紗汗巾。又有个紙糊長匣儿, 內羊脂玉風頭簪一根。書上寫道: "微物二 件, 煩干娘轉寄心愛娘子三巧儿親收 聊表記念。相會之期, 准在來春。珍 重, 珍重。"興哥大怒, 把書扯得粉碎, 撇在河中; 提起玉簪在船板上一 摜, 折做兩段。一念想起道: "我好糊涂! 何不留此做个証見也好。"便撿起 簪儿和汗巾, 做一包收拾, 催促開船。急急的赶到家鄉, 望見了自家門 首, 不覺墮下泪來。想起: "当初夫妻何等恩愛, 只爲我貪着蠅頭微利, 撇 他少年守寡, 弄出這場丑來, 如今悔之何及! "在路上性急, 巴不得31)赶 回。及至到了, 心中又苦又恨, 行一步, 懶一步。進得自家門里, 少不得忍 住了气, 勉强相見。興哥并无言語, 三巧儿自己心虚, 覺得滿臉慚愧, 不 敢殷勤上前扳話。興哥搬完了行李, 只說去看看丈人丈母, 依旧到船上住 了一晚。(절록))

🎵 감상요령 이 작품은 아내가 외도를 하여 결국 남편은 이혼을 제기하게 되지만 외도한 아내에 대한 장흥가의 태도에서 우리는 전통적 남성들이 외도한 아내들을 대하는 태도가 아니라 남녀평등의 입장에서 여성의 관점으로부터 상황을 이해하려고 노력하는 다소 진보적인 남성상을 볼 수가 있다. 다시 말하자면 장흥가는 외도한 삼교아에 대해 마음속으로는 분노로 들끓었지만 일방적인 질책이나 폭력은커녕 그녀의 입장에서 자신의 책임과 잘못도 되돌아보려고 하는 비교적 너그러운 모습을 보이고 있다. 외도한 여성을 주살(誅殺)의 대상으로만 보는 봉건적이고 전통적

---

30) 很想의 의미이다.
31) 매우 바라다.

인 열녀나 정조관념들을 탈피하여 인간의 욕정, 특히 여성의 욕정을 무조건적으로 죄악시하는 것이 아니라 그것을 직시하고 이해하려고 하는 점이 두드러진 것이 이 작품의 특징이자 우리들에게 전하는 신선한 메시지이다. 뿐 아니라 이 작품에서는 인간의 마음과 행동을 결정적으로 움직이게 하는 것은 그 어떤 예교나 도덕이 아니라 인간의 진실한 정이라는 메시지도 함께 전하고 있다. 장흥가가 비록 순간적인 욕정으로 바람을 피운 부인 삼교아와 화가 나서 이혼까지 감행하지만 그래도 두 사람이 나중에는 서로를 받아들이게 되는 과정이 바로 이 점을 말해준다고 하겠다.

〈매유랑독점화괴(賣油郎獨占花魁)〉

한편 미낭은 한밤중에 잠에서 깨어나 술기운을 이기지 못해 가슴이 답답해짐을 느꼈다. 그녀는 겨우 일어나 이불 위에 앉아 머리를 숙여 '웩웩' 그리며 토하려고 하였다. 진중은 황급히 일어나 앉아 그녀가 토하려는 것을 알고는 찻주전자를 놓고 등을 부드럽게 문질러주었다. 한참 후, 미낭은 구토증세를 견디지 못하고는 목을 빼고 토하기 시작했다. 진중은 이부자리를 더럽힐까 두려워 자신의 도포자락 소매를 벌려 그녀의 입에 대었다. 그녀는 그것도 모르고 마음껏 토하였다. 토하고는 눈을 감은 채로 차를 요구하여 입을 행구었다. 진중은 침대에서 내려와 도포를 조용히 벗어 바닥에 두고는 찻주전자를 만져보고 아직 온기가 있음을 느껴 진한 차 한 잔을 그녀에게 따라 주었다. 미낭은 연달아 두 잔을 마셨지만 가슴이 답답하고 몸은 여전히 피곤하여 자리에 누워 잠이 들고 말았다. 진중은 도포를 벗고 소매에 가득 토한 더러운 것들을 겹겹이 싸 침상 옆에 두고는 처음과 같이 그녀를 껴안고 누워있었다. (절록)

(卻說美娘睡到半夜 醒將轉來 自覺酒力不勝[32], 胸中似有滿溢之狀。爬起來 坐在被窩中, 垂著頭 只管打乾嘔[33]。秦重慌忙也坐起來 知他要

---

32) 酒力不勝은 不勝酒力의 뜻으로 술기운을 이기지 못하다.
33) 토하고 싶지만 토해내지 못해 나는 소리이다.

吐, 放下茶壺, 用手撫摩其背。良久, 美娘喉間忍不住了, 說時遲, 那時快, 美娘放開喉嚨便吐。秦重怕汚了被窩[34], 把自己的道袍袖子張開, 罩在他嘴上。美娘不知所以, 盡情一嘔, 嘔畢, 還閉著眼, 討茶嗽口。秦重下床將道袍輕輕脫下, 放在地平之上 ; 摸茶壺還是暖的, 斟上一甌香噴噴的濃茶, 遞與美娘。美娘連吃了二碗, 胸中雖然略覺豪燥, 身子兀自[35]倦怠, 仍舊倒下, 向里睡去了。秦重脫下道袍, 將吐下一袖的腌, 重重裹著, 放於床側, 依然上床, 擁抱似初。(절록))

감상요령

　　이 작품의 전체적인 내용은 미천한 기름장수 진중이 첫눈에 반한 화류계의 여성 미낭과 하룻밤을 보내기 위해 일년간을 꼬박 저축하고, 일년 후 결국 그녀와 하룻밤을 보내게 되지만 그녀의 무시와 냉대에도 불구하고 그녀를 원망하지 않고 그녀를 진정으로 아끼고 사랑한 까닭에 결국 그녀의 마음을 얻게 되어 나중에는 부부의 연까지 맺게 되는 이야기를 적고 있다.

　　비록 화류계의 여성이라고 할지라도 여성을 성적 대상으로서만 보는 것이 아니고 진정으로 그들을 아끼고 존중하는 마음을 지닌 진중의 여성에 대한 태도는 실로 이 작품의 매력이자 《삼언》이 독자들에게 전하는 격조 있는 사랑의 메시지이다. 이런 진중의 태도는 결국 서리같이 냉담했던 미낭의 마음을 당연히 감동시켜 그녀의 뜨거운 사랑과 존중을 얻게 된다. 물론 《삼언》 속의 애정이 대개 격조가 높은 것은 아니지만 이 작품은 남녀간의 사랑이 정(情)과 욕(欲), 내지는 영(靈)과 육(肉)이 일치하여야만 완전한 사랑이 될 수 있음을 정중히 선언하고 있다. 또 여성에 대한 정신적인 아낌과 존중의 마음이 있는 희생적인 사랑만이 여성의 마음을 진정으로 얻을 수가 있고, 풍류라는 것은 그 어떤 직위나 신분에서 나오는 호사스럽고 외형적인 멋이 아니라 하찮은 신분의 기름장수라고 할지라도 여성에 대한 부드러운 마음과 아량, 그리고 희생정신으로 얼마든지 멋진 풍류가가 될 수 있음을 시사해주고 있다.

---

34) 담요
35) 여전히

〈두십낭노침백보상(杜十娘怒沈百寶箱)〉

십낭은 그날 매우 정성껏 화장을 하고 분을 발랐다. 꽃머리핀에 비단 저고리를 걸치며 마음껏 멋을 부렸다. 향기가 온몸에서 퍼지며 요염한 모습이 눈부셨다. 단장이 막 끝나자 날이 밝아왔다. 손부는 가동(家童)을 뱃머리로 보내어 회신을 기다렸다. 십낭은 이공자를 힐끗 보고는 마치 기분이 좋은 듯이 그에게 어서 승낙을 하여 일찌감치 돈을 챙기라고 재촉했다. 이갑은 직접 손부의 배 안으로 들어가 허락의 뜻을 표했다. 손부가 말했다.

"돈을 받는 것은 걱정하지 마시오. 그 미인의 화장대를 주시면 드리겠소."

이공자는 그 말을 듣고 다시 돌아가 두십낭에게 전하였다. 두십낭은 금으로 장식한 함을 가리키며 "그것을 들고 가세요."라고 했다. 손부는 매우 기뻤다. 즉시 백은 천 냥을 이갑의 배로 보냈다. 두십낭이 직접 그것을 검사해보니 빛깔도 좋고 수량도 족하여 전혀 사기를 치지 않았음을 알았다. 두십낭은 손으로 뱃전을 잡고 손부를 향해 팔을 흔들었다. 손부는 정신이 아찔했다. 두십낭은 붉은 입술을 열어 흰 치아를 드러내며 말했다.

"방금 드린 상자를 잠시 보내주세요. 안에 이공자에게 길을 안내할 종이가 하나 들어있어요. 그것을 보고 다시 돌려 드리겠어요."

손부는 두십낭이 이미 자신의 손 안에 들어온 것이라고 생각하여 가동에게 명하여 금으로 장식한 상자를 배 머리에다 두게 하였다. 두십낭은 열쇠를 꺼내어 자물쇠를 열었다. 안에는 모두 서랍이 달린 작은 상자들이었다. 두십낭은 이갑에게 첫번째 서랍을 열게 하였다. 이갑이 그것을 여니 안에는 비취와 옥구슬을 비롯한 옥비녀와 보석 귀고리 등이 가득하였다. 수백 금은 될 것 같았다. 두십낭은 그것을 얼른 강에다 던져버렸다. 이갑과 손부는 물론 두 배 위에 있던 사람들이 모두 놀라지 않는 자가 없었다. 두십낭은 이갑에게 다시 한 상자를 열게 하였는데, 그 안에는 옥통소와 금피리들이 나왔다. 다시 한 상자를 열어보니 고옥(古玉)을 비롯한

값진 골동품들이 천금은 될 성 싶었다. 두십낭은 모두 강안에 던졌다. 배 위에 있는 사람들과 육지에 있는 사람들이 모두 입을 벌려 일제히 소리질렀다.

"아이구, 아까워라! 아이구 아까워라!"

그러면서도 그 연유를 알지 못하였다. 마지막으로 또 한 상자를 열었는데, 상자 안에는 또 하나의 작은 상자가 들어있었다. 그것을 열어보니 이번에는 야광주들이 있었는데 한 웅큼은 될 듯했다. 그 외에도 조모록(祖母綠)과 묘아안(猫兒眼) 등을 비롯한 보지도 못한 기이한 보물들이 그 가격을 알 수 없을 만큼 들어있지 않는가! 여러 사람들이 동시에 지르는 고함소리는 우레와도 같았다. 두십낭은 또 그것을 강에 내던지려고 하였다. 이갑은 그때서야 크게 후회하면서 그녀를 보듬고 통곡했고, 손부도 와서 그녀를 말렸다. (절록)

(於是脂粉香澤, 用意修飾, 花鈿繡襖, 極其華豔。香風拂拂, 光采照人。裝束方完。天色已曉。孫富差家童到船頭候信。十娘微窺公子, 欣欣似有喜色, 乃催公子快去回話, 及早兌足銀子。公子親到孫富船中, 回複依允。孫富道：“兌銀易事, 須得麗人妝台爲信。”公子又回複了十娘。十娘卽指描金文具道：“可便抬去。”孫富喜甚。卽將白銀一千兩, 送到公子船中。十娘親自檢看, 足色足數, 分毫無爽, 乃手把船舷, 以手招孫富。孫富一見, 魂不附體。十娘啓朱唇, 開皓齒道：“方才箱子可暫發來, 內有李郞路引一紙, 可檢還之也。”孫富視十娘已爲甕中之鱉, 卽命家童送那描金文具, 安放船頭之上。十娘取鑰開鎖, 內皆抽替小箱。十娘叫公子抽第一層來看, 只見翠羽明璫, 瑤簪寶珥, 充物於中, 約值數百金。十娘遽投之江中。李甲與孫富及兩船之人, 無不驚詫。又命公子再抽一箱, 乃玉簫金管；又抽一箱, 盡古玉紫金玩器, 約值數千金。十娘盡投之於大江中。岸上之人, 觀者如堵。齊聲道：“可惜, 可惜！”正不知什麽緣故。最後又抽一箱, 箱中複有一匣。開匣視之, 夜明之珠約有盈把。其他祖母綠[36]、貓兒眼[37], 諸般

──────────────

36) 옛 비취옥의 일종으로 녹색을 띤 진귀한 보석이다.
37) 고양이 눈동자와 같은 모양의 투명한 보석의 일종이다.

異寶，目所未睹，莫能定其價之多少。衆人齊聲喝采，喧聲如雷。十娘又欲投之於江。李甲不覺大悔，抱持十娘慟哭，那孫富也來勸解。(절록))

이 작품은 중국문학 작품 가운데 얼마 되지 않는 비극미를 지닌 명작 가운데의 한 편이라고 할 수 있다. 작품의 전체적인 내용은 북경의 명기(名妓) 두십낭이라는 여성이 이갑이라는 선비를 사랑하여 장래를 약속하고 자신의 몸값도 어렵게 조달하여 두 사람이 함께 자유의 몸으로 여행길에 오르던 중에 믿었던 애인인 이갑이 손부라는 바람둥이 거상에게 두십낭을 거금에 팔아버리자 이에 배신감과 치욕을 느낀 그녀가 자신이 감춰둔 모든 귀중한 재물들을 강물에 던져버리고 자신도 물속으로 뛰어들어 자결한다는 이야기이다. 남녀간의 관계에 있어서 신의와 진정(眞情)을 초개같이 여기는 세태에 대한 따끔한 경종을 울리고 있는 작품이라고 할 수 있다. 사실 중국 봉건사회에서 관리와 기생의 결혼은 법적으로 보장받지 못하여 명회전(明會典)의 결혼 조항에 의하면 관리나 관리의 자손이 기생을 처첩으로 삼으면 곤장 60대를 때리고 그들을 갈라놓았다고 적혀있다. 따라서 두십낭은 현명함과 기지, 그리고 고난을 개척하는 의지를 지니긴 하였지만 예측된 비극적인 운명에서 탈피하지 못했던 것이다. 그러나 두십낭은 기존의 중국소설에 나타난 기생들처럼 선비와의 짧은 사랑에만 만족하며 자신이 그들의 영원한 배필은 될 수 없다고 스스로 포기하는 식의 사랑을 탈피하여 스스로의 권리를 인정하며 자신의 행복을 추구하고자 했던 그야말로 개화된 신여성이었다고 할 수 있을 것이다.

《이박(二拍)》

《이박(二拍)》은 《초각박안경기(初刻拍案驚奇)》와 《이각박안경기(二刻拍案驚奇)》를 포함한 것으로 각각 사십권, 모두 팔십권으로 이뤄져 있다. 그러나 그 가운데에 한 권(卷)은 중복(重複)되고, 또 한 권은 잡극(雜劇)이어서 사실 칠십팔 권으로 이뤄진 셈이다.

《박안경기》는 명대의 단편소설집으로 명말의 능몽초(凌濛初)가 편찬한 것이다. 그 내용은 주로 《태평광기(太平廣記)》, 《이견지(夷堅志)》, 《전등신화(剪燈新話)》, 《전등여화(剪燈餘話)》 등의 책에서 그 제재를 얻은 것이다. 명대의 사회를 잘 반영하고 있는데, 대개가 혼인의 자유와 인과응보(因果應報) 등의 사상을 드러내고 있다. 능몽초는 풍몽룡(馮夢龍)의 영향을 많이 받아 그가 지은 초각(初刻)의 자서(自序)에서도 「오직 풍몽룡이 편집한 삼언은 바른 도를 지니고서 세상에 좋은 가르침을 주어 작금의 나쁜 풍습을 타파하였다.(獨龍子猶 (馮夢龍) 氏所輯喩世等書, 頗存雅道, 時著良規, 一破今時陋習。)」라며 풍씨와 그의 작품을 칭송하고 있다.

〈전운한우교동정홍(轉運漢遇巧洞庭紅)〉

명 성화 연간에 소주부 장주현의 창문 문외 지역에 한 사람이 있었으니, 성은 문씨요 이름은 실이었으며, 자는 약허라고 하였다. 그는 천성이 영리하고 지혜로워 무엇이든지 하면 잘하였고, 배우면 바로 할 수 있었다. 거기에다 금기서화(琴棋書畵) 등의 교양과 취탄가무(吹彈歌舞) 등의 음악적 재주도 모두 그럭저럭 갖추고 있었다. 어린 시절에는 누군가가 그의 상을 보고 백만장자가 될 것이라고 하였는데 그도 자신의 재능을 믿고 있어서인지 젊어서부터 일을 하려고 하질 않았다. 그러자 앉아서 놀고먹으면 산도 바닥이 난다 하였거늘 조상들이 물려준 천금의 가산도 거의 바닥이 날 지경이 되어갔다. 그때서야 그는 가산만 의지할 수 없음을 알게 되었고, 남들이 상업에 종사하여 이익을 도모하며 종종 이익을 몇 배나 챙기는 것을 보고는 장사를 하기로 생각하였다. 허나 여러 번을 하였지만 뾰족한 수가 없었다. 하루는 북경에 부채가 잘 팔린다는 말을 듣고는 직원을 한 명 구하여 부채사업을 경영하기 시작하였다. 고급은 금물을 입혀 정교하게 만들어 먼저 선물을 주고 명사들에게 시와 그림을 써 줄 것을 부탁하였다. 이것은 물론 심주(沈周)나 문징명(文徵明), 그리고 축윤명(祝允明) 등의 명사들이 한 번 붓을 놀리면 몇 냥의 은자 값에 달하는 것이었다. 중급은 스스로 재주가 있어 명사 서화가들의 작품을 모방하여 그리면 사람들을 속일 수가 있었던 관계로 가품을 진품으로 속여 파는 것이었다. 그리고 하품은 금물도 입히지 않고 서화도 없는 부채들로 그럭저럭 몇 십전에 팔아도 이익은 남는 것이었다. 그리하여 그는 날짜를 잡아 상자에다 물건들을 넣고서는 북경으로 출발하였다. (하략)

(話說國朝成化[38])年間, 蘇州府長州縣閶門[39])外有一人, 姓文名實, 字若虛. 生來心思慧巧, 做著便能, 學著便會. 琴棋書畫, 吹彈歌舞, 件件粗通. 幼年間, 曾有人相他有巨萬之富. 他亦自恃才能, 不十分去營求生産, 坐吃山空, 將祖上遺下千金家事, 看看消下來. 以後曉得家業有限, 看見別人經商圖利的, 時常獲利幾倍, 便也思量做些生意, 卻又百做百不著. 一日, 見人說北京扇子好賣, 他便合了一個夥計, 置辦扇子起來. 上等金面精巧的, 先將禮物求了名人詩畫, 免不得是沈石田、文衡山、祝枝山, 拓[40])了幾筆, 便値上兩數銀子. 中等的, 自有一樣喬人[41]), 一只手學寫了這幾家字畫, 也就哄得人過, 將假當眞的買了, 他自家也兀自[42])做得來的. 下等的無金無字畫, 將就賣幾十錢, 也有對合利錢, 是看得見的. 揀個日子裝了箱兒, 到了北京。(하략))

《박안경기》의 가치와 의미 가운데 가장 중요한 것이 바로 상인(商人) 들의 사상과 행적, 그리고 운명을 다룬 작품들이라고 할 수 있다. 〈轉運漢遇巧洞庭紅, 波斯胡指破鼉龍殼〉은 해외무역의 내용을 처음으로 다룬 작품으로 문약허(文若虛)라는 상인을 통해 그의 상업종사의 운명과 치부(致富)의 과정을 잘 묘사하고 있으며, 상인의 돈 벌려고 하는 욕망을 긍정적으로 잘 표현하고 있는 작품이라고 하겠다. 따라서 이 작품은 신란(申蘭)과 신춘(申春) 등이 도적질을 하여 벼락부자가 되는 것을 묘사한 〈李公佐巧解夢中言, 謝小娥智擒船上盜〉와 함께 명대 중엽 이후 자본주의의 맹아와 함께 나타난 당시의 상업에 대한 열기와 상업활동의 특징들에 대해 객관적으로 잘 묘사하고 있으며, 동시에 당시인들의 상업에 대한 인식의 변화를 잘 반영하고 있다. 따라서 상인과 상업에 대한 관심과 중시를 잘 반영하고 있는 것이다.

---

38) 명 헌종(憲宗)의 연호이다.
39) 장주현은 지금의 오현(吳縣)에 속한다. 창문은 오현성 서북쪽의 문이며, 창문 문외(門外) 지역은 이 현에서 가장 번화한 구역이다.
40) 여기서는 일필휘지(一筆揮之)의 뜻으로 사용되었다.
41) 喬人은 교활한 사람을 의미하며, 교재(喬才)라는 말로 많이 사용된다.
42) 尙且(여전히), 還是(그래도)의 의미이다.

《유림외사(儒林外史)》

이 소설은 중국 백화소설 가운데에서 풍자성이 가장 뛰어난 작품이라고 할 수 있다. 물론 《홍루몽》에 비하면 그 지명도나 예술성에서 뒤지지만 명대의 사대기서와 비교해서도 전혀 손색이 없는 걸작으로 평가된다. 물론 사대기서가 거의 민간의 화본에 영향을 받아 생겨난 것임에 비해 이 작품은 완전히 오경재(吳敬梓)라는 한 개인에 의해 창작되어진 소설이다. 그 제재로 보면 《유림외사》는 위진남북조의 지인소설인 《세설신어》와 같이 실제 인물인 사인(士人)들을 그 모델로 하여 창작되어졌으며, 그 후에 탄생한 《관장현형기(官場現形記)》나 《이십년목도지괴현상(二十年目睹之怪現狀)》과 같은 중국 만청(晚清)의 견책소설들에 큰 영향을 끼쳤다고 볼 수 있다.

범진이 집 안으로 몇 걸음 들어오니 중간에 방문(榜文)이 이미 걸려 있었다. 거기에는 "귀댁의 범 자(字) 진 자(字) 어르신이 광동의 향시 제7등 아원으로 합격하셨음을 알리며, 서울에서 오는 첩보에서도 연이어 진사로 합격하시길 축원 드립니다."라고 되어 있었다. 범진은 이제 안 봐도 될 것을 보고도 또 보고, 또다시 한번 읽으면서 손바닥을 탁 치고 한바탕 소리 내어 웃으며 말했다. "아이구! 좋아라! 내가 합격했어!" 그리고는 뒷걸음치다 넘어져 이를 악물고 누워 인사불성이 되고 말았다. 노부인은 놀라 입 속의 물을 몇 번 뿜으며 그를 일으켜 세우니 그는 또 손뼉을 치며 크게 웃으며 말했다. "아이구! 좋아라! 내가 합격했어!" 그는 웃으면서 말도 없이 바로 문밖으로 달려 나갔다. 첩보(捷報)를 보고하러 온 사람들과 이웃들은 그의 행동에 모두 깜짝 놀랐다. 그는 문 밖을 나선지 얼마 안 되어 진흙 연못 속에 발을 잘못 디뎌 다시 일어나니 머리는 넘어져 헝클어지고 두 손은 진흙 투성이었다. 또 몸은 온통 물에 젖어 사람들이 그를 일으켜

주기도 전에 손뼉을 치고 웃으며 시장터로 달려 나갔다. 사람들이 모두 눈을 크게 뜨고 쳐다보며 일제히 말했다. "알고 보니 저 양반이 너무 기뻐 미친 게로군!" (절록)

(範進三兩步進屋裏來, 見中間報帖已經升掛起來. 上寫道 : "捷報[43]貴府老爺範諱[44]進 高中廣東鄕試第七名'亞元[45]', 京報[46]連登黃甲[47]。"範進不看便罷, 看了一遍, 又念一遍. 自己把兩手拍了一下, 笑了一聲道 : "噫！好了！我中了！"說著, 往後一跤跌倒, 牙關咬緊, 不醒人事. 老太太慌了, 忙將幾口開水灌了過去；他爬將起來, 又拍著手大笑道 : "噫！好了！我中了！"笑著, 不由分說, 就往門外飛跑, 把報錄人和鄰居都嚇了一跳. 走出大門不多路, 一脚踹在池塘裏. 爬起來, 頭髮都跌散了[48], 兩手黃泥, 淋淋漓漓一身的水, 衆人拉他不住. 拍著笑著, 一直走到集上去了. 衆人大眼望小眼, 一齊道 : "原來新貴人歡喜得瘋了. (절록))

---

43) 쾌보(快報)를 말하며, 승리를 알리는 기쁜 소식이다.
44) 휘(諱)는 피하여 꺼린다는 의미로 존경을 표하여 감히 그 이름을 부르지 못함을 뜻한다.
45) 향시(鄕試)에서 1등한 것을 해원(解元), 2등한 것은 아원(亞元)이라고 한다. 관례적으로 방문(榜文)을 적을 때에는 먼저 6등부터 올리고, 그 앞의 5명은 마지막에 역순으로 올린다. 첩보를 알리는 자가 7등을 아원이라고 하는 것은 아첨하는 의미를 지니며, 방문을 적을 때에 두 번째이기 때문이기도 하다.
46) 경보(京報)는 서울에서 온 첩보를 말한다. 명청 시기에는 전적으로 서울 도읍지에서 머물며 궁문(宮門)의 유지(諭旨)나 장주(章奏) 등을 목자활판(木字活版)을 이용해 작은 책자로 찍어내어 각 지역으로 보내 파는 전문인들이 있었는데, 이들이 파는 작은 책자도 경보라고 하였다.
47) 진사에 합격한 방문은 누른 종이를 사용해 적었기에 황방(黃榜)이라고 했다. 진사는 당시 갑과였다. "연등황갑"이란 첩보를 알리는 자가 연이어 진사에 합격하도록 미리 축원하는 길상의 말이다.
48) 명대의 남자들은 머리카락을 당겨 올려 정수리에다 하나로 묶었는데, 마치 오늘날의 도사와 같은 모양이었다. 여기서 말하는 것은 넘어지는 바람에 머리를 묶어 올린 쪽이 풀어져 흩어진 것을 의미한다.

《유림외사》 제3회에 나오는 범진이 과거에 합격하는 것을 묘사한 위 단락은 이 소설에서 매우 유명한 부분이다. 공명에 눈이 어두운 가난한 선비 범진은 20여 차례나 과거를 보았지만 모두 실패하다가 54세가 되던 해에 주진(周進)이라는 고시관의 도움으로 그는 과거에 응할 수 있는 자격을 얻게 되고 결국은 향시에도 합격하게 되는데, 이때 그가 보인 미친 듯한 반응은 당시 선비들이 얼마나 과거에 목숨을 걸고 또 냉혹한 당시의 과거제도가 얼마나 선비들의 불쌍한 영혼과 여린 신경을 옭아매었는지를 잘 풍자하여 보여주고 있다.

《홍루몽(紅樓夢)》

이 소설은 중국소설의 제왕이라고 볼 수 있는 대작이다. 80회본과 120회본으로 이루어진 이 장편의 소설작품은 소설로서의 뛰어난 사상성과 예술성, 그리고 당시 사회와 문화를 소개하는 백과전서로서의 가치까지도 모두 갖춘 걸작이다. 노신의 얘기대로 중국소설은 《홍루몽》이 출현함으로 인해 기존의 전통적인 사상과 작법이 무너졌다고 할 수 있다. 그것은 그 동안의 중국소설사에서 거의 볼 수 없었던 이 소설작가만의 탁월한 사상이 작품 속에 반영되었으며, 또 소설의 구성과 묘사방법에 있어서도 그의 특이한 견지가 있기 때문이다. 특히 《홍루몽》에서 나타난 작자 조설근(曹雪芹)의 반실용적이고 반속(反俗)적인 예술주의적 삶의 태도와 자연친화적이고 개성과 생명을 존중하는 태도는 기존의 고대중국소설들에서 거의 발견되어질 수 없는 내용들이다.

보옥은 원래 사대부 남자들과 어울려 얘기하는 것을 싫어했고, 더군다나 아관예복에다 경하하거나 조상하러 다니는 것은 질색이었다. 오늘 이 말을 듣자 그는 더욱 득의양양하여 친척과 친구들과의 면회를 일체 사절하였고, 집안에서 매일 어른들에게 문안드리는 혼정성신도 그의 자유에 맡겼으며, 하는 일이라곤 매일 대관원에서 누워 놀며 고작 매일 아침 일찍이 할머니와 어머니에게 가보는 것 뿐 이었다. 그러면서도 그는 매일 언제나 계집종들을 위해 달갑게 일을 해주면서 마냥 한가한 날을 보냈다. (절록)

(那寶玉本就懶49)與士大夫諸男人接談, 又最厭峨冠禮服賀弔往還等事, 今日得了這句話, 越發50)得了意, 不但將親戚朋友一槪杜絶了, 而且連家庭中晨昏定省亦發都隨他的便了, 日日只和園中遊臥. 不過每日一淸早到賈母王夫人處走走就回來了, 却每每甘心爲諸丫鬟充役, 竟也得十分閑消日月。 (절록))

감상요령 반세속적이고 자유분방한 가보옥의 언행들은 《홍루몽》의 사상을 이해하는 중요한 열쇠가 된다. 가보옥이 가장 싫어하는 것이 바로 사대부 남자들의 가식적이고 위선적인 면이었으니, 그는 그러한 세계와 결별함으로써 자신만의 통심석인 순수한 세계를 추구한 것이다.

무단히 슬퍼하고 한스러워하곤 때론 미친 듯 바보 같네. 생기기는 멋지지만 뱃속에는 들은 것이 없네. 방탕하여 세상의 일은 아는 것이 없고, 어리석고 완고하여 과거문장 읽기를 두려워하네. 그 행동은 괴이하고 성격이 모가 나지만 세인들의 비방에도 아랑곳없어라. ... 천하에서 무능하기는 제일이고, 고금을 통해 불초함은 그 짝이 없어라. 부잣집 도령들에게 충고하나니 절대 이런 모습을 본받지 말지라. (절록)

(無故尋愁覓恨, 有時似傻如狂。縱然生得好皮囊51), 腹內原來草莽52)。潦倒不通世務, 愚頑怕讀文章53)。行爲偏僻性乖張, 那管世人誹謗。 ... 天下無能第一, 古今不肖無雙。寄言紈袴54)與膏粱, 莫效此兒形狀。 (절록))

---

49) 싫어하다. 懶得의 의미로 ~하기를 귀찮아하다는 뜻이다.
50) 더욱
51) 皮囊(피낭)은 皮袋(피대)로 되어있는 곳도 있다. 사람의 껍데기란 뜻이다.
52) 초망은 모여서 자라는 잡초를 말한다. 배우지 않아 아는 것이 없음을 비유하는 말이다.
53) 여기서 문장은 사서오경과 당시 인기가 있던 팔고문(八股文) 문장을 가리킨다.

위의 문장은 이 소설의 작가가 서강월(西江月)이란 가사의 형식으로 가보옥이 등장할 때에 그에 대한 간략한 평을 내린 문장이다. 이 소설의 작가는 가보옥에 대해 곳곳마다 폄하하고 질책하는 듯하지만 이는 사실상 작자의 반어법적인 표현으로 이해하여야만 한다. 진실을 감추고 반어법적으로 표현한 것은 비단 가보옥에만 국한된 것이 아니라 이 소설 전체적으로 나타난 작가의 독특한 표현법이다. 위의 문장에서도 작가는 가보옥을 무능하다느니 바보 같다느니 하면서 그를 비판하지만 그 이면에는 세인들이 잘 이해하지 못하는 가보옥의 장점을 감추고 하는 말임을 간파해야만 이 소설을 정확하게 이해하는 것이다. 물론 이 소설의 작가가 가보옥만을 절대적으로 칭송하는 것만은 아니다. 여기에는 이 소설 작가의 가보옥에 대한 칭송과 질책, 그리고 아쉬움 등의 복잡한 심정이 뒤섞여있다고 할 수 있다.

그날은 마침 삼월 중순이라 아침을 먹은 보옥은 《회진기》 한집을 가지고 삼방갑 다릿가 복사나무 아래에 있는 돌 위에 앉아 그 책을 펼쳐들고 처음부터 자세히 읽어 내려갔다. 마침 "붉은 꽃 떨어져 무리를 이루다" 부분을 읽었을 때 갑자기 바람이 불어와 복사나무 위의 꽃들이 우수수 떨어져 보옥의 책과 땅에 온통 뒤덮였다. 그는 몸을 흔들어 꽃잎들을 털어버리려다 문득 발에 밟힐 꽃잎을 생각하고는 그것들을 옷자락에 싸서 못가로 조심스레 걸어 나와 그 못 속으로 털어 보냈다. 꽃잎들은 물위에 떠서 정처없이 떠돌아다니다가 삼방갑을 지나 서서히 떠내려갔다. 돌아와 보니 땅바닥에는 아직도 많은 꽃잎이 깔려 있었다. 보옥이 그것을 어떻게 처리를 할까 주저하고 있는데, 마침 등 뒤에서 누군가 "여기서 뭘 하세요?" 한다. 고개를 돌려보니 바로 임대옥이었다. 그녀는 어깨에 꽃 쟁기를 메고, 그 쟁이 위에는 꽃주머니를 걸었으며, 또 손에는 꽃 빗자루를 들고 있었다. 보옥은 웃으며 말하길, "자, 어서 와서 이 꽃잎들을 쓸어 저 물속에다 버리자구. 나 금방 많이 저 곳에다 버렸어." 한다. 임대옥은 "물에다 버리면 좋지 않아요. 여기 물은 깨끗하지만 일단 흘러 내려가 인가가 있는 곳

---

54) 紈袴(완고)는 부유한 집의 자제들을 말한다.

에 가면 사람들이 더럽고 냄새나는 것들을 물속에 버리게 되어 여전히 꽃 잎들을 더럽히게 되죠. 내가 저 모퉁이에다가 꽃무덤을 만들어 놓았으니, 꽃을 쓸어서 이 명주 주머니에 넣어 가지고 갖다 묻어요. 그러면 세월이 지나도 흙으로 돌아갈 뿐이니 그 얼마나 깨끗해요?" 라고 말했다. (절록)

(那一日正當三月中浣55), 早飯後, 寶玉携了一套《會眞記56》, 走到沁芳閘橋邊桃花底下一塊石上坐着, 展開《會眞記》, 從頭細玩. 正看到"落紅成陣", 只見一陣風過, 把樹頭上桃花吹下一大半來, 落的滿身滿書滿地皆是. 寶玉要抖將下來, 恐怕脚步踐踏了, 只得兜了那花瓣, 來至池邊, 抖在池內. 那花瓣浮在水面, 飄飄蕩蕩, 竟流出沁芳閘去了. 回來只見地下還有許多, 寶玉正踟躕間, 只聽背後有人說道: 你在這裏作什麼? 寶玉一回頭, 却是林黛玉來了, 肩上擔着花鋤, 鋤上掛着花囊57), 手內拿着花帚. 寶玉笑道: 好, 好, 來把這個花掃起來, 撩在那水裏. 我在撩了好些在那裏呢. 林黛玉道: 撩在水裏不好. 你看這裏的水乾淨, 只一流出去, 有人家的地方髒的臭的混倒, 仍舊把花遭塌了. 那畸角上我有一個花冢, 如今把他掃了, 裝在這絹袋裏, 拿土埋上, 日久不過隨土化了, 豈不乾淨. (절록))

《홍루몽》의 위대한 정신 중의 하나는 가보옥과 임대옥을 통해서 나타난 우주 일체의 생명에 대한 연민의 마음이라고 할 수 있다. 위의 문장에서 낙화에 대한 가보옥의 아낌의 정은 임대옥의 꽃무덤에 의해 더욱 심화되고 강조되어진다. 임대옥의 장화사(葬花辭)도 바로 가보옥과 임대옥을 통해 집중적으로 반영된 《홍루몽》 작가의 생명에 대한 연민과 동정의 마음의 발로라고 할 수 있다.

---

55) 中浣(중완)은 매월 중순을 말한다. 浣(완)은 씻는 것을 말한다. 당나라 때의 규정에 의하면 관리들은 매달 열흘마다 하루씩 휴가를 내어 목욕을 하거나 기타 세척을 행하였다. 그리고 한달을 상완과 중완, 그리고 하완으로 나누었는데, 나중에는 상순과 중순, 그리고 하순을 가리키는 말의 별칭이 되었다.

56) 당대 원진이 지은 전기소설 〈앵앵전〉을 말한다. 그 문장 속에 "회진"이라는 제목의 시가 30운이 있어 붙여진 이름이다. 금과 원대의 사람이 그 가운데의 고사를 제궁조(諸宮調)와 잡극으로 부연시켜 《서상기(西廂記)》라고 이름 지었다. 여기서는 원대 왕실보(王實甫)가 지은 잡극인 《서상기(西廂記)》를 가리킨다.

57) 화낭은 원작에서는 行囊(행낭)으로 되어 있다.